공마에의 한국 비망록

공
마
에
의

한
국
비
망
록

강동수 소설집

강

차 례

편의점은 살아 있다 _ 7

공 마에의 한국 비망록 _ 43

심연과 괴물 _ 81

집 _ 119

올레에서 만난 사람 _ 157

노다지 _ 193

도롱뇽의 꿈 _ 235

해설 비관주의라는 희망 | 구모룡 _ 278

작가의 말 _ 292

편의점은

살아

있다

AM 2:00

맞은편 창틀 위에 걸린 시계의 숫자판이 바뀐다.

하루 종일 끊임없이 새어들던 소음이 잦아들고 쉴 새 없이 번쩍이던 네온 간판이 꺼진 거리에 비로소 어둠이 내리깔린다. 큰길 반대편에 즐비하게 늘어선 샤트렌, 올리비아로렌, 시슬리 따위 여성 의류점과 아기라보니, 마이로초아 같은 가방 전문점은 쇼윈도에 희미한 미등만 남긴 채 문을 닫은 지 오래다. 네온을 번쩍거리던 골목 안쪽 술집들의 간판도 하나둘씩 꺼졌다. 택시를 잡느라 비틀거리면서 차도를 넘어가 마구 팔을 흔드는 취객이 이따금 눈에 띌 뿐.

딸랑.

출입문에 매달린 종이 울린다. 넥타이가 느슨하게 처진 사십대 중반의 회사원이 비틀거리며 들어온다. 카운터 받침대에 턱을 괸 채 꾸벅꾸벅 졸고 있던 마케팅 에이전트 1호가 퍼뜩 고개를 든다. 무거운 눈꺼풀엔 잠이 가득 실려 있다.

"어이, 에쎄 원, 하, 한 갑만……"

사내의 입에서 술 냄새가 끼쳐지기라도 했는지 에이전트 1호의 미간이 살짝 찌푸려진다. 돼지 곱창이나 삭은 홍어 냄새가 흘러나왔는지도 모른다. 1호가 등 뒤의 담배 진열장에서 얼른 담배를 꺼내 준다. 사내가 비틀거리며 문을 밀고 나간다. 딸랑, 하는 소리와 함께 적막이 되돌아온다. 1호는 주위를 한 바퀴 둘러보더니 다시 턱을 괴고 수면 모드로 돌아간다. 괴괴한 거리에 택시가 쌩하고 달려간다.

이 시간이 내게는 휴식 시간이라면 휴식 시간이다. 1년 365일, 하루 24시간을 단 일 초도 쉬지 못하고 일해야 하는 게 내 팔자이지만, 그래서 이 시간 역시 노동시간에 포함되지만 그래도 긴장을 조금 느슨하게 풀어도 된다는 뜻이다.

내 소개부터 하겠다. 내 이름은 '오버워처 2호'다. 나는 중앙통제실에 있는 호스팅 서버 1호와 연결돼 있는데 내 동료들은 모두 여덟 명이다. 우리에겐 오버워처 1호에서 8호까지 제각기 번호가 부여돼 있다. 1호는 정문 앞을, 2호인 나는 입구와 카운터 일대를, 3~7호는 매장 각 구역을, 그리고 8호는 창고 경비를 맡고 있다. 우리는 책임 구역을 물샐틈없이 지켜단 1초의 누락도 없이 모든 정보를 영상신호로 바꾸어 중앙 서버실로 송출한다. 적재된 각종 물품의 도난 여부를 감시하는 게 주 임무이지만 이곳에서 일하는 인간 요원, 즉 마케팅 에이전트들의 일거수일투족을 감시하는 일도 우리의 몫이다.

글쎄, 이렇게 말하니 뭔가 거창해 보일지도 모르겠다. 하지만 당신이 이미 짐작한 대로 내가 근무하는 곳은 편의점이란 이름의 잡화가게다. 내 근무 위치는 계산대 위 천장이다. 호스팅 서버라고 해서 별것도 아니다. 이런저런 케이블이 뒤얽힌 개인용 PC에 지나지 않는다. 그건 중앙 서버실, 다시 말해 창고 뒤편 주인이 기거하는 골방 책상 위에 얹혀 있다. 오버워치란 건 또 뭐냐고? 그거야 뭐 CCTV의 별칭이다. 사십대 후반의 점장은 나이에 걸맞잖게 게임광이다. 그가 좋아하는 게임이 오버워치라는 건데, 그래 그런지 우리에게 이렇게 거창한 이름을 붙여놓았다. 마케팅 에이전트란 것도 사실은 알바를 지칭한다. 알바를 그렇게 부르면 뭔가 더 그럴듯해지는지 점장은 꼭 그렇게 부른다. 에이전트는 모두 여섯 명이다. 1~4호는 평일조이고, 5, 6호는 주말에만 근무한다. 심야에 근무하는 1호는 삼십대 초반의 실업자이고, 오후 시간에 파트타임으로 일하는 2호는 중고교에 다니는 애들이 있는 사십대 중반의 가정주부다. 번화가인 만큼 손님이 몰리는 저녁 시간에만 남녀 대학생인 3, 4호 두 명이 함께 맡는다.

내가 이곳에 파견된 것은 정확하게 2년 3개월 전이다. 본사의 매니저가 전자상가에서 구입해 우리를 설치했다. 점장은 CCTV와 연결되는 개인용 PC를 편의점 뒤편에 딸린 살림방에 설치했다. 아, 요즘은 스마트폰에 앱을 깔아 외출할 때도 상시 감시한다.

이 편의점은 시내 중심가의 대로와 맞닿은 골목에 있다. 편의점에서 30미터쯤 떨어진 간선도로를 사이에 두고 은행, 증권회사, 쇼핑몰, 옷 가게가 늘어서 있고 오피스빌딩도 여럿 있다. 간선도로 뒤쪽 골목은 젊은이들이 자주 찾는 유흥가다. 게다가 골목을 좀 더 들어가면 대입학원도 서너 개 있다. 그러니 한마디로 목이 좋은 편이다. 모르긴 몰라도 권리금이 꽤 비쌀 거다. 하기야, 이곳에도 간판이 서로 다른 편의점이 두어 곳 걸러 하나씩 늘어서 있으니 경쟁이 치열하긴 하다.

평수도 제법 넓다. 한 스무 평은 될 거다. 매장 한편엔 도시락이나 컵라면을 데워 먹을 수 있도록 전자레인지가 놓인 긴 탁자와 장의자가 따로 놓여 있고 바깥엔 동그란 플라스틱 테이블도 두어 개 있다. 다른 편의점에선 슬슬 사라지는 추세라던데 이 가게엔 바깥 구석에 인형 뽑기 기계도 아직 놓여 있다.

이 세상의 모든 편의점이 그렇듯 이곳엔 없는 게 없다. 카운터 아래 칸엔 껌과 드롭스, 초콜릿 따위가 가지런히 놓여 있다. 냉동고엔 아이스크림과 냉동만두 따위가 꽉 들어차 있고 냉장 진열장엔 각종 음료수와 생수, 수입 맥주가 빈틈없이 들어차 있다. 라면, 스낵, 빵, 삼각김밥, 도시락 따위 끼닛거리는 물론 우산, 로션, 면도기, 스타킹, 세면용품에다 생리대, 콘돔도 갖춰져 있다. ATM기기도 있고 복권도 판다. 그러니까 온갖 잡동사니가 단 한 뼘의 여백도 없이 가득 들어차 있는 거다. 로빈슨 크루소가 표착했던 무인도에 이런 편의점이 있었다면 그는 결코 골치 아픈 인간 사회로 귀환하려 들지 않았을 거다.

어쨌거나 이렇게 알뜰하게 공간을 쓰는 곳도 달리는 없을 게다. 진열의 압축미를 보여주는 데가 이곳 말고 또 있을까. 매대와 매대 사이는 겨우 한 사람이 지나다닐 정도로 좁다. 물건을 고르는 손님들이 엉덩이를 부딪치기도 한다. 진열 요령은 본사의 매니저가 와서 가르쳐준다.

"점장님, 진열도 예술입니다. 소비자의 시선이 가장 먼저 닿는 '골든 존'을 적극 활용해야 합니다. 입구에서 계산대에 이르는 주요 동선에는 비싼 물건을 놓아두세요. 엔드 매대엔 고마진 제품을 가져다 놓으시고요, 소주와 맥주를 나란히 배열해 폭탄주를 연상시키거나 담배 진열장 근처에 캔 커피를 놓아두는 건 기본입니다. 삼각김밥은 컵라면과 함께…… 그게 찰떡궁합이라니깐요. 특히 기념일을 잘 챙기셔야 합니다. 어린이날이면 아이들 장난감을 입구 정면 매대에, 어버이날이면 카네이션을, 빼빼로데이엔 또 그걸…… 아시겠죠?"

본사 직원이 다녀간 날이면 알바들은 매대의 물건을 이곳저곳으로 옮기느라 낑낑거려야 한다. 어린이날, 어버이날, 스승의 날, 성년의 날 따위가 줄줄이 이어진 오월에는 하루걸러 상품을 재배치하느라 법석을 떨기도 한다. 그때마다 점장은 왔다 갔다 하며 알바들을 날카로운 시선으로 감시한다.

우리 점장은 자동차 판매회사의 부장까지는 했다는데 결국 이사로 승진하지 못한 채 회사의 은근한 압력을 이기지 못하고 명예퇴직 대열에 합류했다고 한다. 퇴직금에다 아파트를 담보로 잡히고 얻은 융자를 합쳐 이 편의점을 인수했다고 한다. 이 편의점으로 말하자면 점장의 인생 전반부를 털어 넣은 승부수이자 후반부를 책임져줄 안전판인 거다. 와이프랑 무슨 문제라도 있는지 점장은 평일엔 편의점 뒤에 딸린 살림방에서 굳이 혼자 생활하다가 주말에야 이 도시 인근에 있는 소도시의 집으로 돌아간다.

편의점 안팎 곳곳에다 잠자리 눈알처럼 번들거리는 시꺼먼 CCTV를 여덟 대나 설치해두고 모니터로 감시하면서도 못 미더운지 점장 사내는 가끔 슬리퍼를 끌고 나와 유리창 너머로 편의점 안을 기웃거린다. 그러다가 알바와 눈이 마주치면 씩 웃어 보이며 딴청 피우듯 헛둘 헛둘, 체조하는 시늉을 한다.

요즘 점장의 가장 큰 고민은 뒷머리가 빠지는 것이다. 처음 나를 데려와 설치했을 때만 해도 뒤통수가 좀 허전해 보이긴 했지만 그렇게까지 보기 흉할 정도는 아니었는데, 지금은 정수리가 휑하다. 하긴, 뭐 먹고사는 일이 그렇게 만만하겠는가. 그는 늘 습관적으로 손가락으로 앞머리를 끌어당겨 뒤통수를 덮곤 한다. 휴대전화 카메라의 셀프 기능을 이용해 뒤통수를 찍어보곤 깊은 한숨을 날리기도 한다.

그는 아침 일곱시부터 오후 한시까지는 직접 편의점 일을 본다. 오후에 에이전트 2호에게 넘기고 나서는 등산복 차림으로 집을 나서는 게 일과다. 글쎄, 사십대 후반에 뒤통수가 벗어진 사내가 한낮에 갈 수 있는 데가 산 말고 달리 있을 것 같진 않지만 좀 처량해 보이긴 한다. 혹시 여자라도 생겼는지, 그래서 지하철 세 정거장 거리에 있는 도심 속의 산에 가는 척하고 딴짓을 하는지는 알 수 없다.

한 달쯤 전 술에 취한 점장은 등산복 차림으로 밤 아홉시나 돼서 편의점 문을 열고 들어왔다. 그리고 에이전트 4호에게 선심이나 쓰듯 아이스크림 하나 안기고는 지분거렸다. 아마 같은 근무조인 3호가 결근한 틈을 노렸을 것이다.

"김 양, 원래 내가 꿈이 있던 놈이었다고. 내가 이래 봬도 대학 땐 록 그룹 출신이었지. 기타리스트였단 말야. 머리도 어깨까지 치렁치렁 길러선 축제 때마다 돌아다니며 공연을 했지. 가난한 부모 멕여 살리려고 자동차 세일즈맨이 됐지만 그래도 내 가슴에는 아직도 뮤지션에 대한 꿈이 남아 있단 말이거든. 하기야 김 양이 퇴색해가는 꿈을 안고 사는 우리 또래의 고독을 알기나 하겠어?"

그러고는 기타 치는 손시늉을 하면서 게슴츠레한 눈으로 에이전트 4호를 훑는 것이었다. 글쎄, 고독이고 나발이고 그놈의 낡은 세리프는 뭔가. 시골 다방 아가씨도 아닌데 김 양이라니. 개저씨가 따로 없었다. 4호는 점장이 쥐여준 아이스크림콘의 포장을 뜯지도 않고 입구 쪽에 걸린 시계에 시선을 고정시키고만 있었다. 꼴랑 시급 팔천 원에 주인이 진상 떠는 것까지 받아줘야 하는 제 신세가 따분해 미치겠다는 표정이었다.

지금 심야 근무를 서는 에이전트 1호는 서른다섯 먹은 자칭 시인 지망생이다. 제 말로는 포스트모더니즘 계열의 시를 쓴다고 한다. 전에는 광고회사의 카피라이터였다는데, 영혼을 갉아먹는 자본주의의 나팔수 노릇을 박차고 험난한 시인의 길로 들어섰다는 거다. 글쎄, 카피라이터가 할 짓이 없어 편의점 알바를 하겠나. 믿거나말거나식 허풍임에 틀림없다. 밤무대 악사처럼 올백으로 머리를 빗어 넘기고 목에는 번쩍거리는 금속 목걸이를 차고서 야밤에 나타나는데 동네 양아치 행색이 따로 없다. 손님이 뜸한 심야엔 아예 카운터에 엎드려 자기도 한다. 매장 정리나 청소도 대충대충, 계산도 제대로 못해 시재 정리도 틀리기 일쑤다. 점장은 잘라버리고 싶어 죽겠다는 표정을 이마빡에 써 붙이고 다니지만 철야 근무할 알바가 좀체 나타나지 않으니 하는 수 없는 모양이다.

아닌 게 아니라 그는 가끔 카운터에 앉아 가져온 태블릿에 뭐라고 두드리곤 했다. 언젠가 그는 비 오는 밤거리, 젖은 포도를 유리창 너머로 지켜보며 심각한 표정으로 이런 시를 썼다. 나는 그의 뒤통수 아래로 눈알, 아니 렌즈에 힘을 주고 훔쳐 읽었다.

　　밤 세시, 길 밖으로 모두 흘러간다 나는 금지된다
　　장맛비 빈 빌딩에 퍼붓는다
　　물 위를 읽을 수 없는 문장들이 지나가고
　　나는 더 이상 인기척을 내지 않는다

　　유리창, 푸른 옥수수잎 흘러내린다
　　무정한 옥수수나무…… 나는 천천히 발음해본다
　　석탄가루를 뒤집어쓴 흰 개는
　　그해 장마통에 집을 버렸다.*

　아쭈, 그럴듯한데…… 나는 1호의 머리에서 시라는 물건이 진짜로 나올 줄은 예상하지 못했으므로 은근히 감탄했다. 그런데 그게 그의 창작이 아니라 기성 시인의 시라는 걸 알고는 '글쎄, 그럼 그렇지' 하고 혀를 찼다. 1호의 시작은 그게 끝이 아니었다. 그는 구글 번역기에다 이 시를 넣고 돌렸다. 영역된 시는 이러했다.

　　Night at 3 o'clock, all out of the way I'm forbidden
　　Pour into a rainy day empty building

Sentences that cannot be read on the water pass

I do not get anymore……

어! 제법인걸. 나는 속으로 감탄했다. 글쎄, 인공지능이 대세라더니 시 번역도 컴퓨터가 다 해주나? 그럼 번역가들은 뭘 먹고살고? 1호는 영역된 시를 이번에는 일본어로 돌렸다.

3時の夜、私は禁じられています
雨の日に空の建物に注ぐ
水道で読むことができない文
私はもう得られない……

1호는 일본어 번역본을 다시 독일어로 옮겼다. 그러고는 프랑스어-스페인어-타갈로그어-힌디어-아랍어-그리스어 등등 열댓 개의 언어로 계속 돌렸다. 세계 각국을 떠돌면서 어지럽게 뒤바뀌던 시는 드디어 한국으로 되돌아왔다.

모든 밤 세시는 허용되지 않습니다
비 오는 날에 빈 건물
수면 위에선 문자를 사용할 수 없습니다
나는 소리를 줄 수 없어요

유리 블루, 옥수수 껍질 아래로 흐르는
나무들 끊임없이…… 석탄의 느린 이야기.
개는 탄소에 넣어야지.
장마철 집에서.

　이게 뭐야. 유리 블루는 어디서 튀어나온 것이며, 개는 또 어디에다 넣는다구? 나는 혀를 찼다. 1호는 그것을 소리 내 몇 차례 읽더니 흡족한 표정이 돼 '모던 시편·128'이라고 제목을 치고는 파일을 저장하는 것이었다. 이걸 보고 누가 원시를 떠올릴 수 있겠는가. 아무도 표절을 알아채지 못할 거다. 그렇게 해서 1호는 한편의 포스트모더니즘 시를 만들어낸 것이었다.

　시계의 붉은 자판이 3:00을 찍어낸다. 잠깐의 휴식이 끝나고 전쟁 같은 하루가 시작되는 시간이다. 잠에서 덜 깬 얼굴의 1호가 하품을 하더니 느릿느릿 매대 정리에 나선다. 삼각김밥, 도시락, 샌드위치, 우유 따위 신선식품이 정리 대상이다. 유통기한이 비교적 짧은 포장김치, 과일류, 육류, 즉석식품 따위도 폐기물 등록을 한 다음 박스에 채워 넣는다. 나중에 본사로 반품되는 것들이다. 그러고는 창고에서 새 물건을 가져다 빈자리에 채워 넣는다. 유통기한이 다가온 것 순으로 매대의 앞쪽에 놓고 새로 가져온 것은 뒤에 배치해야 한다. 선입선출이란 거다.

당일에 소화해야 하는 도시락 따위는 새벽 네시에 본사의 배송차가 와서 물건을 부려놓는다. 1호는 검수표의 출고량과 배송 기사가 넘겨주는 배송량이 맞는지 대조해 물건을 받는다. 신선식품은 보통 새벽과 오후 두 차례 배송된다.

재고 정리와 매대 정리가 끝나면 밤새 손님이 먹다 두고 간 음식물 쓰레기를 치워야 한다. 벌건 라면 국물이 남아 있는 스티로폼 그릇이나 먹다 남은 밑반찬이 눌어붙은 도시락의 플라스틱판, 너저분하게 흩어진 과자 부스러기도 일일이 거둬 치워야 하는 것이다. 대걸레로 바닥도 닦아낸다. 편의점 바깥 파라솔 테이블 주변에 굴러다니는 소주병과 빈 맥주 캔도 치워야 한다.

느릿느릿 청소하던 1호는 이른 아침을 먹는다. 유통기한이 지난 삼각김밥 두 개가 그의 몫이다. 전에는 남은 도시락도 먹을 수 있었지만 요즘은 본사의 점검이 까다로워져서 삼각김밥 두 개가 고작이다. 어차피 쓰레기통에 처넣어질 것인데도 알바에게 밥풀 하나 손도 못 대게 하는 곳도 있고 보면 우리 점장은 그나마 직원 복지에 신경을 쓰는 폭이긴 하다.

AM 7:00. 점장이 가게로 들어온다. 그리고 가게 내부를 삥 둘러본다.

"별일 없었어?"

"예."

점장은 1호가 내민 검수표를 훑어본다. 그리고는 매대 이곳저곳을 다니며 물건들이 제자리에 놓였는지 꼼꼼하게 살펴본다. 카운터의 등록기를 열어 시재 점검도 한다.

"도시락은 몇 개 남았어? 삼각김밥은?"

"도시락 네 개에다 삼각김밥 다섯 갠데요."

"니미럴, 미치겠네. 밤엔 도시락 사 먹는 인간도 없는데, 본사는 왜 이렇게 많이 떠안겨? 내일부턴 열다섯 개로 줄여달라고 해야겠네."

점장은 이맛살을 찌푸리며 김혜자 아줌마와 살집 좋은 백 선생이 활짝 웃는 도시락이 들어찬 반품 박스를 헤집어 열어본다. 점검이 끝나자 1호는 점장에게 꾸벅 고개를 숙이고 퇴근한다. 그리고 출근하는 사람들로 메워지기 시작하는 거리로 사라져간다. 그의 어깨엔 밤샘 노동이 준 피로가 무겁게 내려앉아 있다.

점장은 가슴팍에 명찰이 달린 유니폼 윗도리를 챙겨 입고 카운터로 들어간다. 이 시간부터 오후 한시까지는 점장이 직접 영업하는 시간이다. 편의점 바깥의 풍경은 허옇게 얼어 있고, 거리에서 몰려온 차가운 바람이 골목 안길로 도둑처럼 스며든다.

딸랑.

누군가가 들어선다. 건너편 오피스텔 빌딩 벤처회사에서 경리 겸 사환으로 일하는 소녀다. 갑자기 내 눈, 아니 렌즈가 커진다. 가슴이 두근거린다. 소녀는 늘 이 시간이면 이곳에 들른다. 그리고 삼각김밥 딱 하나를 먹고 간다. 전엔 안 그랬는데 요즘은 위장이 좋지 않은 듯 노르께하니 부스스한 얼굴엔 더께처럼 우울과 피로가 내려앉아 있다. 우리 편의점에 드나든 건 한 반년쯤 됐다. 하루에 두세 차례는 꼭 이 편의점에 들른다. 어떤 때는 숙취 해소 음료나 담배 심부름을 오기도 했고, 또 어떤 때는 직원들 밤참으로 빵이나 컵라면을 비닐봉투 가득 사 들고 가기도 했다. 한낮엔 은행 심부름이라도 가는지 노란 서류 봉투를 안고 종종걸음으로 골목길을 지나가기도 했다.

그 애는 지난봄 여상을 졸업했고 스마트폰용 앱을 개발하는 벤처회사에 다닌다. 교외의 달동네에서 아버지와 고교 2년생인 여동생과 함께 산다. 백수인 주제에 걸핏하면 주먹을 휘두르는 아빠 때문에 엄마는 몇 년 전에 집을 나갔다. 출근 시간에 쫓겨 편의점에서 달랑 삼각김밥 하나 먹으면서도 아버지 밥상은 차려놓고 나오는 효녀이기도 하다. 이건 모두 그 애가 통화하는 걸 훔쳐 들어 알게 된 거다.

나는 그 애를 보자마자 마음에 담아두게 되었다. 요즘 애들 같지 않게 화장도 하지 않았는데 귀밑 솜털이 보송보송하니 아직도 여고생 그대로였다. 옅은 분홍빛이 부드럽게 퍼진 토실한 뺨에 눈매가 동그란 아이였다. 어째선지 나는 그 애를 처음 본 순간 '성냥팔이 소녀'를 연상했다. 알바에게 말보로 한 갑만 주세요, 컨디션 두 병만 주세요, 하고 말할 때도 구김

살 없이 웃던 소녀였다. 빵을 담은 비닐 꾸러미를 가슴에 안고서 살풋 웃으며 가볍게 고개 숙여 보였을 때 내 마음이 저릿해졌다.

그날 이후로 나는 그 애가 문을 밀고 들어오기만을 기다렸다. 저만치 빌딩 쪽에서 그 애가 타박타박 걸어오는 것만 봐도 가슴이 설렜다. '성냥팔이 소녀'를 짝사랑하는 CCTV라니. 내게 긴 팔이 있었다면 그녀가 마른 김밥을 먹을 때 달콤한 포도 주스를 집어 들어 뚜껑을 따 건네주었을 거다. 소녀가 생각이나 난 듯 전화를 건다.

"기집애야, 너 어제 왜 집에 안 들어왔어? 그렇다고 안 들어오면 어떡하니? 안 돼 그건…… 아빠두 어디 급하게 돈 쓸 데가 있어서 그랬을 거야…… 그래, 저녁에 언니가 수학여행비는 만들어 갈 테니까 일단 학교에 갔다가 집에 들어와…… 그래 알았어, 알았대두. 오늘은 꼭 집에 들어와. 알았지?"

바쁜 아침 시간인데도 그 애는 반쯤 남은 김밥을 손에 쥔 채 창밖을 멀거니 바라본다. 한참을 그렇게 앉아 있던 그 애는 창틀 위의 시계를 보더니 소스라치게 놀라 자리에서 일어섰다.

PM 2 : 00

갑자기 대로 쪽에서 시끄러운 소리가 들려오기 시작한다. 멀리서 한 떼의 인파가 군가를 부르며 몰려오고 있다. 손 깃발을 쥔 노인들이다. 한 손엔 태극기, 다른 손에 성조기를 든 사람도 보이고, 아예 깃발을 망토처럼 어깨에 두른 이도 있다. 각이 선 군복을 입고 선글라스를 낀, 청년처럼 씽씽해 뵈는 노인들도 줄지어 몰려오고 있다.

두어 달 전부터 편의점 앞거리에는 낯선 풍경이 생겨났다. 낮에 한 무리의 노인들이 밀물처럼 나타났다 썰물처럼 일시에 사라지고 나면 저녁엔 젊은이들이 밀려드는 일이 반복되는 거다.

처음 젊은이들이 몰려들었을 때 점장은 싱글벙글했다. 몇 시간씩 도로 바닥에 주저앉아 집회를 벌이던 그들이 생수나 음료수, 캔 커피, 과자, 초콜릿 따위를 사 가거나, 컵라면이나 도시락을 먹고 가곤 했기 때문이다. 점장이 발 빠르게 들여온 LED 촛불도 불티나게 팔렸다. 하지만 그것도 잠시, 경찰이 차선을 통제하고 인도에 차벽을 치면서 흘러넘친 인파가 골목길까지 밀려들면 온 거리가 옴짝달싹할 수 없게 돼버린다. 길이 사람으로 꽉 차니까 오히려 매상에 방해가 되는 거다.

그나마 밤에 오는 사람들은 나이도 젊고 온순해서 큰 피해는 주지 않지만 낮에 찾아오는 손님들은 사정이 다르다. 막무가내도 그런 막무가내가 없는 거다. 글쎄, 공원이나 다리 밑에 옹기종기 둘러앉아 장기나 두면 딱 맞을 이 손님들이 도시의 중심가로 떼를 지어 몰려드는 것부터 기이한 일이긴 했다.

이 손님들은 한번 몰려들었다 하면 편의점 안 테이블을 점거하고는 도무지 물러갈 생각을 않는다. 그렇다고 변변히 물건을 팔아주는 것도 아니다. 새우깡 한 봉지 사다 놓고 깡소주를 마시면서 시끄럽게 떠들고 실내에서 담배도 예사로 피운다. 어떤 이는 신발을 신은 채 테이블에 발을 올려놓고 장딴지를 주무르기도 한다. 그러다가 자기네들끼리 의견이 맞지 않아 싸우기도 한다. 이러니, 다른 손님들이 문을 열고 들어섰다가는 기겁해서 달아나버리는 거다.

며칠 전엔 군복을 입은 한 노인이 편의점 입구에다 대형 깃발을 매달아놓기도 했다. 파트타임 가정주부인 에이전트 2호가 다가가 잔뜩 주눅 든 목소리로, 할아버지, 여기서 이러시면 안 되는데요, 하자 그는 눈을 부라리며 시비를 걸었다.

"허어! 이게 안 보여? 태극기라구! 태극기!"

"그래도…… 남의 가게 앞에다 깃발을 달아놓으시는 건……"

"뭐여? 이제 보니 이 아줌마도 종북인강? 태극기를 걷어치우라니? 아줌마는 누구 편이여? 찬성이여? 반대여?"

2호가 눈을 내리깔고 외면하자 왕년의 참전용사는 그녀의 눈앞에 다가서서 삿대질했다. 말대꾸라도 하면 뺨이라도 때릴 기세였다.

"말해봐! 우리 불쌍한 그분에게 해코지하려고 눈이 벌건 그놈들과 한패여?"

이곳에 오는 노인들에겐 이상한 활기가 감돈다. 미쳐 돌아가는 세상을 멈춰 세울 이는 자기네뿐이라는 결의와 사명감이 눈알에 번들거린다. 떼를 지어 몰려다니면 어느 누구도 감히 시비를 걸지 못할 것임을 잘 아는 듯한 표정이다. 그들은 이미 군중의 위력을 충분히 감지하고 즐기는 것 같았다. 그들의 표정은 시답잖고 고달픈 시간을 살아내느라 닳아빠지고 지쳐버린 사람들의 그것이 아니었다. 그들의 얼굴에는 세상을 바로잡겠다는 사명감과 '틀딱이'라며 자신들을 무시하는 싸가지없는 젊은 놈들에게 본때를 보이고야 말겠다는 결의가 배어 있었다.

오늘도 시끄러운 군가와 구호 소리가 웅웅거리며 거리에 퍼지고 있다. 드디어 노인네 셋이 편의점 문을 밀고 들어선다. 에이전트 2호의 눈에 겁이 더럭 실린다. 오버워처 1호의 눈알도 분주히 돌아가기 시작한다. 한 사람은 중절모를, 다른 이는 챙이 달린 운동모를 썼고 또 다른 노인네는 이 추위에 아무것도 쓰지 않은 맨머리다.

"어이, 소주가 어딨어?"

2호가 우물쭈물 매대를 손으로 가리킨다. 운동모 노인이 소주 두 병과 새우깡을 들고 온다. 중절모 노인이 묻는다.

"얼마고?"

"오천삼백 원인데요."

노인은 호기롭게 잠바 안주머니 지갑에서 꼬깃꼬깃 접은 만 원짜리 지폐를 꺼내 든다. 맨머리 노인네가 말을 건넨다.

"거, 이왕 사는 김에 소주도 한 병 더 사지. 세 명이니까 세 병은 돼얄 거 아녀. 글고, 날도 춥고 한데 오뎅탕도 하나 시키지그랴."

그러자, 운동모 노인이 눈을 흘긴다.

"김가 저건 날마다 얻어먹는 주제에 감 놔라, 대추 놔라 타령이야."

"아, 그래. 그것도 사자꼬."

중절모가 위엄 있게 고개를 끄덕이자 맨머리 노인이 매대로 쪼르르 달려가 오뎅탕이 담겨 있는 스티로폼 용기를 집어든다.

노인들이 이 거리에 몰려든 다음부터 나는 그들 사이에도 위계질서가 있다는 걸 알게 되었다. 일행에게 소주 한잔 쏠수 있으면 그 사람이 권력자가 되는 것이다. 노인들에게 만 원짜리 지폐 한 장의 위력이 얼마나 큰지도 알게 되었다. 그들은 종이컵에 술을 따라 마시고는 플라스틱 숟가락으로 국물을 떠 후후 불어가며 먹었다.

"아이고, 그래도 이젠 좀 살 것 같네. 삭신이 꽁꽁 얼어붙어서 뻣정다리가 됐는데."

"그럼 뭐 애국하기가 쉬운 줄 알았는감?"

그들은 시국에 대한 논쟁을 벌이기 시작한다. 빨갱이, 국회의원 놈들, 기자 새끼들 따위 단어가 흘러나오면서 늙고 주름진 얼굴에 비분강개가 떠돈다. 추위에 얼어선지, 술기운 때문인지 눈자위와 콧등이 발그레해진 운동모가 문득 2호에게 호기롭게 소리친다.

"어이, 아줌마는 요즘 시상을 워치케 생각혀?"

"……"

지난번에 호되게 경을 친 2호가 난처한 기색으로 시선을 피한다. 노인이 감때사나운 시선으로 노려보더니 다시 소리친다.

"거, 행여 빨갱이들 말에 속지 말어! 숭어가 뛰니 망둥이도 뛰더라고, 지금 나라 꼴이 어떻게 돌아가는 중도 모르고 말여. 보아하니 아줌마는 세상 물정 알 만한 나이 겉에서 하는 말이지만, 요즘 젊은것들은 부모덕에 핵교 댕기고 호의호식하니께 세상 무서운 줄도 모르고……"

그래도 그쯤에서 그치니 이 사람들은 며칠 전 군복을 입고 온 노인들보다는 한결 낫다. 문득 맨머리 노인이 소리를 낮춰 운동모에게 묻는다.

"그런데, 오늘은 일당 안 주나? 이런 엄동설한에 불러내놓고설랑……"

중절모가 얼굴을 찌푸리며 타박을 준다.

"야, 애국사업에 무신 일당을 바래노?"

"……그려도 저번엔 이만 원씩 줬잖여?"

이번엔 운동모가 받는다.

"그래, 저번 참에 전세버스 타고 서울로 간 사람들은 오며 가며 점심, 저녁도 잘 얻어먹고 오만 원은 착실히 받았다던데, 그런 건수는 누가 만들어내는 거야?"

"너, 일당 타령하는 거 보니 요즘 며느리가 잘 찾아오지 않는 모양이네? 용돈도 안 주고 반찬도 안 싸 들고 오는겨?"

"쳇…… 아들 눔이고 며느리 년이고 가물치 콧구녕이여. 에휴, 노령수당이니 해서 꼴랑 이십만 원에다가 폐지 몇 장 주워 팔아봐야 입에 풀칠하기도 수월찮혀. 전기세하고 똥세 밀렸다고 오늘 아침에도 주인 놈이 찾아와 을매나 조아쌓던지, 원……"

맨머리 노인의 얼굴에 수심이 낀다. 그의 얼굴에선 조금 전까지 빛나던 활기가 사라지고 짙은 피로와 소심이 드러난다. 소주 세 병이 다 떨어지고 새우깡과 오뎅 국물이 동나자 빈 컵을 만지작거리는 노인들의 얼굴엔 아쉬움이 배어난다.

"자, 엔간히 몸들 녹였으면 또 나가들 보자꼬."

"난 삭신도 쑤시고 혀서 오늘은 이만 들어가볼란다."

"허, 김가 저거 돈 안 준다니까 들어간다는 거 좀 봐라. 야, 너는 태도가 글러먹었어. 돈 준다면 쪼르르 쫓아나오고, 안 준다니 담박 들어가려는 거야?"

"허, 아니라니까 그러네. 어째 코가 맹맹한 게 감기몸살이 달라붙는 거 같아서 그러지 뭐."

딸랑, 하는 소리와 함께 노인들이 편의점 문을 나선다. 그들은 구부정한 어깨로 골목길을 걸어간다. 온기 없는 겨울 햇살이 굽은 등판에 내려앉아 부서진다.

PM 4:00

잊어버렸다는 듯 대로에서부터 전단지 조각, 담배꽁초 따위를 휘감은 돌개바람이 골목 안으로 굴러들어온다. 마스크를 쓰고 후드를 눌러쓴 파카 차림의 여고생들이 종종걸음으로 지나간다. 입을 맞출 듯 끌어안은 사내애와 계집애도 지나간다. 성냥팔이 소녀도 어딜 다녀오는지 커다란 봉투를 안고 골목을 지나간다. 무중력 상태를 걷는 우주인처럼 걸음이 허청거린다. 조건반사처럼 내 시선이 그 애를 따라간다. 야속하게도 그 애는 편의점 쪽으로는 시선도 주지 않고 빌딩 안으로 사라진다.

　소녀가 늦은 밤 바바리코트를 입은 청년과 함께 편의점을 들르곤 한 것은 석 달 전이었다. 키가 훌쩍하니 크고 머리카락이 부드럽게 물결치는 이십대 후반의 청년이었다. 쌍꺼풀 진 눈에 목소리도 사근사근해서 부잣집 귀공자를 연상시켰다. 두 사람은 캔 커피를 사들고는 마주 앉아 무언가를 소곤거렸다. 나는 그들의 대화에 귀를 곤두세웠다. 청년은 소녀가 다니는 벤처회사의 부사장이었다. 그 청년과 대학 동기 한 사람이 투자해 차린 회사인 것 같았다. 몇 달 전 신입사원 둘을 더 맞아들인 모양이었다. 그러니, 경리 겸 사환인 소녀와 합치면 모두 다섯 명일 터였다.

　소녀는 탁자에 턱을 괴고 그 청년을 눈부신 듯 바라보았다. 시선이 마주치자 청년이 빙긋 웃으며 손가락 끝으로 소녀의 뺨을 가볍게 두드렸다. 문득 소녀가 얼굴이 발개지며 고개를 숙였다. 그 장면을 보면서 나는 가슴이 찢어지는 듯 아팠다. 글쎄, 성냥팔이 소녀의 젊은 연인을 질투하는 CCTV라니.

야근이 있대도 경리까지 남아 있어야 할 이유는 딱히 없을 건데도 청년과 소녀는 늦은 밤에 이따금 편의점에 들러 짧은 데이트를 즐겼다. 한번은 청년이 편의점 앞 뽑기 기계에서 곰 인형을 뽑았다. 세 번의 실패 끝에 네번째에 성공하자 소녀가 청년의 팔을 잡고 팔짝 뛰었다. 하나에 오천 원도 하지 않을 주먹보다 작은 싸구려 제품인데도 소녀는 청년이 내민 선물을 활짝 웃으며 받아 들었다. 소녀의 하얀 잇바디가 불빛 속에서 반짝 빛났다. 그리고 곰 인형은 소녀의 헝겊 가방에 대롱대롱 매달려 다녔다.

두 사람이 커피를 마신 후 편의점 골목에서 포옹하는 장면도 눈에 띄었다. 청년은 소녀의 머리칼에 손가락을 넣어 쓸어 주더니 소녀의 입술에 가볍게 제 입술을 갖다 댔다. 그러고는 팔을 풀고는 손을 가볍게 들어 보이더니 빌딩 안으로 들어갔다. 아마 그는 철야를 하는 모양이고 야근 끝에 먼저 퇴근하는 소녀를 바래다줄 겸 편의점에 들른 모양이었다.

그런데, 닷새 전이었다. 소녀가 늦은 밤에 혼자 편의점에 들렀다. 그사이 한 일주일가량 찾아오지 않았던 터라 나는 그 애를 보는 순간 가슴이 두근거렸다. 그 애는 허청거리는 걸음으로 샌드위치를 사 들고 의자에 앉았다. 하지만 포장도 뜯지 않은 채 어둠에 제 얼굴이 희미하게 반사되는 창밖을 멍하게 바라보고만 있었다. 일주일 새 도톰하고 토실하던 뺨이 쑥 들어가고 눈가엔 기미가 끼어 있었다. 얼굴엔 짙은 피로와 절망이 어려 있었다.

어?

나는 깜짝 놀라 그 애를 주시했다. 문득 그 애의 눈가가 젖어드는가 싶더니 눈물이 흘렀다. 뺨을 흘러내린 눈물이 턱을 타 내리는데도 그 애는 꼼짝도 하지 않았다. 도대체 무슨 일이 있었던 걸까. 아버지께 맞기라도 했을까, 여동생이 또 말썽을 부리기라도 했나. 아, 오늘은 그 청년이 보이지 않으니 다투기라도 한 것일까.

소녀는 한참 동안 창밖만 바라보고는 눈물을 줄줄 흘리더니 자리에서 일어섰다. 샌드위치는 탁자 위에 그대로 둔 채였다.

PM 5:00

이제부턴 에이전트 3, 4호가 근무하는 시간이다. 3호는 대학 신입생 사내애이고, 4호는 3학년 여학생이다. 퇴근 시간대로 접어들면서 거리가 사람으로 채워진다. 편의점으로 들어오는 사람도 늘어났다. 물건을 고르고, 카운터에 올리고, 바코드를 찍고, 신용카드를 받아 긁는 단순한 행위가 끝없이 반복된다.

잠바의 지퍼를 턱밑까지 올리고 헬멧을 눌러쓴 사내가 받침대에 포장 상자가 산처럼 쌓아 올려진 오토바이를 편의점 옆에 세워놓고 들어온다. 그러고는 컵라면과 삼각김밥을 사서 테이블에 앉는다. 찬바람에 얼어붙은 얼굴이 꺼칠하다. 한 손으로 김밥 포장을 찢어 베어 물고 다른 손으로는 휴대전화의 숫자판을 누른다.

"응. 그저께 배송한 게 분실신고 들어왔어. 샤넬이라던가 뭐라는 지갑이라는데 그게 백오십이나 한다네. 미치겠어. 낮에 사람이 없다고 아파트 우편함 안에 넣어달라고 분명히 지가 그랬거든. 나는 택배 완료했다고 문자까지 넣었는데, 왜 물건을 안 보내느냐는 거야. 아, 이 계집애가 진상을 부리는데 감당할 수가 없네…… 안 그래도 그렇게 이야기하긴 했지. 근데, 거긴 CCTV가 없다는 거야. 본사에다 뭐라고 꼬아바쳤는지 전화가 발발이 오고…… 본사에선 무조건 나더러 변상하라는데, 이럴 땐 도대체 어떡해야 하는 거냐? 쌍방과실로 반반씩 물자고 할 수도 없고…… 그런 비싼 물건을 우편함에 넣어놓고 가라는 년도 있냐? 니미, 그 쪼그만한 게 내 반달 치 수입이라네."

전화를 걸던 중에 또 다른 전화를 받은 사내가 입에다 김밥을 담은 채 서둘러 편의점을 나간다. 부릉 하는 소리와 함께 거리 끝 어디론가 사라진다.

삼십 분쯤 지나자 근처 학원에서 단과 강의를 듣는 고교생들이 한꺼번에 몰려온다. 삼각김밥, 떡볶이, 컵라면 따위를 손에 쥔 줄이 길게 늘어선다. 3호의 손길이 분주해진다. 이때는 나도 긴장을 해야 한다. 이 녀석들이 메뚜기 떼처럼 몰려왔다 가면 물건이 사라지는 일이 잦기 때문이다. 이어폰이나 휴대용 보조배터리처럼 덩치가 작은 물건이 타깃이다. 그걸 가져다가 뭐 하려는지 스타킹을 훔치는 놈도 있다. 한꺼번에 카운터를 삥 둘러치고 이거요, 저거요 하면서 김밥이나, 어묵 따위를 쑥쑥 내밀어 알바들의 혼을 빼놓는다. 그 틈에 한두 놈이 물건을 가방에 슬쩍 집어넣는 거다. 나중에 계산이 안 맞으면 불쌍한 알바들 일당에서 까야 하는 거다.

PM 6:00

이곳저곳 사무용 건물에서 젊은 남녀들이 쏟아져 나온다. 젊은 여자들이 삼각김밥이나 샌드위치를 사 들고 테이블에 앉아 수다를 떨다 사라진다. 어디 영화를 보거나 쇼핑하러 가는 길이겠지. 혼자 끼니를 때우고 가는 혼밥족도 있고 술을 마시러 가기 전에 숙취 해소 음료를 사러 온 젊은 직장인들도 있다.

그리고…… 다시 사람들이 몰려든다. 대학생도 있고, 유모차를 밀고 온 삼십대 부부와 사십대 직장인도 더러 있다. 머리가 희끗한 오십대도 찾아온다. 그들 역시 빵이나 샌드위치, 김밥, 라면 따위를 찾는다. 이를테면 전투식량을 조달하는 셈이다. LED 촛불을 사가는 사람도 있다.

거리에서 확성기 소리가 울린다. 무대 한가운데서 요란한 밴드 소리가 들린다. 라면을 먹던 사람들이 서둘러 자리를 털고 일어선다. 어느새 일회용 컵에 끼운 촛불과 'OUT!'이라고 쓰인 손팻말을 든 사람들이 도로를 꽉 채우고 있다. 인도에도 사람들이 꽉 들어차 편의점 골목 어귀까지 밀려들었다. 검은 파카를 입고 검은 두건을 쓴 수녀 몇 사람도 군중 속에 섞여 있다. 누군가의 연설에 이은 요란한 구호 소리와 박수 소리, 그리고 노래를 합창하는 소리가 차가운 대기를 타고 우렁우렁 허공에 퍼져간다.

이제는 밤의 시간. 한낮에 태극기를 든 노인들이 휩쓸고 지나간 바로 그 거리를 또 다른 사람들이 점령해 전혀 정반대의 구호를 외치는 거다. 개화기 때에 조선을 찾았던 어느 서양 여자는 오후 여덟시 인경이 울리면 거리를 가득 메웠던 사내들이 일시에 사라지고 장옷과 쓰개치마를 한 여자들이 거리를 가득 채우는 신비한 풍경을 묘사했다던가. 이 거리는 낮에는 노인들이, 밤에는 젊은이들이 점령한 해방구다.

아홉시쯤 되자 도로에 주저앉은 사람들이 주섬주섬 일어선다. 대열을 이룬 그들은 노래를 시끄럽게 켜놓은 차량을 따라 어디론가 행진을 한다. 선도 차량에 탄 젊은이가 커다란 깃발을 미친 듯 흔든다. 뿌우 뿌. 부부젤라 소리도 어지럽게 교차한다. 그들이 사라지자 통제됐던 거리가 풀리면서 전조등을 매단 차량이 텅 빈 거리를 달린다. 사람들이 흩어진 거리는 비로소 안식을 되찾는다.

PM 10:00

한기를 잔뜩 묻힌 에이전트 1호가 어깨를 웅숭그린 채 들어온다. 딸랑, 하고 문이 열리자 기다렸다는 듯 찬바람이 함께 몰려온다. 1호의 밤샘 근무가 다시 시작된 것이다. 1호는 매대를 점검한다. 야간용 도시락이 새로 들어왔고, 맥주 캔과 음료수도 다시 채워져 있다.

이윽고 학원을 파한 한 떼의 고등학생들이 몰려온다. 그 애들은 라면과 떡볶이로 허기를 채우며 거친 욕설을 내뱉으며 시시덕거린다.

"씨발, 오늘 모평 성적표 나왔는데 집에 가면 꼰대가 꿇어 앉혀 놓고 지랄을 떨겠네."

"야, 말두 말어. 난 어젯밤 야동 보며 딸딸이 치다 걸렸어. 쪽팔려서 니미……"

"근데, 존만아. 넌 뭘 그렇게 더럽게 처먹냐. 국물을 줄줄 흘리고…… 에라이 더러운 놈아."

"씨방새야. 사람 밥 먹는데 왜 뒤통수를 치고 지랄이야."

이윽고 한 놈이 침을 바닥에 찍 뱉는 걸 신호로 녀석들이 우르르 일어선다. 1호는 사라진 녀석들을 향해 눈을 흘겨 보이고는 대걸레로 바닥을 닦는다.

시간이 점점 깊어진다. 지금부터는 술 취한 진상들을 경계해야 할 시간이다. 며칠 전에는 술에 떡이 된 오십대 사내가 일회용 라이터를 사더니 딴 데는 사백 원인데 왜 여긴 오백 원을 받느냐고 시비를 걸다가 투수처럼 1호의 면상으로 라이터를 투척했다. 졸지에 라이터 공습을 받은 1호는 그 진상 손님의 팔을 잡고 편의점 밖으로 끌어냈지만 시비를 길게 끌고 가지는 않았다. 상대해봐야 그런 인간들은 더 길길이 날뛰고, 건너편 지구대에 신고해봤자 시끄럽기만 할 뿐인 걸 잘 아니까. 요즘은 왜 이렇게 머리꼭지까지 화가 들어차서 사소한 일에 목숨을 걸고 싸우는 인간들이 많은지. 다행히 오늘은 아직까지는 진상이 찾아오지는 않았다.

추리닝 바지를 입고 파카 후드를 깊숙이 눌러쓴 마흔 중반의 사내가 다가오고 있다. 바깥에 매복한 오버워치 1호가 긴장한다. 사내는 편의점의 동정을 슬쩍 확인하고는 인형 뽑기 기계로 다가간다. 갈고리가 스르르 내려가더니 바닥에 잔뜩 깔린 인형을 포획한다. 사내가 조심스럽게 레버를 작동해 투출구 쪽으로 몰고 간다. 그러나 아슬아슬한 순간에 아가리가 벌어지더니 툭 떨어진다.

사내가 다시 동전을 투입한다. 이번엔 좀 더 신중 모드가 되어 조심조심 인형을 포획한다. 그러고는 레버를 조금씩 옮겨 투출구로 옮긴다. 이번엔 성공이다. 툭 하고 피카츄 인형이 밖으로 미끄러져 나온다. 사내의 얼굴에 만족스런 미소가 어린다. 다시 사내는 동전을 밀어 넣는다. 오버워치 1호가 미친 듯이 사내의 영상을 송출한다. 그런데 에이전트 1호는 무얼 하느라 꾸물거리는지 창고에 틀어박혀 나오지 않는다. 나도 모르게 혀를 찬다. 1호는 내일 점장에게 직싸게 깨질 거다.

이 사내는 사실 상습범이다. 이삼일 걸러 한 번씩 동전을 주머니에 불룩하게 채우고 출동한다. 열 번 시도하면 적어도 일곱 번은 성공하는 초베테랑이다. 일전에는 두어 시간이나 붙어 앉아 오십여 개의 인형을 탈탈 털어갔다. 배낭에 인형을 담아 어둠 속으로 사라지는 모습이 CCTV 영상에 고스란히 찍혔다. 조잡한 인형을 수십 개씩 수집해서 도무지 얻다 쓰려는 걸까. 이런 걸 수집해 인형뽑기방에 되파는 중간상이 있는지도 모른다. 먹고살기 어려우니 별놈의 직업이 다 생기는 모양이다. 하여튼, 다음 날 텅 빈 기계를 보고는 주인이 1호에게 펄펄 뛰었다. 들어 있는 동전을 죄다 긁어모아봐야 삼만 원쯤인데 털린 건 이십오만 원어치가 넘었으니 그럴 만도 했다.

오늘은 다 털어가지는 못했다. 일곱 개쯤 뽑았을 무렵 1호가 알아챘기 때문이다.

"아씨, 이걸 싹쓸이해가면 어떻게 해요?"

"내가 뭐 나쁜 짓 했나? 동전 넣고 내 재주껏 뽑는 건데?"

"그래도 이거 너무하잖아요. 아, 재미로 한두 개 뽑는 거지 아작을 내면 어떡해요. 이거, 해도 너무하시네."

"내 돈 넣고 내가 빼가는 건데 당신이 웬 참견?"

"허어, 뭘 모르시나 본데 저번에 어떤 사람이 아씨 같은 짓 했다가 업무방해로 고소된 거 몰라요? 신문에도 나왔다구. CCTV에 얼굴 다 찍혔으니 고소당하기 싫으면 얼른 가세요."

업무방해 좋아하네, 어쩌고 사내는 꿍얼거리다가 비닐 백에 인형을 쓸어 담고는 사라진다.

AM 0:00

딸랑.

누군가가 들어온다. 성냥팔이 소녀다. 나는 깜짝 놀란다. 가슴이 두근거린다. 소녀가 이 시간에 편의점에 찾아온 적은 한 번도 없다. 소녀는 캔 커피를 사 든다. 그리고 툭 하고 가방을 탁자 위에 던진다. 그러고는 의자에 제 몸을 던지듯 주저앉히고는 언젠가처럼 멍하니 창밖을 내다본다. 자세히 보니 눈가가 발그스름한 게 술이라도 마신 것 같다. 이것 역시 전에 없던 일이다. 소녀의 전화에서 갑자기 벨 소리가 울린다. 난 두시쯤에 잠에서 깨어 찬 바닥에 발을 디뎠지. 아니 다시 한번 생각해보니 오후가 아닌 새벽 두시야……

"응. 너랑 헤어지구 나서 머리가 좀 아파서 캔 커피라두 한 잔 마시려고 편의점에 잠깐 앉아 있어. 어디냐구? 응. 우리 회사 앞…… 그냥 발길이 절로 여기로 와졌네. 뭐라구? 그 사람 집에라도 쳐들어가서 부모와 담판이라두 지으라구? 얘, 너 아까 그 소리 열 번도 더 했던 거 아니? 회사 그만두고 벌써 유학 가버렸다는데 지금 그런들 무슨 소용이야? 나두 오늘 여기 사표를 내버렸는데…… 그래, 산부인과엔 닷새 전에 다녀왔다고 아까두 말했잖니. 너 술 취했구나? 난 아직 정신 말짱하다구…… 너 지금 나한테 뭐라 그랬어? 병신 같은 년아, 속없어서 좋겠다고 했어? 그, 그래 나 속없는 년 맞아. 그래두 그 사람에겐 새끼라구 하지 마. 뭐, 뭐라구…… 어, 전화가 끊어져버렸네."

소녀는 비로소 생각이나 난 듯 캔 뚜껑을 따고 커피를 한 모금 마신다. 멍이라도 든 것 같은 어둡고 푸르스름한 얼굴이 유리창에 떠오른다. 소녀가 손가락으로 흐트러진 머리카락을 쓸어 올린다.

소녀가 자리에서 일어선다. 그리고 문을 열고 밖으로 나간다. 비틀거리며 어둠 속으로 스며든다. 내게 다리가 달려 있다면, 이놈의 편의점 경비고 뭐고 다 때려치우고 그녀를 따라가고 싶다. 나는 안타깝게 주위를 둘러본다. 탁자 위엔 소녀의 손가방이 그대로 놓여 있다. 곰 인형이 밝은 LED 조명등 아래서 혼자 웃고 있다.

AM 1:00

한기를 몰고 한 사내가 들어온다. 컵라면 포장을 벗겨내고 뜨거운 물을 부은 다음 탁자에 올려놓는다. 라면이 익기를 기다리는 사이에도 사내의 눈은 휴대전화에서 떨어질 줄 모른다. 콜 화면이 주르르 흘러가고 있다. 사내가 나무젓가락으로 막 라면 가닥을 집어 들 때 휴대전화가 울린다.

"뭐라구? 새롬이가 열이 펄펄 끓는다고? 아니, 애가 낮부터 콜록거리던데 병원에 데려갔어야지. 지금이라도 당장 응급실로 데려가. 뭐? 택시비가 없다구? 그럼 병원비는? 지금 나더러 어떡하라구…… 뭐라구? 아, 그래 알았어. 우선 카드로 택시 타고 가서 병원에 도착하면 다시 전화해. 아, 알았다니까!"

사내는 우거지상을 한 채 라면을 허겁지겁 집어 먹는다. 다시 벨이 울린다. 사내의 손이 잽싸게 전화기의 화면을 누른다.

"어디라구요? 사거리 건너 곱창골목…… 아, 예. 알지요. 감색 에스엠 씩스요? 지금 가겠습다."

사내는 먹다 남은 컵라면을 탁자 위에 올려놓은 채 허겁지겁 편의점을 나선다. 사내의 좁은 잔등이 어둠 속에서 사라진다. 1호는 어슬렁어슬렁 일어나 구시렁거리며 컵라면을 치운다.

배고픈 길고양이 한 마리가 편의점 불빛에 이끌려 다가온다. 임신을 했는지 뱃구레가 불룩하다. 뭐 먹을 거나 없는지 기웃거리는 고양이를 본 1호가 문을 열고 나가 발을 굴러 쫓아낸다.

"저리 가!"

어느새 진눈깨비 같은 겨울비가 내리고 있다. 1호는 하늘을 올려다보다가 창고에서 비닐우산을 가져다 매장 입구에 배치해놓는다.

고양이가 차가운 비를 맞으며 담배꽁초가 너저분히 깔린 골목길을 종종걸음으로 걷다가 휙 하고 담을 타 넘어 어둠 속으로 사라진다. 일상을 채웠던 온갖 군상들이 사라진 쓰레기통 같은 거리에 1호의 신작 시처럼 '허용되지 않는 모든 밤 세시'가 다가오고 있다. '비 오는 날의 빈 건물, 유리 블루, 옥수수 껍질 아래로 흐르는 나무 사이로' 포도가 번들거린다. 그래도 도시의 외로운 등대, 편의점의 불빛은 꺼지지 않는다. 편의점은 살아 있다.

* 기형도의 시 「물속의 사막」 부분.

공
마
에
의

한
국
비
망
록

2010년 7월 10일

띵똥 하는 차임벨 소리와 함께 안전벨트를 매라는 안내방송이 들린다. 인천공항이 멀지 않은 모양이다. 오후의 햇살이 쨍하니 누리에 퍼져나가고 있다. 어제 프랑크푸르트 하늘엔 먹장구름이 낮게 깔렸고 가랑비가 줄금줄금 내렸는데 이곳은 쾌청하다. 흰 구름 장막 틈새로 반짝이는 푸른 바다가 아스라이 내려다보인다. 서해일 것이다.

옆자리의 아내는 잠이 들어 있다. 하긴 피곤하기도 할 거다. 그제 저녁 파리에서의 만찬이 새벽 한시나 돼서 끝났고 채 너덧 시간 자지도 못하고 호텔을 나서야 했으니까. 베를린에서는 직항로 시간이 맞질 않아 프랑크푸르트까지 가서 어제 오후 늦게 이 비행기를 탔었다. 나는 이만한 스케줄 정도야 거뜬히 소화하지만 육십대에 접어든 아내는 좀 힘들어한다. 그제 밤에도 만찬이 새벽 한시를 넘기자 아내는 내게 눈짓을 여러 차례 보내다가 산회를 일방적으로 통고했었다.

"오늘은 이쯤에서 끝내는 게 어떨까요? 무슈 공은 내일도 강행군을 해야 한답니다. 오후엔 한국에 가야 해요. 신사 여러분 즐거운 이야기는 다음으로 미루고 이만……"

파리 샤틀레 콘서트홀에서의 연주회를 마치고 호텔에서 늦은 만찬이 열시 넘어서 시작됐다. 프랑스식 성찬치고 세 시간이라면 아주 긴 건 아니지만, 눈치 없는 친구들이 와인을 마시면서 오래 떠들긴 했다. 파리고등사범 교수이자 행세깨나 하는 음악평론가 피에르 가니에르 씨, 유력 음악 잡지『레 인락』의 호제 필리페 기자, 내가 음악감독 겸 상임 지휘를 맡고 있는 파리 제1라디오 교향악단의 부지휘자 마뉘엘 롤랑이 일행이었다. 그들은 오랜 지인들이다. 내 음악적 후원자라고 해도 크게 틀린 말은 아니다. 아, 최미경도 자리를 함께했다. 독일에서 활동하던 그녀는 내 추천으로 한산 필의 상임 작곡가로 영입됐던 터였고 이번 유럽 투어의 기획 책임을 맡아 프라하, 베를린, 런던을 거쳐 파리까지 나와 동행했다.

아내는 만면에 웃음을 띠고 한껏 부드러운 어조였지만 일방적인 폐회 선언에 참석자들은 멋쩍어하는 기색이었다. 그들은 시계를 들여다보고는 "어, 시간이 벌써 이렇게 됐나" 어쩌고 하더니 주섬주섬 자리를 털고 일어섰다. 그 친구들이 불쾌해하지 않나 얼핏 걱정됐지만 내색하진 않았다. 이런 날은 느긋하게 술 마시고 떠들어도 나쁘지 않다. 투어 동안 팽팽히 엉킨 신경 다발을 푸는 방법이기도 하다. 하지만 아내는 내 스케줄 관리에 관한 한 결코 양보가 없다. 그 자리에 프랑스 대통령이 앉아 있었대도 마찬가지였을 거다. 레스토랑 문을 나서던 가니에르 씨가 "마에 공, 이번에 한국 가면 언제 올 거요? 파리 오거든 다시 한잔합시다" 하고 눈을 찡긋해 보여서 안도했다.

만찬의 분위기는 좋았다. 음식도 괜찮았다. 전채로 나온 에스카르고와 바닷가재를 잘게 다져 샤프란이 살짝 섞인 허브 소스를 끼얹은 프와송도 나쁘지 않았고 쇠고기 안심을 구운 비앙드와 푸아그라도 꽤 맛있었다. 보르도산 '그랑크뤼 클라세 샤토'도 좋았다. 한 모금 살짝 머금어 혀끝으로 입천장에 굴릴 때 입안에 퍼지는 그 쌉쌀한 풍미라니. 너무 비싼 게 흠이긴 하지만 말이다. 어떻게 된 게 프랑스에서만 한 병에 수십만 원을 호가하는 거다. 중국, 한국의 졸부들이 쓸어가기 때문에 그렇다고 한다. 원 참, 와인 맛도 모르는 것들 때문에 정작 소믈리에급 애호가들이 피해를 입다니.

그들은 한산 필의 파리 연주회가 매우 훌륭했다고 칭찬했다. 가니에르 씨는 '판타스틱'과 '마법적'이란 단어를 거푸 써가며 내 허영심을 만족시켜주었다. 그는 "까만 머리칼의 연주자가 줄지어 앉아 있는 것을 보고 처음엔 동양 학생이 많이 유학한 프랑스 어느 음대 학생 오케스트라 같아 보였는데 연주가 시작되면서 베를린 필이 왔나 하고 귀를 의심했다"는 농담을 던져 좌중에 웃음을 선사했다. 아내도 웃었고 최은경도 좋아했다. 그의 칭찬에 나는 이렇게 답례했다.

"아, 그 뭐 베를린 필이나 런던 필, 뉴욕 필도 일찍이 객원으로 지휘해봤고, 여기저기 음악감독도 했지만 한산 필이 훨씬 재밌어요. 베를린이나 뉴욕이야 워낙 처음부터 잘 짜인 곳이라 지휘자가 끼어들 일이 크게 없잖아요? 그런데 여긴 백지상태이니까 내 구상대로 색깔이 입혀진단 말이거든. 실력은 좀 미숙해도 흡착지가 물을 빨아들이듯 쫙쫙 빨아들인단 말이에요. 소리를 한 단계, 한 단계 끌어올려가는 성취감이 있어요."

호제 기자가 다음 호에 한산 필의 유럽 투어를 기사로 실어주기로 약속했고, 가니에르 씨도 자신이 정기 기고하는 『르 피가로』 문화면에 리뷰를 써주기로 했으니 만찬의 효과는 본 셈이었다. 그랑크뤼 클라세 샤토가 제값을 한 셈이랄까. 그들의 글은 내 프로필에 도움이 될 것이다. 뭐 내 돈 든 것도 아니다. 이번 투어의 모든 체재비와 함께 만찬 비용도 바깥에서 대기하고 있는 내 비서가 한산 필 사무국에 청구할 것이니까. 하기야, 그들의 연주평은 두고두고 한산 필의 팸플릿에 실릴 거고 한국 언론사에 보내는 보도자료에도 유용하게 써먹을 것이므로 한산 필은 싼값에 최대한의 홍보 효과를 누리는 셈이 아닌가. 글쎄, 내가 아니라면 언감생심 어떻게 파리의 유력지를 장식할 수 있겠는가.

기수가 조금씩 앞으로 기울어지는 것이 인천공항에 접근하고 있는 모양이다. 나는 팔을 쭉 뻗어 기지개를 켜고는 등받이를 원위치로 세웠다. 그리고 눈으로 승무원을 찾았다. 단정하게 머리를 틀어 올린 승무원이 눈웃음을 치며 다가왔다.

"뭐 필요한 것이라도 있으세요?"

"음, 물 한 잔만."

승무원이 크리스털 잔에 에비앙 생수를 가져다준다. 차가운 냉기가 목젖을 짜르르 타고 넘어가자 흐릿하던 정신이 맑아진다. 모두 여덟 석의 퍼스트 클래스는 수족관처럼 안락하고 고요하다. 쾌적한 피로감이 온몸을 스쳐 간다.

하고 보면, 이번 투어는 여러모로 만족스러웠다. 프라하 드보르자크 홀의 음향 시설이 좋지 않아 소리가 가끔 튀었던 것만 빼면. 걱정했던 베를린 연주회도 성공적이었다. 소리에 민감하기로 유명한 베를린 청중 아닌가. 베를린 콘체르트하우스의 매표소엔 일찍부터 관객들이 몰려들었다고 한다. 최은경이 흥분해 아시아계 악단에 이렇게 청중들이 몰린 것은 매우 드문 일이라고 전해주었다. 연주도 만족스러웠다. 청중의 반응도 좋았지만 내가 만들어낸 소리에 나 스스로 만족할 수 있었던 게 더 좋았다. 등 뒤로 요란한 박수갈채가 들렸을 때야 나는 비로소 안도의 한숨을 내쉬었다. 청중이 기립해 있었다. 나는 짐짓 무표정하게 고개만 숙이면서 무대를 드나들었지만 기분이 좋지 않았다면 거짓말일 것이었다.

베를린에서의 성공의 여세로 런던과 파리 연주도 무난히 끝났다. 더구나 도이치그라모폰과의 레이블 레코딩 계약이라니. 이것이야말로 한산 필로선 언감생심 생각도 못했을 쾌거일 것이다. 일찍이 푸르트뱅글러, 카라얀의 베를린 필 전담 레코드 회사였던 DG가 아닌가. 음반산업이 사양길로 접어들면서 이렇다 할 거장들조차 기회를 잡기 어려운 판국에 극동의 끄트머리에 간신히 붙은 한국의 오케스트라를 레코딩하겠다고 나선 것은 지휘자인 나에 대한 찬사와 신뢰의 표시에 다름이 아닐 터였다. 물론, 한산 필이 제작비 일체와 홍보비, 그라모폰사 실무자의 기획비와 한국 체제비 일체를 대준다는 조건이지만 어디 DG가 제작비를 댄다고 아무 오케스트라와 계약을 맺는 회사인가. 오 년 전 한산 필의 음악감독으로 취임했을 때 세계적인 교향악단으로 키워주겠다던 약속을 내가 충실히 이행하고 있다는 매우 적절한 증거가 될 것이었다.

투어의 성공, 지인들과의 유쾌한 만남, 레코딩 계약의 체결 등등으로 한국으로의 귀로는 쾌적했다. 프랑크푸르트에서 비행기에 탔을 때 퍼스트 클래스의 여 승무원은 나를 보고 눈을 동그랗게 떴다. 그녀는 노트를 가져와 조심스레 내게 펼쳤다.

나는 관대한 미소를 띠고 내 이름을 휘갈겨 썼다. 좀 귀찮기는 해도 나는 이런 팬 서비스에 소홀하지 않으려고 노력한다. 그게 나 같은 국제적 공인의 자질인 거다. 그 승무원이 비행 내내 극진한 서비스를 제공했음은 말할 나위도 없다.

그랬는데, 한 젊은 여자의 얼굴이 내 눈앞에 떠오른 것은 비행기가 착륙을 마치고 서서히 게이트에 진입할 때였다. 쾌적하던 기분이 찬물을 맞은 듯 일시에 사라졌다. 나는 얼굴을 찌푸리고 눈을 감았다. 선반에 올려둔 핸드백을 챙기려고 자리에서 일어서던 아내가 말을 건넸다.

"아깐 기분이 좋아 뵈더니 갑자기 왜 그래?"

"아냐. 약간 어지러워서."

아내는 고개를 내 얼굴 위로 바투 숙이고 걱정스런 눈빛으로 바라본다.

"당신 이번에 무리했어. 다음 연주가 사흘 후랬지? 웬만하면 취소하는 게 어때?"

나는 눈을 감은 채 팔을 내젓는다.

"아냐. 그래도 계약은 지켜줘야지."

그제, 아니 어제 새벽 호텔에서 늦은 만찬을 마치고 객실로 올라가려던 참이었다. 레스토랑 입구에서 젊은 한국인 여자가 웨이터와 승강이를 벌이고 있었다. 스쳐 지나가려는데 여자가 내 앞을 막아섰다.

"공형준 선생님이시죠? 선생님을 뵈려고 만찬 끝나실 때까지 기다리고 있었습니다."

이 심야에 내 앞을 가로막다니 당돌한 여자였다. 나는 적이 불쾌해져서 이마에 주름을 지으며 여자를 내려다보았다. 옆에는 프랑스인 여자가 함께 서 있었다. 여자는 빠르게 말을 시작했다.

"어제 샤틀레 콘서트홀로 선생님을 찾아뵀던 한국 유학생입니다."

그때야 나는 리허설을 막 마친 참에 이 여자가 찾아왔던 일이 떠올랐다. 나는 유럽에서 내 일정을 챙기는 프랑스인 비서를 불러 그녀의 용건을 들으러 시켰던 터였다. "비서에게 용건을 전하지 않았나요? 그런데 여기까지 왜……"

"지금 한국에선 한 국립오페라단이 부당하게 해체되려 합니다. 단원들이 전원 해고될 위기에 몰려 있습니다. 한국에서도 반대운동이 벌어지고 있습니다만, 파리에 있는 저희도 힘을 보태려고 서명운동을 벌이고 있습니다. 프랑스 공연예술 노조가 지지 성명을 발표해줬고요, 선생님이 음악감독으로 계셨던 파리국립오페라단 단원들도 사인해주었습니다. 선생님께서 참여해주신다면 한국 정부도 귀를 기울이지 않을까 해서 서명을 부탁드리려고 합니다. 아침 일찍 독일로 가신다기에 결례인 줄 알면서도 기다리고 있었습니다. 잠깐만 시간을 내주시면 고맙겠습니다."

나는 짜증이 울컥 솟구쳤다. 고작 서명 따위나 받으려고 새벽 한시가 넘은 시간에 막무가내로 나를 붙들고 늘어진단 말인가? 약속도 없이? 도대체 한국인들은 개념도 없고 예의도 없지 않나. 게다가 나는 그들의 정체가 의심스러웠다. 이 여자는 도대체 누구인가? 한국 오페라 단원의 친척이라도 된단 말일까.

"아, 오페라단 하나 살리겠다고 지금 이러고 있는 거예요? 그 오페라단이 노래를 얼마나 잘하기에 그 사람들을 꼭 구해야 한다는 거예요?"

"그 오페라단은 선생님이 지휘를 하신 적도 있어요. 프랑스에도 없는 오페라단이라고 극찬하신 적도 있고요. 그러니 선생님께서 도와주시면……"

내가 지휘한 적이 있었다고? 기억에 없는 일이었다. 하기야, 일 년에 수십 차례 지휘하는 내가 아닌가. 오래전에 지휘한 한국의 오페라단까지 일일이 기억할 수는 없는 노릇이다.

"이봐요. 내가 있는 한산 필도 일 년에 열 명 넘게 해고당해요. 거기만 그런 게 아니라구. 오페라단 하나 없어진다고 여기까지 와서…… 뭐, 여기다 서명하라구?"

나는 그들이 건넨 종이쪽지를 흔들었다. 나는 그들의 주장을 이해할 수 없었다. 이 바닥은 경쟁이 철칙 아닌가. 실력이 있으면 살아남는 거고 없으면 도태되는 거다. 그게 자본주의이고 예술 하는 자들의 운명인 거다. 무슨 오페라단인지는 모르지만 필시 해체될 만해서 해체되는 것일 거다. 청중이 들어

차고 경영 수익을 내는데도 해체할 멍청이가 있을 턱이 있나. 나라 세금을, 아니 세금이 아니래도 좋다, 귀중한 지구의 자원을 예술 한답시고 떠드는 천민을 먹여 살리는 데 낭비해선 안 된다는 게 내 소신이다. 그런데 나더러 서명을 하라고? 이 야밤에 막무가내로 찾아와서?

그런데 이 뻔뻔한 계집애들은 도무지 물러설 줄 모른다. 얼굴이 곱상한 여자애가 한 발 더 다가섰다. 그리고 또박또박 말을 잇는다.

"선생님께서도 일찍이 파리국립오페라단 예술감독 시절에 프랑스 정부로부터 부당 해고를 당하지 않으셨습니까. 선생님은 그때 프랑스 예술노조의 지원을 받아 함께 싸웠잖아요. 우리는 프랑스 예술인들이 선생님과 연대했던 것처럼 선생님도 그들과 연대해주시기를 간청하는 겁니다."

그 말을 듣자마자 나는 화가 머리 꼭대기까지 치밀었다. 그러니까 너도 신세를 졌으니 빚을 갚으라는 소리가 아닌가. 그러나 나처럼 국제적 명성을 가진 희귀한 음악 천재와 악보도 제대로 읽지 못해 쩔쩔매는 그 숱한 예술 천민을 동급에 놓는다는 것 자체가 내게는 모욕이다. 내가 부당 해고된 것은 그 자체로 세계 음악계의 손실이었다. 그런데 내가 왜 그 무능한 자들의 밥벌이를 위해 내 이름을 팔아야 하는가.

"도대체 당신들은 누구요? 누구이기에 나더러 사인을 하라 마라 하는 거예요?"

"저희는 예술가들이 정당한 대우를 받고 일하는 세상을 위해서 자발적으로 연대해 싸우는 한국 시민단체의 후원자들입니다. 말하자면 프랑스에서 그들과 함께 운동하고 있는 거죠."

비로소 나는 여자의 정체를 알 것 같았다. 나는 희미한 웃음을 깨물었다.

"그러니까 당신들이 촛불 들고 거리에서 미국 소고기 안 먹는다고 시위하는 그런 사람들이란 말이죠? 몇십 년 전엔 미국에서 뭐 안 갖다주나 하고 손 벌리다가 이제 와선 미국산 소고기 안 먹겠다는 그 사람들…… 알았어요, 알았어."

나는 한마디 덧붙였다.

"그렇게 불쌍한 사람들 돕고 싶으면 여기서 이러지 말고, 아프리카 난민들을 찾아가 구호 활동이라도 벌여요. 유학 왔으면 정신 차리고 공부나 열심히 하든가."

여자가 내 눈을 정면으로 쏘아보았다. 그 눈빛에는 경멸이 담겨 있었다. 나는 움찔했다. 일찍이 그 어느 누구이건 내게 이런 눈빛을 보낸 사람은 없었다. 그녀는 나지막이 한마디 던지고 돌아섰다.

"당신이나 정신 차리세요!"

화가 머리끝까지 치밀어 올라 나는 한 대 칠 듯 다가섰다.

"당신 객실로 안 올라가고 거기서 뭐 해?"

현관까지 손님들을 배웅하고 돌아오던 아내의 목소리가 들렸다. 나는 그때야 퍼뜩 냉정을 회복했다. 내가 누군가, 나는 마에스트로 공형준이다. 어린 여자애와 입씨름을 벌여서야 내 체모가 말이 아니지.

비행기에서 내리자 나를 수행해 이코노미 클래스에 타고 있던 한산 필 직원이 황급히 입국 수속을 했다. 우리는 낑낑 거리며 짐 가방을 메고 끄는 직원을 따라 공항 출입문을 나섰 다. 내가 한국에 체재할 때 전용으로 쓰는 한산 필의 연갈색 리무진이 미끄러지듯 내 앞에 섰다. 나는 뒷좌석에 털썩 주저 앉았다. 그리고 운전수에게 외쳤다.

"원서동으로!"

2013년 6월 5일

나도 한국인이지만 한국인이란 족속은 보면 볼수록 이상한 데가 있다. 왜 그렇게 남의 일에 관심이 많을까. 프랑스에서 귀국해 오늘 한산 필로 출근하자마자 한국에서의 내 스케줄 을 관리하는 비서가 이상한 이야기를 보고해 왔다. 어떤 한국 인이 나를 공격하는 글을 인터넷신문에 연일 싣고 있다는 것 이다.

처음엔 한 귀로 흘려들었다. 공중파 방송도 아니고 유력 일 간지도 아닌, 고작 인터넷신문 아닌가. 나를 질시하는 인간들 이야 동서양 어디든 쌔고 쌘 것이다. 내가 파리국립오페라단

감독으로 있을 때 프랑스인들은 또 얼마나 나를 씹어댔던가. 프랑스인들이 관용을 아는 사람들이라고? 천만의 말씀이다. 그들의 톨레랑스란 건 말 그대로 '상대에 대한 무관심'이다. 다른 사람이야 어쩌든 말든 내게 피해가 없으면 노터치란 거다. 하기야 그런 무관심이 오히려 편안할 때가 있다. 하지만 자신의 이익이 침해받는 순간 그 톨레랑스란 건 온데간데 없어진다. 그리고 아주 교묘하고 끈질긴 방법으로 상대를 괴롭혀 제풀에 떨어져 나가게 만드는 것이다. 동양인이 자기네 최고 악단 중의 하나를 장악하고 있는 것을 오랫동안 지켜볼 그들이 아니었다. 그때 당했던 수모를 생각하면 지금도 치가 떨린다.

나는 그렇게 할 일 없는 인간이 누구냐고 물었다. 비서의 이야기로는 무슨 소설가라고 한다. 나는 고개를 갸웃했다. 소설가란 치들이야 원래 남의 사연을 팔아서 밥 먹고 사는 족속이긴 하지만 내 일에 무슨 관심이 그리도 많아서 신문에 꼬아 바친단 말인가. 사실 나는 소설이라든가 시 따위는 읽어본 적이 거의 없다. 언어라는 지극히 원시적이고 불완전한 도구를 매개로 하는 예술이 신통할 리 없을 것이기 때문이다. 미술 역시 불완전하지만 그래도 시각이란 인간의 기본 감각을 기초로 하기 때문에 문학보다는 나을 것이다. 반면에 음악이란 바로 우주의 소리, 신의 음성이 아닌가. '음악은 다른 예술들처럼 이데아의 복제가 아니라 의지 그 자체를 담아낸다'고

한 쇼펜하우어의 말을 빌릴 것도 없이 음악은 조화와 질서 자체인 것이다. 음악이 없다면 어떻게 우주 깊은 허당에 매달려 반짝이는 별들이 자전하고 공전하는 소리를 들려줄 수 있겠는가. 오케스트라를 지휘해 명징하고 조화로운 신의 목소리를 재현해내는 내가 그따위 조잡한 인간의 언어에 어떻게 감동할 수 있단 말인가.

나는 비서가 가져다준 스크랩을 읽었다. 그자의 글은 여러 편이었지만 종합하면 내가 너무 돈을 밝힌다는 것, 한산 필이 내게 제공하는 돈과 편의가 지나칠 뿐 아니라 투명한 절차를 거치지도 않고 제대로 공개도 하지 않는다는 것, 그리고 내가 한산 필의 음악감독으로서 충분한 의무를 이행하지 않았다는 것 따위였다.

그자는 내가 한산 필에서 지난 팔 년간 해마다 이십억 원이 넘는 연봉과 지휘료를 받아 갔다고 까발리고 있었다. 별도의 판공비에다 횟수 제한 없는 일등석 2인용 항공권과 매니저를 위한 비즈니스석 항공권도 제공받고 있다고 써놓았다. 파리의 개인 매니저 활동비조차도 한산 필이 지급한다고도 했다. 그자가 말한 액수는 좀 과장된 것 같았다. 아니, 어쩌면 그쯤은 될는지도 모른다. 나는 내가 받는 돈을 정확히 계산해본 적이 없으니까. 아내가 잘 알고 있을 것이다.

나는 그게 왜 문제가 되는지 도무지 알 수가 없었다. 음악 시장도 철저히 자본의 논리에 따라 몸값이 정해지는 것이다.

내가 만들어내는 소리에 그만한 가치가 있으니까 그 돈이 지불되는 것뿐이다. 그자의 얼토당토않은 시비에 나는 엷은 미소를 머금었다. 별로 기분 나쁠 것도 없었다. 나는 혼잣말을 했다. '참 할 일도 어지간히 없는 친구로군. 이 바쁜 세상에서 뭐 하러 남이 타는 차와 묵는 호텔까지 신경을 쓸까.' 이자는 나를 주인공으로 한 소설을 쓰려나 보다는 생각이 들었다.

급기야 그자가 한산 필 단원들은 1회 연주에 육만 원의 연주수당을 받는 데 비해 내가 받는 지휘료가 무려 칠백 배나 된다고 쓴 대목에선 실소하지 않을 수 없었다. 이 나라 소설가라는 인간들의 수준이 한눈에 보이는 듯했다. 오케스트라의 최고 목표가 뭔가. 좋은 소리를 만드는 것이다. 그럼, 그 단원 칠백 명을 데리고 연주를 시켜보라지, 내가 만드는 음향의 백분의 일이라도 나오는지. 이자는 내게 시비를 걸기보다는 재벌 회장을 찾아가서 "당신은 왜 당신 공장에서 일하는 여공보다 수만 배의 돈을 배당금으로 받아 가는가" 하고 따지는 게 더 설득력 있지 않을까. 문득 재작년 파리에서 마주친 당돌한 젊은 여자가 떠올랐다.

또 다른 자가 쓴 글은 더 가관이었다. 공형준이 도대체 무엇이기에 대통령 월급보다 열 배나 더 받아 가느냐는 거다. 나는 또 피식 웃었다. 글쎄, 아무렴 내가 하는 일이 이 나라 대통령보다 못하단 말인가. 대통령의 일도 오케스트라의 지휘자와 비슷하긴 하다. 지휘자가 바이올린, 첼로, 비올라, 트

롬본, 오보에, 클라리넷 따위 온갖 악기를 한자리에 모아 화음을 만들어내는 것처럼 남녀노소, 수많은 직업과 이해관계가 뒤엉킨 국민을 묶어내 조화로운 세상을 만드는 것을 지향한다는 점에서. 하지만 나는 내가 만들어내는 소리만큼 세상을 조화롭게 만든 정치가가 있다는 소리는 한 번도 들어보지 못했다. 그들이 내가 만들어내는 소리의 절반, 아니 1퍼센트만큼이라도 아름다운 세상을 만들어낸다면 나는 그들에게 기꺼이 경의를 표할 용의가 있다. 나를 미국 대통령을 시킨다 해도 내 지휘봉과는 맞바꾸지 않을 거다.

팔 년 전 가을날 파리에서 나는 한국의 어느 두지사가 보낸 메신저와 마주 앉았었다. 마로니에 잎이 흩날리는 뤽상부르 공원 앞 카페에서였다. 3선 의원 출신인 그 오십대 지사는 정치적으로 야심만만하고 집권당에서의 입지가 탄탄해 다음 대통령 물망에 올라 있다는 말을 나는 한국의 지인에게서 미리 전해 들은 터였다. 도지사의 예술행정 자문을 비공식적으로 맡고 있다는 그 불문과 교수는 내게 지사의 제안을 전달했다. 한국의 대표적 재벌인 한산그룹이 도청 소재지에 초현대식 콘서트홀을 지어 기증하기로 했다, 세계적인 오케스트라를 만들어달라는 조건을 붙여서. 한산그룹 회장은 오케스트라 운영비의 절반을 지원해주겠다고도 한다.

"콘서트홀은 미국에서 활동 중인 세계적인 건축가 제임스 리의 설계로 외장 공사가 끝났습니다. 지사님은 현재의 도립

교향악단을 재단법인화해서 오 년 안에 세계 십대 오케스트라로 육성할 계획입니다. 공 선생님을 음악감독 겸 상임지휘자로 모셔오라는 지사님의 특명을 받아 제가 파리까지 날아왔습니다. 수락하신다면 최상급 대우는 물론 오케스트라 운영 전권을 드린다는 게 지사님의 생각입니다. 허허."

'세계적'이란 수식어는 무어며, '세계 십대 오케스트라'가 뚝딱뚝딱 건물 짓듯 오 년 만에 만들어질 수 있는 것일까 하는 생각이 스쳐 지나갔지만 내색하진 않았다. 이런 종류의 협상엔 나는 매우 신중해지는 것이다. 나는 도지사의 메시지를 충분히 이해했다. 그는 나를 앞세워 문화행정 치적을 쌓겠다는, 그리하여 대통령으로 가는 징검다리에 놓일 돌 하나를 얻겠다는 것일 터였다.

나는 그의 제안에 구미가 당겼다. 그 무렵 나는 일종의 낭인 상태였다. 파리국립오페라단에서 쫓겨난 후 내 커리어에 걸맞은 자리가 쉽게 주어지지 않아 내심 초조하던 터였다. 이탈리아 피렌체 관현악단의 음악감독을 맡기도 했고 파리 제1라디오 필하모닉 오케스트라를 맡고는 있지만 악단의 성가나 대우는 파리국립오페라단에 댈 것이 아니었다. 나는 마음속으로 계산기를 두드렸다. 무명 오케스트라란 게 마음에 걸렸지만 최상급 대우에 운영 전권을 준다는 대목은 마음에 들었다. 한 산그룹이 이런저런 내 프로모션의 뒷배를 봐줄 것이란 기대도 있었다. 세계 일류 오케스트라를 지휘하던 마에스트로가 조국에 봉사하기 위해 무명 오케스트라를 맡았다, 고 컨셉을 뽑기만 하면 내 명성에도 그다지 누가 될 것 같진 않았다.

나는 한 달 후 면담에서 아내와 함께 자문 변호사를 대동했다. 변호사가 계약조건을 읽는 동안 나는 눈을 감고 팔짱을 긴 채 악상을 구상하는 척했다. 계약조건은 내가 봐도 엄청났다. 불문학자는 입을 딱 벌렸다. 나와 아내는 군말 않고 일어섰다.

"실례지만 저는 중요한 약속이 있어서…… 구체적인 건 제 변호사와 상의하시죠."

유능한 내 변호사는 협상을 성공적으로 이끌었다. 어르고 달랜 끝에 거의 원안대로의 협상안을 가져다주었고 나는 계약서에 사인했다.

호되게 바가지를 씌우긴 했지만 나는 약속을 비교적 충실히 지켰다. 취임하자마자 장래성이 보이는 젊은 연주자 몇만 남기고 전원을 해고했다. 공모를 거쳐 새 단원을 보충하고 20퍼센트가량은 유럽인 연주자를 데려와 메꿨다. 잘린 단원들이 한산 콘서트홀 로비 앞에서 시위를 벌였지만 나는 그들의 곁을 지나면서 히죽이 웃어주었다. 그리고 정기 오디션에서 해마다 열 명 안팎을 무조건 잘라냈다.

소리가 좋아지고 레퍼토리가 다양해지자 뒷말이 쑥 들어갔다. 운영비를 충당하기엔 턱도 없었지만 유료 관객이 세 배로 늘어났고 한국 최고, 아니 아시아 정상급이란 찬사가 쏟아지기 시작했다. 삼 년 전엔 유럽 투어를 다녀왔고 도이치그라모폰에서 음반도 취입했다. 당연한 결과이지만 나는 내 능력에 만족했다.

불도저 행정으로 찬사와 비난을 한 몸에 받던 도지사와 나는 죽이 잘 맞았다. 목표를 정하고 화끈하게 밀어붙이는 내 스타일을 좋아한 그는 든든한 방패막이 돼주었다. 도청 소재지의 중심을 가로지르는 복개천을 뜯어내고 전기 펌프로 수돗물을 흘려보낸 다음 생태하천 복원을 선포한 그는 대대적인 개통식을 열었다. 나는 그 도시 출신의 재미 조각가가 세운, 비행접시를 포개놓은 모양의 이상한 기념 조각 옆에서 축하 연주회를 열었다. 한산그룹의 후원을 얻어 '찾아가는 음악회' 시리즈도 시작했다. 클래식을 접할 기회가 드문 산동네나 복지시설을 찾아가 연주회를 연다는 갸륵한 취지였다. 그 연주에서도 나는 기획료와 지휘료를 꼬박꼬박 챙겼다. 돈이 아쉬워서가 아니라 프로는 당연히 그러는 법이기 때문이다. 한국에 머무는 석 달을 뺀 나머지 기간은 프랑스에 머물면서 파리 제1라디오의 지휘를 계속했고 미국과 유럽 각국을 오가며 객원지휘도 했다. 내 개인적인 레코딩 작업도 했다.

나는 비서가 가져다준 기사 스크랩을 내던지고 뒷짐을 지고 이리저리 오가면서 생각에 잠겼다. 지난 팔 년 동안 나는 한국에서 나만의 완벽한 성채를 구축했다. 내 왕국을 세우고 제왕으로 군림해왔다. 그런 내게 반기를 든 자가 나타난 것이다.

베이지색 양탄자가 깔린 널찍한 집무실 창가에 서서 잘 조성된 한산 콘서트홀의 정원을 내려다보다가 내린 결론은 철저한 무시 전략이었다. 물론 내게는 든든한 응원군인 도지사와 충성을 다하는 언론이 있다. 무엇보다도 맹목적인 경배를 바치는 숱한 팬들이 있다. 인터넷 언론 따위에서 떠드는 비난쯤은 얼마든 잠재울 힘이 있었다. 그러나 어쨌든 내 처우와 개인 활동이 사람들의 입에 오르내려선 좋을 게 없는 것이다.

뭐라고 지껄이건 상관 않겠다, 내 길만 가면 그만이다. 나는 그렇게 결론을 내렸다. 그러나 명치에 알심이 박힌 듯 마음 한구석이 걸쩍지근한 건 어쩔 수 없었다. 나는 씹어뱉듯 혼잣말을 했다.

"도처에 속물들뿐이로군. 온 천지에 돈, 돈, 돈뿐이야. 좋은 소리를 들려주면 그냥 감동만 하면 안 되나. 예술을 돈과 결부시켜 이러쿵저러쿵하는 천박한 것들 같으니."

2014년 6월 20일

원서동 내 집은 편안하다. 이층 서재에서 내려다보면 무성한 나무 사이로 창덕궁 전각의 청기와 용마루가 설핏 드러난다. 가랑비 오는 날 새벽 쇼스타코비치를 걸어놓고 커피 한 잔 들고 창가에서 내려다보면 안개가 자욱이 낀 게 제법 운치 있다.

처음 몇 년은 한국에 올 때마다 신라호텔이나 하얏트호텔에 묵었다. 스위트룸이긴 해도 남의 이목이 불편하다는 아내의 성화에 이 집을 장만한 게 오 년 전이다. 마당이 널찍한 한옥을 사서 위채는 허물어 프랑스식으로 짓고 아래채는 내부만 수리해 파티나 손님맞이용으로 쓰고 있다. 서울에 머무는 시간은 서너 달이 채 못 되지만 이 집은 품위가 있고 안락하다. 나중에 비싼 값에 되팔 수도 있을 거다.

오늘 아침에도 나는 이층 서재에서 삼십 분쯤 가볍게 쇼팽의 폴로네이즈를 두드렸다. 그리고 언제나처럼 하시엔다 라 에스메랄다 커피를 한 잔 내려 창가에 서 있는데 책상 위에 놓아둔 휴대전화가 울렸다. 한산 필의 내 비서였다.

"무슨 일인데 아침부터 전화야?"

"저…… 도청에서 전화가 왔는데요. 지사님이 감독님을 오늘 중에 뵙자고……"

나도 모르게 미간에 주름이 졌다. 도지사건 뭐건 사람을 만나려면 적어도 며칠 전엔 연락을 줘야 할 게 아닌가. 이래 봬도 나는 분초를 쪼개가며 사는 사람이란 말이다.

"뭔 일 때문이라는 거야?"

목소리에 묻어나는 짜증을 숨기지 못한 채 나는 되묻는다. 전임 지사와는 죽이 잘 맞았지만 지금 지사와는 그다지 친밀한 관계는 아니다. 공식 석상에서 마주치면 내게 각별한 예의를 표하고 오케스트라 운영에 간섭하지는 않지만 전임 지사처럼 관사에 초대해 저녁을 대접한다거나 하는 일은 없었다.

"일전에 신문에서 떠들었던 감독님 문제가 어제 도의회에서 다시 끄집어내져서…… 야당 의원이 감독님에 대한 특혜가 지나치다 어쩌고 따지는 바람에 지사님이 곤욕을 치렀던 것 같습니다."

그 말을 듣자마자 나는 화가 벌컥 치솟았다. 한동안 떠들던 그 소설간가 뭔가 하는 작자는 별 반응이 없자 제풀에 가라앉았다. 그래서 몇 년간 잊고 있었는데 문제는 다른 데서 터졌다. 새 지사가 밀어 넣은 한산 필 대표이사가 밀썽을 부리는 거다. 미국 유학을 하고 재벌기업의 상무인지 전무인지를 지냈다는 여자였다. 처음 지사가 내 의향을 물어왔을 때 나는 대수롭지 않게 고개를 끄덕였다. 재벌기업 출신이라니 마케팅은 잘할 거고 대기업 후원 끌어오는 데 도움이 되리라고 생각했던 거다. 이름은 대표라도 어차피 오케스트라를 뒷바라지하는 일이고 여자이니까 아무래도 만만할 것이란 생각도 했을 거다. 무심코 수락한 것이 실수였다는 것을 깨닫게 되는 데는 시간이 그리 오래 걸리지 않았다. 처음 왔을 때 방글방글 웃으며 "저는 공 감독님의 영원한 팬이랍니다. 공 감독님이 악단을 키워가시는 데 밑거름이 돼야죠" 어쩌고저쩌고 간살 떨던 여자는 곧 마각을 드러냈다.

김형선이란 이름의 그 여자가 제일 먼저 한 짓은 경영 합리

화니 뭐니 하며 사무국을 흔들어놓은 것이었다. 직원들을 대거 해고한 다음 바깥에 있을 때 부리던 제 사람들을 핵심적인 자리에 심었다고 한다. 그때까지만 해도 나는 사무국이 돌아가는 꼴을 알지 못했다. 연중 아홉 달을 외국에 있었을 뿐 아니라 경영에는 관심이 없었기 때문이다.

김형선은 곧 내게 도전을 해왔다. 불필요한 재정 지출을 줄인다는 명분이었다. 그 여자는 내 수발을 들던 사무국의 스텝들을 한직으로 내치더니 내 연봉과 지휘료를 깎고 항공료 지원도 없애겠다고 나섰다. 물론 그 여자가 전면에 나선 것은 아니었다. 그 여자가 쓴 방식은 은밀하고도 교묘했다. 김형선은 자신에게 우호적인 기자에게 내가 쓰는 돈의 내역을 슬쩍슬쩍 흘렸고, 도의원들의 사무 감사자료 제출 요구에 응하는 형식으로 나와 관련된 회계자료를 공개했다.

뿐만이 아니었다. 또 다른 음해도 쏟아졌다. 가장 대표적인 게 내가 이 나라 대통령에게 음악을 팔아 아부했다는 것이었다. 대통령은 다른 사람이 아닌, 나를 한산 필에 영입했던 지사였다. 그가 일약 대통령에 당선된 것은 여러 까닭이 있겠지만 한산 필의 눈부신 성공도 한몫했을 것이었다.

취임식장에 그는 나를 불렀다. 연합 오케스트라의 지휘를 맡아달란 것이었다. 나는 한산 필을 주축으로 유능한 연주자를 선발해 대규모 오케스트라를 짰다. 대규모 합창단도 구성했다. 나는 베토벤 9번 교향곡 「합창」 중 '환희의 송가' 앞 대목과 독창이 등장하는 부분을 짜깁기해서 육 분쯤 지휘를 했다. 지휘가 끝나자 나는 도지사, 아니 대통령 앞으로 뚜벅뚜벅 걸어갔다. 그리고 손에 쥔 지휘봉을 정중히 내밀었다. 대통령은 활짝 웃으며 지휘봉을 받아 들고 악수를 청했다. 그 장면은 생방송으로 국민에게 생생히 전달됐을 것이었다. 다음 날 신문들은 '마에스트로 공형준, 최명진 대통령에게 지휘봉 깜짝 선물'이란 제목으로 사진과 함께 상세하게 보도했다. '오케스트라를 지휘하듯 나라를 잘 지휘해달란 뜻'이라고 친절한 주석까지 달아가며 말이다. 나는 내가 의도했던 효과가 한 치의 차질도 없이 충족된 것에 만족했다.

그런데, 이제 와서 그걸 빌미로 나를 어용으로 몰아가는 자들이 있다. 푸르트뱅글러가 히틀러의 생일 전야제 공연에 동원된 베를린 필을 지휘하며 연주했던 베토벤의 '환희의 송가'와 나 공형준이 지휘한 '환희의 송가'의 유사성을 입증하려고 애를 쓰는 자들조차 있었다. 푸르트뱅글러는 나치 부역자라는 오명을 쓰긴 했다. 괴벨스의 선전기구인 제국음악협회의 부회장을 맡기도 했다. 후일 전범재판을 받은 것도 사실이다. 하지만, 그가 많은 유대인 음악가들을 숨겨주고 보호한 것은 왜 모른 체하나. 그렇게 따지면 카라얀은 나치당원이 아니었던가.

아니, '환희의 송가'가 어때서? 그걸 대통령에게 바친 건 베토벤을 모욕한 짓이라고? 그럼 진혼곡이라도 연주하란 말인가? 음악가더러 왜 반정부 투사가 되라고 요구하는가? 정치적·윤리적으로 올바른 입장을 견지해야 올바른 예술이 나온다고? 반정부 운동을 하면 절로 좋은 연주가 나오는가? 음악은 그냥 음악이다. 왜 내게 자신들과 같은 정치적 입장을 갖기를 요구하는지 나는 도무지 이해하기 어려웠다.

그러니까, 이 정치 천민들은 음악을 음악으로 듣지 않는 것이다. 아니, 음악을 들을 귀가 없는 것이다. 진보를 자처하는 이상한 언론, 다른 예술가를 쫓아다니며 저격수 노릇이나 하는 소설가, 심야에 찾아와 항의 성명문에 서명해주지 않는다고 포악을 떠는 계집애들로 가득 찬 이 나라는 『이상한 나라의 앨리스』에 나오는 재판정 같았다. 제 마음에 들지 않으면 누구에게나 "목을 쳐라" 하고 외치는 여왕과 끝없이 어리석은 소리를 지껄이는 배심원들로 가득 찬 법정 말이다.

그동안 쭉 무시해왔지만 나는 이번에는 대응해야 할 때라고 느꼈다. 용이 물 밖에 나오면 개미가 침노한다던가, 가만있으면 이 천민들이 정말로 내 약점이나 잡은 줄 알고 기고만장해서 달려들 것이었다. 나는 비서를 시켜 독일에 있는 최은경에게 전화를 걸게 했다. 나는 그녀에게 최대한 빨리 한국으로 들어오라고 했다.

2016년 1월 15일

지금 나는 파리행 밤 비행기에 앉아 있다. 늘 함께 다녔던 아내도 없이 혼자다. 비행기가 이륙하자 창밖엔 어둠이 가득 찼다. 비행기는 작은 점이 되어 검은 허당을 뚫고 날아가고 있다. 천야만야 아래엔 시퍼런 바닷물이 출렁이고 있을 거다. 몸뚱이가 촛농처럼 녹아내려 비행기 바닥에 질펀히 흘러내리는 것만 같다.

문득 어떤 장면 하나가 눈앞을 스쳐 간다. 빨간 무개차를 타고 경찰들의 에스코트를 받으며 시청 앞에 이르렀을 때 꽃잎처럼 쏟아지던 오색 종이들. 색종이는 화환을 목에 건 내 머리에도, 옷깃에도 나비처럼 내려앉았다. 그때 내 나이가 스물이었지 아마. 사십 년 전의 기억이다. 글쎄, 올림픽에서 금메달을 땄거나 월드컵에서 우승한 축구선수도 아닌데 국제음악제에서 입상했다고 라디오 생중계까지 하며 카퍼레이드를 벌였으니 지금 생각하면 우스운 노릇이긴 하다.

가난하고 고생스럽던 때였다. 우리 삼 남매를 음악으로 성공시키기 위해 내 어머니가 쏟아부은 정성은 또 얼마였던가. 전쟁통에 피란을 가면서도 피아노를 챙겨 갔다는 어머니였다. 누나들과 나를 유학시키느라 이민 간 미국에서 우리 뒷바라지에 또 얼마나 많은 애를 썼던가. 어머니는 내가 최고의 스승과 환경에서 음악을 공부할 수 있도록 늘 뒤를 받쳐준 든

든한 후원자였다. 글쎄, 극성 치맛바람 엄마라고 비아냥거리는 사람들도 있었지만 어머니가 없었다면 오늘의 나는 없었을 거다.

그런데, 어머니 같아야 할 모국이 나를 버렸다. 나는 스무 살에 서양음악의 미개지나 다름없던 나라에 세계 최고 콩쿠르 우승이란 선물을 안겨주었다. 나나 내 누나들이 아니었다면 도도하고 차갑고 정갈한 서양음악계가 어찌 한국이란 나라의 존재나 알았을까. 내 어머니의 헌신적인 뒷바라지로 손가락 지문이 지워지도록 피아노 건반을 두드릴 때 이 가난한 나라가 보태준 건 쌀 한 톨 없었다. 내가 콩쿠르에서 우승했을 때 이 나라가 보답했던 건 나를 무개차에 태워 퍼레이드한 게 전부였다. 지휘로 전공을 바꿔 텃세 심한 미국과 유럽에서 눈물 섞인 빵을 먹으며 한 계단 한 계단 올라갔을 때도 이 나라가 해준 것은 없었다. 그 시절에 미국 유학 간 것 자체가 특권이자 특혜였다고? 장학금 한 푼 대주지도 않은 것들이.

지방 도시의 무명 오케스트라를 맡아 아시아 최고 수준, 아니 유럽 무대에서도 찬탄받는 소리를 만들어낸 것은 누구였나. 그런데 이 나라는 결국 나를 쫓아내고야 말았다. 이틀 전 한산 필 단원들에게 보낸 편지의 한 구절이 떠오른다.

저는 이제 한산 필에서 십 년의 음악감독을 마치고 여러분을 떠납니다. 가끔 사람들이 저에게 "당신은 누구입니까?" 하고 묻습니다. 저는 이렇게 답변하지요. 첫째는 인간, 둘째는 음악가, 셋째는 한국인이라고 말입니다.

최근 저에게 일어난 일은 문명사회에서 용인되는 수준을 훨씬 넘은 박해였는데 그건 이런 일이 일어나는 것이 허용되는 한국 사회상을 반영하는 것인지도 모르겠습니다. 이것은 제가 여태껏 살아왔던 다른 어느 나라에서도 결코 일어날 수 없는 일입니다.

한국을 떠나는 이 마당에 되짚어보면 지난 두 해 동안 일어난 일은 끔찍하다. 김형선, 언론, 도의원, 그리고 이른바 예술인이란 인간들이 한패가 된 싸움에서 세계적 마에스트로라는 내 커리어와 인간적 품위는 만신창이가 되고 말았다.

한국으로 온 최은경은 내게 쏟아진 갖가지 비난을 반박하는 글을 쓰겠다고 했다. 나는 유력 신문의 편집국 간부에게 부탁해 그 글을 세 차례에 걸쳐 연재하도록 했다. 그녀는 음악의 본질, 지휘자의 역할을 설명하면서 내가 얼마나 미국과 유럽 무대에서 각광받는 마에스트로인지를 알려주었다. 한산필에서 내가 이룬 업적도 상세히 밝혔다. 그리고 그런 거장에게 연봉이 얼마니, 비행기 퍼스트 클래스를 무제한 제공하느니, 리무진을 제공하느니 따위의 시비가 얼마나 천박하고 야만적인지를 조목조목 반박했다. 음악가에게 정치적 입장을 요구하는 것이 얼마나 위선적인지, 얼마나 폭력적인지에 대해서도 설명했다. 최은경의 글은 날카롭고 논리적이었으며 유려했다. 특히 내 마음에 든 것은 이런 구절이었다.

나는 공형준의 음악을 미치도록 좋아한다. 내가 좋아하는 것은 그의 음악이지 정치적 견해가 아니다. 예술가들의 정치적 행보가 예술가로서의 능력을 판정하는 잣대는 될 수 없다. 특정한 정치인에 의해 영입되었고 그의 대통령 취임식에서 축하 음악을 연주했다는 것, 그리고 자신이 지휘했던 지휘봉을 선물했다는 정도의 혐의(?)로 한 고매한 예술가의 예술 세계와 인격 전반을 까뭉개려는 시도는 문명사회에선 있을 수 없는 야만이다. 당신들은 공형준을 한국에 왜 불러들였는가? 그의 정치적 견해에 대해 한 수 배우기 위해서? 도덕 교사를 시키기 위해서? 아니다. 그의 음악을 듣기 위해서 부르지 않았던가? 그래서 그는 좋은 소리를 만들어냈다. 그것으로 충분하지 않은가? 왜 애초 요구하지 않았던 '예술가 = 전인적 인격자'란 엉뚱한 등식을 들고 와서 한 위대한 지휘자를 이념과 도덕 앞에 주눅 들게 하는가.

예의 그 소설가란 자는 최은경의 글에 즉각 반론을 냈다. 공형준에 대한 지나친 특혜에도 물론 반대하지만, 더 크게 분개하는 건 연봉 액수나 처우 자체보다는 그것이 계약되고 집

행된 과정이 투명하게 공개되지 않은 채 은폐되고 있는 대목이라는 거다. 그자는 '지휘봉 선물' 건에도 어깃장을 놓았다. 나는 공형준이 어떤 정치적 입장을 갖고 있는지에는 아무 관심이 없다. 반정부 투쟁을 하라고 요구한 적도 없다. 다만, 권력자에게 지휘봉을 헌납한 것은 문화 권력과 정치 권력의 뻔뻔한 야합을 공개적으로 선언한 매우 상징적 사건이란 점에서 문제로 삼았을 뿐이다. 이게 그자의 주장이었다.

그자는 이렇게도 말했다. "인간 보편의 염치와 공감을 보이지 않는 자를 예술가라 부를 수 있는가. 자신의 지휘료가 정당하다고 강변하기 전에 자기 산하 단원의 처우 개신에도 노력하는 것이 마땅하지 않은가. 공형준은 그저 지휘봉을 잘 휘두르는 로봇이란 말이냐. 인간의 실존적 고통을 담지 못한다면 오케스트라의 소리가 아무리 아름답다 한들 가짜 화음이다. 공형준은 악마에게 영혼을 팔고 소리를 산 인간일 뿐이다."

나는 그자의 주장에 더는 반응할 가치를 느끼지 않았다. 어쨌거나 최은경의 기고는 효과를 냈다. 팬들을 중심으로 나를 옹호하는 목소리가 커졌고 언론도 좀 더 우호적으로 바뀌었다. 그러나 김형선의 공격은 집요했다. 심지어 해촉된 단원들을 사주해서 내가 얼마나 독재적이고 권위적인 인간인지를 폭로했다. 재벌기업에서 굴러먹으면서 잔뼈가 굵었다는 그녀의 각다귀 같은 수법은 내가 감당할 수준이 아니었다.

"아휴, 이래선 도저히 안 되겠어. 천한 것들은 말로 해서

알아듣질 못해. 내가 알아서 할 테니까 당신은 이제부턴 가만
히 있어."

도의회에서 야당 의원의 폭로로, 나를 청문회에 올리느니
마느니 하는 소리가 실린 신문을 보던 아내가 드디어 나섰다.

"뭘 어떻게 하려구."

"내게 맡겨. 당신은 음악 말곤 아무것도 모르는 사람으로
남아 있는 게 좋아."

결혼해서 지금까지 내 모든 것을 챙겨온 누나 같은 아내였
다. 아마 내 성공의 팔 할은 아내의 지분이라 해도 과장은 아
닐 터였다.

일주일 만에 드디어 반격이 시작됐다. 김형선에 의해 한직
으로 밀려난 한산 필의 사무국 직원들이 집단으로 그녀를 고
발하는 호소문을 내고 퇴진을 요구한 것이었다. 그녀가 평소
에 직원들에게 모욕적인 폭언을 거듭하고 인사 전횡을 저질
렀으며 심지어 남자 직원들에게 성추행을 자행했다는 내용이
었다. 그 직원들은 그녀를 고소하기까지 했다. 김형선이 실제
로 그런 짓을 했는지 안 했는지 나는 지금도 모른다. 입이 건
여자란 소리를 듣긴 했다. 한국의 재벌회사는 부하 직원들에
게 그런 식으로 대하는지도 모른다. 어쨌든 나는 그게 아내의
기획이란 건 짐작했다.

파장은 컸다. 내게 우호적인 기자들이 대문짝만하게 기사
를 냈다. 역시 아내는 유능한 매니저였다. 삽시간에 사태의

성격이 나에 대한 특혜 시비에서 김형선의 막말, 성희롱 파문으로 바뀌어버렸다. 김형선은 기자 회견을 자청해 폭로된 내용은 직원들의 음해일 뿐이며 배후에 공형준이 개입돼 있다, 나는 정치적 희생양이라고 주장했다. 그녀는 자신을 고발한 직원들을 명예훼손 혐의로 맞고소도 했다. 그러나 그녀의 말이 먹힐 분위기가 아니었다.

나는 기자들을 불러 그 사건을 인권 유린으로 규정했다. 그리고 바로잡히지 않는다면 한산 필의 음악감독직을 물러나겠다고 쐐기를 박았다. 급기야 도지사가 나서서 이번 인권 유린 사태가 사실이라면 바로잡을 것이라고 발언했다. 결국 심형선은 자진 사퇴할 수밖에 없었다. 내 명성에 흠집이 나긴 했지만 사태는 그로써 일단락되는 것 같았다. 나는 한산 필과 무난히 계약 연장을 했다.

그런데, 사건이 다시 반전될 줄은 나도, 내 아내도 몰랐다. 검찰이 한산 필 사무국을 압수 수색했다는 소리를 들었을 때만 해도 고소 사건의 뒤처리이거니 하고 무심히 넘긴 게 실수였다. 검찰은 내 비서의 휴대전화를 압수해 그녀와 내 아내 사이에 오간 문자를 찾아냈다. 그걸 지울 생각도 않았다니 멍청한 여자애였다.

검찰 발표에 의하면 아내는 이번 사태의 총 지휘자였다. 김형선에게서 사퇴 압력을 받은 사무국 직원들을 규합해 성희롱과 막말 파문을 거짓 폭로하도록 교사했다는 거다. 나와 김

형선의 갈등이 아니라 김형선과 직원 간의 갈등으로 몰아간
것도, 직원들을 사주해 그녀를 고소하게 만든 것도, 평소에
잘 아는 기자를 만나 내게 유리하게 기사를 쓰도록 설득한 것
도 아내였다는 거다. 아내의 지휘는 완벽했다. 직원, 악단원,
기자, 도지사, 그리고 심지어 나까지 악기 삼아 원하는 소리
를 만들어냈으니까. 그 연주는 완벽하게 성공을 거둘 뻔했다.
멍청한 비서의 휴대전화만 아니었으면.

　검찰은 사건을 다시 뒤집어버렸다. 사건의 틀이 이번엔 공
형준과 그 아내의 무고 교사로 뒤바뀌어버렸다. 검찰의 태도
가 돌변한 것은 차기 대권을 꿈꾸는 새 지사에게 정치적으로
타격을 입히려는 세력의 개입 때문이라는 소리가 들렸으나 사
실 여부를 규명할 도리는 없다. 검찰은 김형선의 성추행과 폭
언에 무혐의 처분을 내리고 고소한 직원을 무고죄로 구속했
다. 아내까지 소환해 구속할 기세였으므로 나는 아내를 서둘
러 프랑스로 내보냈다. 그리고 음악감독직을 사퇴했다. 단원
들에게 쓴 편지가 한산 필에서의 내 마지막 업무였던 셈이다.

　글쎄, 사실이라면 내 아내의 행동이 지나쳤을 수 있다. 하
지만 나는 아내를 비난할 수는 없다. 그녀는 어쨌든 나를 보
호하려던 것 아닌가. 야만의 함정에서 빠져나오려면 야만적
인 방식을 동원할 수밖에 없지 않은가. 눈에는 눈, 이에는 이
인 거다.

　오늘 밤 한국의 아홉시 뉴스와 내일 조간신문은 내 출국 이

야기로 시끌벅적하겠지. 이렇게 되면 김형선이 결국 나를 이긴 게 되는 건가. 그 소설가란 친구도, 내게 되바라진 눈빛을 쏘아대던 파리의 한국 여자애도 나를 이긴 걸까. 한국이란 천박한 나라가 나를 낳은 건 기적과 같은 일이다. 아무런 대가도 치르지 않고 얻은 신의 선물이 아닌가. 그런데, 한국은 나를 돈벌레로 낙인찍고 내 아내를 무고 교사범으로 만들었다.

니스에 있는 내 집이 떠오른다. 널찍한 테라스가 있는 이층집이다. 넓은 정원, 그리고 텃밭…… 연주가 없는 날은 새벽 다섯시에 일어나 텃밭에서 채소를 뜯고 닭장에서 갓 낳은 달걀을 거둬오곤 했다. 토스트를 굽고, 샐러드와 오믈렛을 만들고, 커피를 내리고…… 그리고 아내와 아이들을 깨우지 않았던가. 그래, 처음부터 이 빌어먹을 나라에 오는 게 아니었다. 풍요한 햇살이 쏟아지는 니스의 집에서 소파에 뒹굴다가 피아노도 치다가 밤엔 레코드 걸어놓고 와인 한잔 마시고…… 그러다가 비행기를 타고 여기저기 연주 일정을 소화하고…… 그랬어야 했다.

그래, 이제 나도 나이를 먹었으니 제트족 지휘자 노릇은 그만해야겠다. 제트기를 타고 밤새 날아다니면서 각기 다른 나라에 있는 몇 개의 오케스트라를 한꺼번에 지휘하는 짓은 이제 신물이 난다. 야간 비행 중 시차 때문에 충혈된 눈으로 음반 판매 실적이나 체크하는 짓도 물렸다.

얼른 니스의 내 집에 가고 싶다. 까짓 두어 달 아무 생각 없이 뒹굴다 보면 누군가가 새 일을 제안해 오겠지. 심술궂은 여왕의 나라에서 막 빠져나온 앨리스 같은 기분이다. 비행기 날개 뒤편으로 멀리 공항의 불빛이 반짝인다. 등받이를 한껏 내리고 나는 눈을 감는다. 그리고 나직이 한마디 내뱉는다.

뷔탕 드 메르드, 쥬 허비앙드레 쟈메 덩스 페이(이 개 같은 나라, 다시는 안 올 테다).

심연과 괴물

마포경찰서 형사과 형사 3계 경사 김주호가 대학 후배 한윤주의 부고를 받은 것은 오전 여덟시 삼십분께였다. 경찰서 근처 식당에서 우거지해장국을 먹고 있던 참이었다. 카톡! 하는 신호음이 울렸을 때 그는 한 손에 쥔 숟가락으로 건더기를 입에 퍼 넣으면서 다른 손으로는 점퍼 주머니를 뒤져 휴대전화를 꺼냈다. 한윤주의 동기인 오영식이 보낸 문자메시지였다. 부음. 87학번 한윤주 12일 새벽 2시 별세. 빈소 강북삼성병원 영안실 3호실. 발인 14일 오전 9시.

　　김주호는 입에 든 선지를 씹다 말고 휴대전화 액정을 한참 동안 들여다보았다. 한윤주가 그렇게 쉬 죽을 것이라고 생각하지 않았으므로, 아니 그녀가 입원해 있다는 사실 자체를 잊고 있었으므로 느닷없는 부고에 그는 잠깐 망연해졌다. 그녀의 췌장암 발병을 오영식이 전해준 것은 두어 달 전이었다. 며칠 전에 동기 두엇이랑 병원에 다녀왔는데 말유, 피골이 상접해서 차마 봐줄 수가 없더라구. 항암치료 받느라 머리카락도 다 빠졌데. 형, 언제 한번 들러보슈. 말은 안 해도 형을 은근히 기다리는 눈치던데……

메시지를 받기 직전 김주호는 화재 감식을 다녀온 참이었다. 도화동 아파트 화재 현장에 도착한 것은 새벽 네시 오십분이었다. 인근 소방서에서 사다리 소방차가 긴급 출동해 삼십 분 만에 진화했지만 진원지인 십삼층의 마흔 평짜리 아파트 내부가 전소됐고 일가족 네 명이 빠져나오지 못해 목숨을 잃었다. 안방에서 자고 있던 마흔다섯 먹은 집주인, 거실에서 자던 서른아홉 살의 부인과 열한 살짜리 딸이 모두 현장에서 숨졌다. 건넌방에 기거하던 일흔다섯의 노모는 병원으로 후송되던 중에 죽었다. 경찰서 숙직실에서 눈을 붙이던 그가 화재 현장에 간 것은 방화 가능성이 크다는 소방서의 통보 때문이었다.

엘리베이터를 타고 불이 난 아파트에 들어섰더니 그때까지도 매캐한 연기가 자욱했다. 소방관들이 쏘아댄 물로 거실이며 방바닥이 흥건했다. 같은 조인 최 경장이 먼저 와 있었다.

오셨어요?

뭣 좀 찾아냈어?

뭐 방화가 확실합니다. 안방이 발화 지점이구요. 휘발유를 이불과 방바닥에 붓고 불을 지른 것 같습니다.

아닌 게 아니라 그때까지도 석유 냄새가 등천했다. 맞은편 동 목격자들의 증언에 따르면 펑 하는 소리와 함께 갑자기 불길이 베란다 밖으로 쏟아져 나왔다고 한다. 위층의 주민들은 비상계단으로 탈출해 추가 인명 피해는 없었다. 아파트 외벽이 시커멓게 그을렸고 집 안엔 온전한 가재도구가 없었다. 불에 탄 시신은 끔찍했다. 지글지글 녹아 이인용 베개만 한 크기의 숯덩이로 남은 시신들은 안방에 한 구, 거실에 두 구가 흩어져 있었는데 잠옷이며 머리카락이 새카맣게 눌어붙어 형체를 알아보기 어려웠다.

지원 나온 2계 박 형사는 어디 갔어?

경비실 수위에게 뭘 물어본다고 나갔는데요.

새벽 세시에 불이 났으니 가족이 아니면 한밤에 문을 열어줄 만큼 가까운 면식범 소행일 거야. 새벽에 부부싸움이나 뭐 시끄러운 소리는 없었는지 옆집에 물어봐. 나는 CCTV를 챙겨볼 테니……

그는 관리사무소에서 CCTV를 틀어보았다. 엘리베이터 안에 설치된 카메라에는 당일 오전부터 저녁까지 피해자 가족들이 찍혀 있었으나 별다른 용의점은 없었고 일층 현관에 설치된 것은 그날따라 고장이어서 녹화가 돼 있질 않았다.

김주호는 다른 형사들의 탐문 결과를 취합해 일곱시쯤 계장에게 전화로 보고했다.

함께 사는 가족 중에 화를 면한 사람이 둘 있습니다. 집주인의 아들과 여동생인데요. 스물일곱 먹은 여동생은 동대문 밀리오레에서 옷가게를 열고 있답니다. 새벽에 지방에서 올라오는 상인들에게 넘길 물건을 챙기느라 점포에서 밤을 새웠다는데요, 알리바이가 확인됐습니다. 그리고 중학교 다닌다는 아들은 그때까지 홍대 근처 피시방에서 게임을 하고 있었답니다.

CCTV에선 뭐 나온 게 없어?

엘리베이터와 일층 입구에 설치돼 있긴 한데 엘리베이터에 있는 건 별다른 게 없구요, 입구에 있는 건 고장 났던데요.

그래?

그런데 중학생이란 아들이 말입니다. 화재 발생 한 시간쯤 후에 아파트 경비실로 와서 몇 호에서 불이 났느냐고 물어보더래요. 그러더니 제집에 불이 났다면서 엄마와 동생을 찾으며 울고불고하더라는데요.

알리바이는?

이제부터 챙겨봐야죠. 홍대 앞 피시방에 있었다니까.

아무래도 개가 수상한데? 중학생 애가 그 시간까지 집 근처도 아닌 홍대 쪽에서 놀고 있었다는데 부모가 챙기지도 않고 자고 있었다는 게 말이 안 되잖아. 그 애부터 데려와봐.

그러죠.

아직까지는 기자들에겐 방화니, 뭐니 떠들지 말라구.

예, 알았슴다.

김주호는 최에게 임의동행 형식으로 아이를 경찰서로 연행하라고 지시했다. 그리고 아파트 근처 목욕탕에서 샤워를 했다. 경찰서로 돌아오는 길에 자동차 라디오를 켰더니 여덟시 뉴스에 사고 소식이 흘러나오고 있었다.

오늘 새벽 세시 반쯤 서울 마포구 도화동의 한 아파트 십삼층에서 불이 났습니다. 이 불로 아파트 안에서 잠자던 이모 씨 등 일가족 네 명이 숨졌습니다. 소방관 삼십여 명이 출동해 진화 작업을 벌인 끝에 불은 십삼층 아파트 내부 마흔 평을 태우고 삼십 분 만에 꺼졌습니다. 또 사다리차로 주민 여덟 명이 구조됐고, 잠자던 주민 오십여 명이 긴급 대피하는 소동이 빚어졌습니다……

김주호는 국밥을 비우고 자리에서 일어섰다. 식당에서 경찰서로 가면서 생각해보니 한윤주를 마지막으로 본 게 한 삼년쯤 된 것 같았다. 그는 그녀의 모습을 떠올려보았다. 그러나 뿌연 안개 속에 숨은 듯 얼굴이 떠오르지 않았다.

아이는 형사계 소파에 앉아 있었다. 만 열네 살이 되지 않았으니 형사미성년이었다. 중학교 이학년이라지만 덩치가 웬만한 어른보다 컸다. 키가 백칠십오 센티미터가 넘는 것 같았고 몸무게도 칠십삼사 킬로그램은 돼 보였다. 수염자리가 잡히느라고 턱 밑의 털은 제법 꺼칠했지만 여드름이 발깃발깃 솟은 볼엔 노란 솜털이 보송보송했다. 아이는 겁먹은 표정으로 검은 눈알을 두렷두렷 굴렸다.

구내식당에서 늦은 아침을 때우고 온 최 형사가 열시쯤 아이를 제 책상 앞 철제의자에 앉히고 조사에 착수했다. 간단한 사건이라 금방 자백을 받아낼 줄 알았는데 오산이었다. 아이가 입을 다물고 아무런 대꾸를 하지 않는 통에 애를 먹는 눈치였다. 게다가 소방서에서 정보가 흘러나왔는지 석간신문 사회면에는 아파트 화재의 화인이 방화리는 기사가 실렸다. 서장의 전화를 받은 형사과장이 계장에게 다시 전화를 걸어왔고 본청에서도 확인 전화가 두어 차례 온 모양이었다. 김주호는 아이에게 고함을 질러대는 최 형사를 손짓으로 불렀다.

왜 잘 안 돼?

글쎄, 그게…… 저 녀석이 벽창호마냥 도무지 입을 열지 않습니다. 말 않는다고 어린애를 쥐어팰 수도 없는 노릇이고……

신문에 방화라고 나니까 본청에서 전화가 자꾸 걸려온다는군. 오늘 중으로 수사 결과를 발표하라는데…… 너무 우격다짐으로 고함 지르지 말구 살살 달래가면서 빨리 끝내라구.

김주호는 아이에게 다가갔다.

너, 이름이 뭐야?

아이는 슬쩍 올려다보더니 우물거렸다.

이…… 상…… 호.

김주호는 짐짓 눈을 부라렸다.

요 녀석, 너 여기가 어딘 줄 알지? 묻는 대로 솔직하게 대답해야지 입 다물고 있으면 혼난다. 네가 어젯밤에 있었다는 피시방 이름이 뭐야. 그걸 이야기해야 풀려날 수 있다구. 무슨 말인지 알지? 말을 안 하면 너만 손해야.

그러나 아이는 겁먹은 얼굴로 입술을 실룩거리더니 고개를 푹 숙여버렸다. 최 형사가 다시 꽥 소리를 질렀으나 아이는 겁이 실린 눈알만 굴릴 뿐이 대답이 없었다.

오후 세시께 외근 나간 박 형사가 전화를 걸어왔다.

아파트 주변 주유소를 탐문했는데요, 일 킬로쯤 떨어진 주유소에 사흘 전에 웬 중학생이 휘발유를 사러 왔답니다. 과학 시간에 쓸 휘발유가 필요하다면서……

주유소 아르바이트생을 경찰서로 불러와 대질시킨 끝에 저 아이가 맞는 것 같다는 진술을 받아냈지만 아이는 여전히 입을 열지 않았다. 범행 동기와 경위를 밝히고 석유통 따위 증거물을 찾아내야 수사가 일단락될 것인데 답답한 노릇이었다. 멍하니 풀린 아이의 표정은 백치의 그것과 흡사했다.

이거야 원…… 말귀를 알아듣지 못하는 건지, 못하는 척하는 건지…… 이 녀석아 뭐라고 말 좀 해.

김주호는 고함을 지르는 최 형사에게 다가갔다.

얘는 내게 맡기고 자넨 홍대 앞 피시방을 뒤지든지 주변 탐문을 더 해봐.

박은 살았다는 표정으로 얼른 달아나버렸다.

저녁 끼니때가 되자 김주호는 설렁탕을 배달시켜 아이와 마주 앉았다. 아이는 게 눈 감추듯 공기를 비웠다. 그는 밥이 반쯤 남은 제 그릇을 밀어주었다. 아이는 밥공기를 끌어당겨 설렁탕에다 통째로 말았다.

먹을 만해?

……예.

아이는 밥을 먹다 말고 김주호를 흘끗 훔쳐보았다.

왜?

저……

말해봐.

저…… 내일은 햄버거로 바꿔주시면 안 돼요?

김주호는 아이를 물끄러미 바라보았다.

그래.

아이는 그의 눈치를 슬쩍 보더니 다행이라는 표정으로 머리를 오지그릇에 처박고 다시 설렁탕을 퍼먹기 시작했다.

본청에서 프로파일러가 파견된 것은 이튿날 오후였다. 오전에 김주호는 계장에게 불려갔다.

도대체 뭐 하느라 질질 끄는 거야.

글쎄, 그게 저…… 도무지 입을 열지 않으니……

뭐야. 그 꼬마가 묵비권이라도 행사한다는 게야?

말하자면 뭐 그런 셈이죠.

허참, 그런다고 만 하루가 지나도록 자백을 받아내지 못한다는 거야? 명색 베테랑 형사들이 중학교 2학년짜리를 상대로 쩔쩔매다니 말이 되나.

글쎄, 저렇게 어린애는 상대해본 적이 없어놔서…… 달래고 얼러도 딴청을 부리고만 있으니…… 손을 댈 수도 없고 어떻게 해야 할지 모르겠는데요. 어른 다루기보다 더 어렵단 말입니다.

그럼, 본청에 지원을 요청해보지그래? 그 왜 범죄분석관이라나, 프로파일러라나 몇 년 전에 특채된 사람들 있잖아.

……글쎄요.

아, 밑겨야 본전이지. 그럼 세월아 네월아 하고만 있을 거야?

용의자가 아이여서 그랬던지 파견된 프로파일러는 여자였다. 대학 심리학과를 졸업하고 대학원에서 사회심리학을 전공하고는 청소년 상담사로 일하다가 삼 년 전 범죄분석관으로 특채됐다는데 계급이 경장이라고 했다.

본청 형사부 과학수사계 이은휩니다.

서른한둘이나 됐을까, 청바지에 푸른 블라우스, 흰 재킷 차림이었다. 틀어 올린 생머리 아래 목덜미가 희고 가늘어 보였다. 여경이라기보다 여학교 교사라면 어울릴 차림새였다.

이 아이예요?

책상 앞 철제 의자에 앉은 소년을 이은희가 눈으로 가리켰다. 김주호는 그녀를 복도로 데리고 나가 자판기에서 커피를 뽑아 건네고는 사건 개요를 설명했다.

아무리 어르고 달래도 도무지 입을 열지를 않아요. 이거 뭐 연쇄살인 사건도 아닌 터에 오라 가라 귀찮게 해서 미안합니다.

그러자 그녀는 방긋 웃었다.

아니에요. 우리가 뭐 연쇄살인범만 다루는 것도 아니고, 일가족 네 명이 죽었다면 그것두 큰 사건이지요. 이런 사건은 저희들 분석자료 축적에도 도움이 됩니다.

그럼, 지금 바로 신문에 들어가시겠소?

한번 만나보죠, 뭐. 신문이라기보다는 면담이라 해야겠지만…… 아니 상담인가?

진술 녹화실이란 팻말이 붙은 취조실 내부는 얼핏 음악방송이 진행 중인 라디오 스튜디오 같아 보였다. 아니, 어떻게 보면 곤충 채집통 같았다. 네 벽을 덮은 방음 타일과 두꺼운 카펫이 깔린 서너 평 크기의 좁은 방 안엔 컴퓨터가 놓인 탁자와 의자, 그리고 낡은 소파가 덩그러니 놓여 있을 뿐이었다.

작은 원탁 사이로 이은희가 소년을 마주 보고 앉아 있었다. 그녀는 두 팔꿈치를 탁자에 대고 팔짱을 낀 채 맞은편 소년 쪽으로 상체를 기울이고는 미소를 띠며 다정히 말을 건넸다. 소년은 그녀에게서 시선을 비낀 채 고개를 반쯤 숙이고 있었다. 두 사람은 얼핏 정담을 나누는 누나와 막냇동생이거나 이모와 조카처럼 보였다. 환한 할로겐 등불 아래 앉은 그들은 밝게 빛나는 수족관 속 수초 사이에서 쉬고 있는 금붕어 같아도 보였다.

그러나 천장에 설치된 두 대의 카메라는 열심히 소년의 일거수일투족을 기록하고 있을 것이다. 카메라 속 렌즈는 거미줄에 포획된 먹잇감을 노려보는 거미의 눈처럼 반질반질 적의에 차 있었다. 한 대는 진술 녹화실 전체를 원경으로 찍고 있을 것이고 또 한 대는 소년의 얼굴만을 근접 촬영하고 있을 것이었다. 그들의 대화 역시 꼼꼼히 녹음되고 있었다.

김주호는 녹화 진술실에 딸린 좁은 모니터실에서 신문 장면을 지켜보는 중이었다. 길고 폭이 좁은 모니터실에 앉아 있자니 관 속에 갇힌 기분이었다. 그곳에선 창 너머로 취조실이 투명하게 들여다보이지만 녹화 진술실 쪽에선 창은 커다란 거울이었다. 모니터실의 컴퓨터 화면에선 취조실의 움직임이 비치고 있었고 컴퓨터에 잭을 꽂은 헤드폰에선 대화가 흘러나오고 있었다.

자, 상호야. 지금 네가 뭣 때문에 조사받고 있는지는 알고 있지? 너희 집에 난 불로 아빠, 엄마, 할머니, 동생이 다 목숨을 잃었어. 근데 지금 넌 너희 집에 불을 질렀다는 의심을 받고 있거든. 네가 불을 지르지 않았다면 그날 밤 어디 있었는지가 밝혀져야 의심이 풀려. 또 만약 네가 정말 불을 질렀다면 솔직히 이야기를 해야 벌을 적게 받게 되구.

이은희가 달래듯 속삭이는 어조로 설득하는데도 소년은 커다란 덩치를 꾸무럭거리며 눈알만 두릿두릿 굴릴 뿐이었다. 답답한 듯 여자의 목소리가 좀 커졌다.

상호야, 고개 좀 들어봐. 누나를 쳐다봐. 그렇게 눈길을 피하지만 말구. 누난 너를 해코지하려는 사람이 아니야. 니 이야길 들어주려고 온 사람이라구. 무슨 이야기라도 좋으니 해보렴.

그럴수록 아이의 머리는 더욱 탁자 쪽으로 처박히기만 했다.

이은희가 한숨을 내쉬더니 말없이 아이의 정수리를 내려다보았다. 그러고는 낮은 목소리로 다시 아이를 달랬다. 그러나 아이는 완강한 침묵으로 응수할 뿐이었다. 그 아이는 고치에 갇힌 누에 같았다. 아니, 어쩌면 심령영화 속의 좀비 같아 보였다. 그 와중에도 아이의 흰자위가 이따금 불안하게 희번덕거렸다. 아이의 눈망울은 여자의 눈길과 맞부딪칠 적마다 겁먹은 듯 흔들렸다. 이은희의 얼굴에 피로감이 배어났다. 벌써 세 시간째였다. 그녀가 자리에서 일어서더니 문을 열고 나왔다.

힘드시죠.

글쎄, 아이가 도무지 마음을 열지 않으니……

왜 그럴까요?

지금 애가 겁을 잔뜩 먹은 것 같아요. 머릿속의 무언가가 말을 못하게 막고 있는 것 같아요. 자기가 엄청난 일을 저질렀다는 건 본능적으로 느끼는데 제가 저지른 짓이 구체적으로 무

얼 의미하는 것인지는 실감 못하는 상태…… 그리고 그걸 인
정하면 안 된다는 심리적 강박 같은 거 말이에요.

그럼 어떡하지요?

저러다가도 갑자기 심경의 변화를 일으키는 수도 있으니까
계속 이야기를 건네봐야지요.

이은희가 화장실에 간 사이를 틈타 김주호는 의자에서 몸
을 일으켜 기지개를 켰다. 몇 시간 동안 모니터를 들여다보고
있던 탓에 눈이 침침했고 옆구리가 결렸다. 그는 복도로 나가
자판기에서 커피를 다시 한 잔 뽑아 들고 창틀에 어깨를 기댔
다. 유리창 밖, 오후의 경찰서 뒤뜰엔 봄이 한창이었다. 화단
에 늘어선 목련 가지에선 하얀 꽃송이가 활짝 피어 있었고 뒷
담을 따라 줄지어 선 벚나무에선 바람이 불어올 적마다 유백
색 꽃잎이 흩날렸다.

커피를 홀짝거리며 그는 아이의 검은 눈망울을 떠올렸다.
꼭 어디선가 본 듯한 눈빛이었다. 쫓기는, 혹은 상처 입은 짐
승처럼 희번덕거리는 눈빛은 낯익긴 했지만 그 기시감의 출
처는 얼른 떠오르지 않았다.

아하!

김주호가 그 눈망울의 유래를 기억해낸 것은 회오리바람에
몰려 눈보라처럼 허공을 분분히 떠다니는 꽃잎들에 무연히 시
선을 주었을 때였다. 그는 삼 년 전의 어느 여행을 떠올렸다.

지리산 자락의 조그만 절을 찾아간 길이었다. 주지 노릇을 하고 있는 대학 때의 동아리 선배 정진수를 만나러 간 참이었다. 정은 팔십년대 후반 조직사건에 연루돼 일 년 반 동안 징역을 산 이력이 있었다. 이후엔 부천으로 옮겨 자동차회사 파업사태에 연루돼 이 년간 징역을 다시 살았고 그 후엔 노동운동 단체에 끼어들었다. 그러다가 구십년대 초 또다시 무슨 사건에 연루돼 수배를 받자 절 동네를 찾아다니며 잠수를 탄 모양이었다.

정권이 바뀌고 수배가 풀렸는데도 정은 속세로 나오지 않았다. 그는 장륜(藏輪)이란 법명을 받고 출가해 이름이 꽤 알려진 큰스님의 상좌 노릇을 했다. 그랬다가 큰스님이 입적하자 독립해 지리산 한 귀퉁이에 안연사(安緣寺)란 작은 절을 제 손으로 지어 주지 노릇을 하고 있었다. 언젠가 김주호는 서울에 들른 정진수에게 이죽거리기도 했던 터였다.

누구 눈썰민지 이름 한번 잘 지었군. 감출 장(藏)에 바퀴 륜(輪)이라. 도바리를 치구선 짱박혀 세월의 수레바퀴나 돌린다는 명호 아니우. 그 참 형에게 딱 맞는 법명이군. 근데, 장물 장(贓) 자를 쓰는 게 나을 뻔했어. 세월을 훔치다, 라고 말요.

실은 정진수의 첫 옥살이는 김주호 때문이었다. 김주호는 대학 3학년 때 종로에서 불심검문에 걸렸는데 가방 밑창에 숨겨둔 운동권 지침을 담은 팸플릿을 들키는 통에 남영동에까지 끌려갔다. 통닭구이, 비행기 태우기 따위 고문을 당한 끝에 일주일 만에 선배와 친구 몇 사람의 이름을 불었다. 그 중에는 정진수도 들어 있었다. 경찰은 검거 선풍을 일으켜 대학연합 조직사건으로 부풀렸다. 김주호는 감방 대신 군대로 끌려갔다. 감방에 들어간 정진수는 정작 원망하는 빛이 없었는데 다른 녀석들이 김주호가 경찰의 프락치가 된 게 아니냐고 수군거렸다. 그 말을 전해 들은 그는 제대한 후 복학하지 않았다. 그리고 경찰 시험을 치르고 진짜로 형사가 되었다.

그가 정진수를 찾아 지리산으로 간 것은 대학 시절 후배인 한윤주의 부탁 때문이었다. 김주호는 그녀와 한때 사귄 적이 있었다. 자취방에서 가끔 같이 자기도 했다. 군인 출신의 대통령이 직선제 선거에서 이긴 다음 해, 대학 3학년이었던 그녀는 다섯 명의 팀원들과 함께 집권당 당사에 쳐들어가 로비에 휘발유를 붓고 불을 질렀다. 불을 내고 우왕좌왕하는 틈을 타 대표실을 점거할 작정이었으나 불이 예상외로 크게 번지는 바람에 늙은 경비원과 임시직 여자 로비 안내원이 타 죽었다. 신문과 방송은 점거자들을 불순분자로 매도하는 기사를 연일 대문짝만하게 내보냈다. 그녀는 칠 년 형을 선고받았다. 김주호가 전방에서 한창 뺑뺑이 칠 무렵이었다.

초임 시절 시청 앞이나 서울역 인근에서 시위가 벌어지면 김주호도 차출되곤 했는데 출소한 후 재야단체에서 일하고 있던 그녀를 시위대 지휘부 사람들 사이에서 발견하곤 했다. 시위대가 해산한 후 그녀와 조우해 보신각 뒤편 포장마차에서 술을 마신 적도 한 번 있었다. 김주호는 여전히 미혼이었고 한윤주는 서클 동기와 결혼했다가 이혼했다고 했다.

그녀가 경찰서 앞 다방으로 그를 불러낸 것은 삼 년 전 초가을이었다. 그해 봄과 초여름 광화문을 휩쓴 미국산 쇠고기 수입 반대 시위 와중에 주부들의 유모차 시위를 조직한 혐의를 받아 뒤늦게 경찰의 수배를 받고 있다는 것이었다. 그래서 얼마간 숨어 있을 데를 좀 구해달란 것이었다.

너 간도 크구나. 어디 숨겨달랄 데가 없어서 형사에게 빈대를 붙어?

한윤주는 킬킬거렸다.

형은 등잔 밑이 어둡다는 것두 몰라?

난 너를 지금 당장 체포할 수도 있어.

그럼 그러시든가.

김주호는 생각 끝에 그녀를 정진수에게 떠맡기기로 했다. 이틀간 휴가를 낸 그는 그녀를 태우고 지리산으로 갔다. 그들은 하동에서 남해고속도로를 벗어나서 국도를 따라 화개로 방향을 잡았다. 두 사람은 화엄사 민박집에서 하룻밤을 같이 잤다. 한윤주는 무심하게 김주호를 받아들였다.

안연사는 작지만 잘 지은 절이었다. 대웅전도 아담하니 제법 격식을 갖췄고 요사채와 객방도 있었다. 삭발하고 동방을 입고서 제법 중 티를 내보이는 장륜은 으슥한 산골짝 그늘에 똬리 튼 구렁이 같았다.

형, 중노릇에 재미 들린 모양이우. 재주도 좋수. 이런 번듯한 절을 다 짓구.

허, 은행 빚이 연줄 걸리듯 해서 죽을 지경이여. 너는 형사질 해 처먹는다더니 낯짝에 살기가 등등하구나. 이왕 온 김에 삼천 배나 하고 가라.

그럴 거면 날 상좌로 앉혀주든지.

자신 있으면 때려치우고 와서 행자 노릇부터 해봐.

주지실 옆 지대방에서 차를 얻어 마시는데 윤주가 절 구경을 하겠다며 자리를 비웠다. 장륜이 김주호에게 투덜거렸다.

비구가 수행하는 절에 여자를 데려오면 어떡하냐?

왜 빈방이 없수?

그런 건 아니지만 낯선 여자가 머물면 공연한 뒷말이 날 수 있으니 하는 소리야.

아, 형의 법력이 그것밖에 안 되우?

김주호는『삼국유사』한 대목을 주워섬겼다.

길 가다 해가 지니 온 산이 어두워지는데 갈 길은 막히고 갈 곳은 멀어 막막하구나. 오늘 밤 이 암자에 묵어가고자 하오니 자비로운 스님이여 노여워 마오.

글쎄 말야, 나는 내가 노힐부득(努肹夫得)이라고 생각하는데 다른 사람은 달달박박(怛怛朴朴)으로밖에 봐주지 않으니 탈이지.

여긴 공양주 보살이 없수?

왜, 한 일흔 넘은 노인네가 먹고 자고 하지.

그럼 잘됐네. 그 할머니하고 같은 방 쓰게 하면서 뭐 허드레 부엌일이라도 시키슈. 그렇게 오래 죽치진 않을 게요.

허, 이 친구가…… 곤란하대두.

안면은 없다지만 따지고 보면 쟤도 형 후배 아니우. 산 좋고 물 맑은 데 그림 같은 절을 지어 살면서 그만 보시는 해야지. 그것도 다 인연인데…… 절 이름도 안연(安緣)이라 붙인 양반이.

허, 이 친구가 아예 땡깡을 놓는구먼.

객방에서 공양주 보살이 차려온 저녁을 먹고 나서 마루에 나앉아 있는데 강아지 두 마리가 꼬리를 흔들며 기어들었다. 한 놈은 털이 북실북실한 누렁이고 또 한 놈은 먹물에 담갔다 꺼낸 듯 새카만 검둥개였다. 누렁이는 여신도가 가져다준 것이고 검둥이는 아랫마을에 버려진 놈을 주워 왔다고 했다. 요요요 손짓을 했더니 누렁이란 놈은 꼬리를 흔들며 달려드는데 검둥이는 검은 눈알을 희번덕거리며 잔뜩 경계하는 것이었다. 등판의 털이 여기저기 벗겨져 있고 반나마 잘려 나간 꼬리가 몽땅했다. 다시 손짓했더니 잘린 꼬리를 말아 넣고 사납게 짖더니 뒤꼍으로 달아났다.

개가 왜 저 꼴이야?

응, 주인이 이사 가면서 버리고 간 모양인데 그전에 주인한테 학대를 많이 받았던 모양이라. 그래 그런지 내게도 곁을 주질 않아. 밥을 줄 때도 서너 발짝 뒤에서 눈치만 보고 있다가 내가 비켜서야 다가간다구.

다음 날 새벽 예불 소리에 깬 김주호가 객방을 나와 보니 공양주 보살의 방에 들었던 한윤주가 절 마당을 산책하고 있었다. 함께 이곳저곳 기웃거리는데 누렁이란 놈이 대웅전 앞 돌기단에서 앞발을 모으고 쭈그려 있는 것이 눈에 띄었다. 녀석은 대웅전 안에 있는 장륜의 목탁 소리에 맞춰 우엉우엉 웅얼거리고 있었다. 윤주는 누렁이를 가리키며 깔깔거렸다.

어머, 쟤 좀 봐. 정말 신기하지 않아요? 꼭 사람처럼 의젓하게 염불을 하네.

그러게. 텔레비전 동물 프로에 제보를 해줘야겠는데.

예불을 마치고 나온 장륜이 히죽이 웃었다.

그놈이 내 상좌여. 그놈 염불 솜씨가 나보다 낫다구.

정말 개에게도 불성이 있구먼.

그럼. 너두 형사질을 십 년 넘게 했으니 잘 알 게다만, 세상엔 개만도 못한 인간들이 어디 한둘이더냐.

절 뒷길을 산책하고 돌아와 툇마루에 앉아 있을 때였다. 검둥이란 놈이 멀찍이서 어정거리고 있었다. 시선이 마주치자 녀석이 이빨을 드러내고 사납게 으르렁거렸다. 겁에 질린 듯 검은 눈알이 희번덕거렸다. 그때였다. 윤주가 말없이 자리에서 일어섰다. 그리고 천천히 다가갔다. 검둥이가 낮게 으르렁거리며 달아날 몸짓을 취했다. 그녀는 개를 주시하며 팔을 벌린 채 한 발 한 발 다가갔다.

　이리 온.

　캥캥캥!

　개가 사납게 짖기 시작했다. 그러나 도망치지는 않았다. 툇마루 기둥에 기대앉은 장륜이 소리쳤다.

　거, 조심하슈. 저번에도 누가 만지려다가 손을 물렸다니까. 이빨 자국이 깊어서 피를 줄줄 흘렸다구.

　그러나 윤주는 못 들은 척 한 발 한 발 다가갔다. 개는 다시 경고하듯 짖어댔다. 코앞까지 다가간 윤주가 개와 눈을 마주 맞추었다. 희번덕거리는 흰자위에 박힌 검은 눈망울이 절망적으로 흔들렸다. 개는 시선을 돌리며 다시 캥캥 짖었다.

　자, 이리 오렴.

　윤주가 다시 팔을 벌렸다. 개는 이번엔 그녀의 얼굴을 빤히 올려다보았다. 그때였다. 검둥이가 최면에 걸린 듯 주춤주춤 다가들었다. 그러고는 천천히 그녀의 팔에 안겨들었다. 그러고서도 불안을 이기지 못해 온몸을 사시나무처럼 떨고 있었다.

　가여워라.

　윤주가 검둥이를 두 팔로 꼭 안았다. 그러고는 개의 두 귀를 가볍게 감싸 쥐고 젖은 콧등에 제 코를 비볐다. 개의 몸뚱이에서 서서히 떨림이 잦아들었다. 검둥이는 말끄러미 윤주를 올려다보았다. 윤주는 대화를 나누듯 개의 검은 눈을 똑바로 내려다보았다. 개는 뭔가를 하소연하듯 그녀의 가슴에 머리를 비벼대었다. 윤주가 검둥이를 다시 힘껏 껴안았다. 개의 등판을 연신 쓸어주며 그녀는 낮게 속삭였다.

그래, 그랬구나. 불쌍한 것. 미안해. 정말 미안해.

김주호는 그녀의 어깨를 툭 쳤다.

어이, 뭐 하는 거야. 이 개가 뭐 니 딸이라도 되냐? 끌어안고 수선을 피우게.

고개를 천천히 돌리는 윤주의 얼굴을 보고 김주호는 놀랐다. 그녀의 눈에 눈물이 흥건히 괴어 있었다. 나이를 먹어도 선머슴 같던 그녀의 눈물에 그는 무렴해졌다.

아니, 너 우는 거냐? 별일이로세.

윤주는 개가 제 내력을 털어놓았다고 말했다. 읍내 중국집 주인이었던 전 주인은 마누라가 주방장 사내와 눈이 맞아 달아나는 바람에 오쟁이를 졌다. 그는 화풀이로 날마다 저를 괴롭혔다고 했다. 발로 걷어차고 혁대를 휘두르고 몽둥이로도 때렸다고 했다. 연탄집게를 벌겋게 달궈 온몸을 지지기도 했다고 한다. 술에 취해 가위로 꼬리를 자르기까지 했다. 밖에서 새끼를 배어 오자 화냥년이라며 수없이 배를 걷어차 낙태를 시켰다고도 했다. 마침내 주인이 보신탕집에 저를 팔아넘겼을 때 끌고 가려는 보신탕집 사내를 물어뜯고 달아났다고 한다.

애는 사람이 너무 무섭대요. 주인이 배를 걷어차 낙태하고 하혈했을 때는 죽는 줄 알았대. 낯선 사람이 다가오면 저를 붙잡아 팔아넘길 거란 생각부터 든대.

뭐라구!

김주호는 하하하 웃음을 터트렸다.

아니, 이 개가 너한테 그런 이야기를 했단 말야? 거참 사람보다 똑똑한 개도 다 있네. 개가 희로애락과 공포를 그렇게 구체적으로 느낀다는 거야?

짐승에게두 마음은 있는 거야.

그건 그렇다 치고, 넌 어떻게 개가 하는 소릴 알아듣는데? 네가 무슨 심령술사라두 된다는 거야?

난 짐승의 말을 알아들을 수 있어.

김주호가 못 믿겠다는 표정을 짓자 윤주는 자기는 어릴 때부터 토끼나 강아지, 고양이와 교감할 수 있는 능력을 가지고 있었다고 주장했다. 검둥이는 그녀의 말을 보증이라도 하듯 머리를 다시 그녀의 가슴에 비벼댔다.

허어.

그러자 장륜이 끼어들었다.

맞어, 전 주인이 중국집을 했다는 소릴 들은 것 같은데. 하긴 나도 우연히 텔레비전 동물 프로를 본 적이 있는데 어떤 외국 여자가 말이나 개, 고양이와 교감을 나누면서 심리치료를 하더구먼. 거 뭐래더라. 애니멀 커뮤니케이터라든가 뭐 그런 직업이었는데……

윤주가 눈물이 그렁한 채 활짝 웃으며 검둥이를 장륜에게로 살며시 밀어냈다. 검둥이는 마지못한 듯 미적미적 장륜에게 다가갔다. 그리고 혀를 내밀어 그의 손바닥을 핥았다. 장륜의 얼굴에서 미소가 천천히 번져났다.

허허, 이거 서울 보살님의 법력이 산속에 십오 년 들앉은 나보다 낫질 않나. 아무렴 축생에게도 식(識)이 있는 법이거든. 나무관세음보살.

형이야 원래 땡초구.

예끼!

두 사람이 아예 동업자로 나서보시지. 십오 년을 면벽수행한 대덕에 축생을 제도하는 마두보살의 현신이라. 듀엣으로 나서면 크게 한탕하겠는걸. 한윤주, 너도 공연히 쫓겨 다니지 말구 이참에 머리나 깎는 게 어떠냐.

아침 공양 후 차 한잔을 얻어 마시고 김주호는 윤주를 남겨두고 차에 올랐다.

장륜 스님, 성불하슈.

널랑 가거든 마음 좀 곱게 쓰고 살아. 잡범들 너무 두들겨 패지 말구……

차가 산문을 떠나자 누렁이가 펄쩍펄쩍 뛰며 쫓아왔고 검둥이도 멈칫멈칫 따랐다.

저녁 일곱시 반에 이은희는 진술 녹화실의 문을 밀고 나왔다.

오늘은 그만하는 게 낫겠어요. 더 해봐야 효과도 없을 것 같고……

그래요? 수고했어요. 저녁이나 같이하지요.

아녜요. 바로 들어가지요 뭐.

아니, 고생하셨는데…… 어차피 나도 먹어야 하니까 근처에서 간단하게 합시다.

김주호는 의경에게 아이를 지키라 이르고는 이은희를 데리고 경찰서 뒤편 횟집으로 갔다. 회가 장만되는 동안 그는 프로파일러 직무에 대해 이것저것 물었다. 이은희에 따르면, 프로파일러란 한마디로 사건 현장을 보고 연쇄살인범 같은 강력범의 나이나 성격, 직업, 가족관계 따위를 집어내 용의자의 윤곽을 그려내는 사람이었다.

일테면 이런 식이죠. 재작년 영등포의 한 상가 옥상에서 강간살인 사건이 났는데요. 스물여덟 살 난 피살자는 키가 152센티미터에 체중이 43킬로그램으로 왜소한 체구였어요. 상가 옆 어린이집 교사였죠.

이은희는 김주호가 따라준 술잔을 입술에 살짝 축이고는 말을 이었다.

비 오는 날이었는데 우리 팀이 현장 감식을 가보니 스타킹을 벗겨 손목에 매고, 팬티를 벗겨 머리에 씌워놓았더라구요. 얼굴은 퉁퉁 부어 있었고 귀에서 피가 흐른 흔적이 있었어요. 핸드백 끈으로 목이 졸렸고요. 젖꼭지를 물어 뜯겼는데 피가 엄청나게 흘러나왔구요. 음부엔 접이식 우산이 쑤셔 박혀 있었죠. 게다가 허벅지와 배에다 펜으로 낙서를 휘갈겨 써놓았고…… 시체에선 남자의 거웃 한 올도 발견됐구요.

김주호는 말없이 그녀의 이야기를 들었다.

수사를 맡았던 형사들이 그 거웃을 근거로 주변 불량배들과 성범죄 전과자들의 디엔에이를 비교한다고 법석을 떨었죠. 우리 팀은 그 거웃은 사건과 무관하다고 결론지었죠. 우리의 분석 내용은 범인의 나이는 스물다섯에서 서른다섯 사이, 정신 병력이 있고, 범행 현장 근처에 사는 사람이다, 혼자 살거나 편부모와 살고 있을 가능성이 크다, 그리고 낙서의 글씨로 미루어 교육 수준이 높지 않다는 것이었어요.

그래서요?

나중에 범인을 체포하고 보니까 정신병원에 여러 차례 입퇴원을 반복한 중졸 학력의 서른한 살짜리 도배공이었고요. 피살자가 살던 아파트 근처 단독주택에 홀어머니와 단둘이 살고 있더군요. 팔이 부러져 깁스를 하고 있었는데 그걸로 피살자의 머리를 후려쳐 기절시키곤 옥상으로 끌고 갔다더군요. 거웃은 범인의 것이 아니라 피살자를 실어낸 들것에 묻어 있던, 다른 사건 피살자의 것으로 밝혀졌구요.

그러니까 프로파일링을 해보면 범죄자들의 일정한 행동양식이 드러난다?

말하자면 그렇죠. 연쇄살인을 저지른 사이코패스들은 타인의 고통에 대한 감각이 없는 자들이에요. 용의자 신문에 참여하거나 교도소를 찾아다니면서 형이 확정된 연쇄살인범들을 인터뷰해보면 대부분 어릴 때 부모에게 학대를 받거나 가까운 친척들에게 성적 착취를 당한 경험을 갖고 있지요. 영등포 강간살인 사건 범인도 어릴 때 편모에게서 성적 괴롭힘을 당했더군요. 그들은 살인을 저지르기까지 오랫동안 누군가를 죽이는 것에 대한 환상을 키워가는 과정을 밟습니다. 처음엔 그저 환상일 뿐이던 것이 조금씩 조금씩 머릿속에서 그림이 완성돼가다가 어느 순간 진짜 범행을 저지르는 거예요. 처음엔 겁에 질리지만 들키지 않으면서 죄책감이 줄어들고 마침내는 살인의 환상을 현실화하는 데서 쾌감을 얻게 되지요. 범죄를 저지르지 않으면 못 견디는 중독 상태에 빠지게 되는 거죠.

그런데 그게 이번 사건과 무슨 관계라도 있소?

상호라는 아이도 아마 어릴 적부터 상처를 받아왔겠지요. 오랫동안 쌓인 분노와 좌절감이 방화로 이어졌을 텐데요. 그 애도 아마 오랫동안 불을 지르는 환상을 계속 키워왔을 겁니다. 누군가를 태워 죽이는 환상이 아마도 상호에게 심리적 만족과 위안을 줬을 거예요. 그런데도 아무도 상호 마음속의 지옥을 알아차리지 못했겠죠. 마침내는 환상에 그치지 않고 실제로 집에 불을 지르게 된 거죠. 극도의 분노 속에서 밤마다 가족을 죽이는 환상에 혼자 방치됐을 텐데 그게 안타까워요.

김주호는 침묵했다.

이 일을 하다 보면 니체의 말이 가끔 떠올라요. 그 왜 있잖아요. 괴물과 싸우는 사람은 그 싸움 속에서 스스로 괴물이 되지 않도록 조심해야 한다. 우리가 괴물의 심연을 들여다보면 그 심연 또한 우리를 들여다본다, 하는……

그들은 아홉시쯤 자리에서 일어섰다. 식당 앞에서 이은희는 내일 다시 오겠다고 말했다. 경찰서로 터덜터덜 되돌아오면서 김주호는 다시 안연사 검둥이의 검은 눈을 떠올렸다. 경찰서 도로 맞은편에 붉은 맥도날드 간판이 보였다. 김주호는 횡단보도를 건넜다.

이은희는 다음 날 열한시쯤 왔다. 손에 작은 종이 백이 들려 있었다.

어제 먹고 싶은 게 뭐냐고 물었더니 회초밥이라고 해서……

애 많이 쓰시는군. 내겐 햄버거가 먹고 싶다더니……

한창 먹을 나이니까요.

이은희는 어제처럼 진술녹화실로 들어가고 김주호는 모니터실 컴퓨터 앞에 앉았다. 그녀는 신문을 시작하기 전에 회초밥이 든 플라스틱 상자를 꺼내 아이 앞에 펼쳤다. 아이의 얼굴에 백치처럼 천진한 웃음이 피었다. 아이는 제 앞에 놓인 음식을 허겁지겁 먹어 치우기 시작했다.

너 참 식성이 좋구나. 가족들이랑 자주 외식을 갔어?

저기, 엄마랑 동생이랑 갈빗집이나 일식집에 가끔 갔어요.

그럼 아빠랑은?

그러자 아이는 초밥을 입에 문 채 이은희를 말끄러미 쳐다보았다. 아빠란 말이 나와서 그랬던지 아이의 눈에 다시 겁이 실렸다.

아빠는 너희들 데리고 안 가셨어?

아이는 고개를 숙였다. 그리고 낮게 말했다.

아빠는…… 초등학교 땐 몇 번 데려갔는데 중학교 때는 한번두 안 데려갔어요.

왜? 일이 바쁘셨나 보구나?

……몰라요. 동생 초등학교 졸업식 날 아빠가 가족들 모두 데리고 일식집에 갔다 왔어요. 근데 저더러는 집이나 보라고 고함을 지르고……

아빠가 왜 그러셨을까? 그럴 만한 이유가 있었어?

……

아이가 말을 끊었다. 그러고는 고개를 숙인 채 입에 담은 것을 씹기 시작했다. 그래도 연행돼 온 후 가장 오래 입을 연 셈이었다. 이은희는 계속 아이에게 말을 걸었고 아이는 입을 다물고는 있었으나 조금씩 흔들리는 눈치였다.

오후 세시 반쯤에 아이가 드디어 입을 열었다. 잡혀 들어온 지 쉰여섯 시간 만이었다. 이은희가 집요하게 설득하자 백치 같던 아이의 얼굴이 조금씩 허물어졌다. 그녀의 요청으로 김주호는 불에 탄 아파트 사진들을 가져다주었다. 이은희는 사진을 아이에게 펼쳐 보였다. 침대와 장롱이 불에 탄 안방이며, 무너진 천장에서 전깃줄과 연통들이 내장처럼 흘러내린 주방 사진을 보던 아이의 얼굴이 일그러졌다. 아이는 부서진 책상과 의자와 반쯤 타다 남은 책꽂이, 불에 그을린 비보이 사진 패널이 걸려 있는 제 방 사진을 한참 동안이나 들여다보았다. 그녀는 때를 놓치지 않고 지금까지와는 사뭇 다르게, 나직하지만 거센 어조로 몰아붙였다.

이게 너희 집이야. 화재가 나고 나서 이렇게 돼 버렸어. 그리고 네 가족은 모두 죽었어. 이걸 보고두 아무런 생각이 없어? 그래도 딴청 부리고 싶어?

아이는 겁에 질린 눈으로 이은희를 바라보았다. 그녀는 미동도 하지 않고 아이를 노려보았다. 사냥꾼을 피해 달아나다가 막다른 길과 마주친 고라니처럼 아이의 눈망울이 절망적으로 흔들렸다.

자, 이제 이야길 해.

아이가 입술을 실룩거리더니 큰 덩치에 어울리잖게 갑자기 으앙 하고 울음을 터트렸다. 아이는 몸을 떨며 울음을 계속했다. 그녀는 아이 자리로 다가갔다. 그리고 어깨를 껴안고 다독거렸다.

괜찮아. 이제 털어놓고 나면 마음이 편해질 거야.

이윽고 그녀는 문을 열고 밖으로 나왔다.

이제 입을 열 것 같아요.

김주호는 녹화진술실로 들어갔다. 그리고 이은희와 함께 아이를 신문하면서 피의자신문조서를 작성했다.

피의자 이상호의 방화 사건에 관하여 2011년 4월 14일 마포경찰서에서 사법경찰관 김주호는 사법경찰리 이은희를 참여하게 하고 피의자에게 피의 사건의 요지를 설명한 후 형사소송법 제200조 제2항의 규정에 의하여 진술을 거부할 수 있는 권리가 있음을 알려주었으며 신문에 따라 임의로 진술하겠다고 하므로 다음과 같이 신문하다.

문: 피의자의 성명, 주민등록번호, 직업 등을 말하십시오.

답: 성명은 이상호, 주민등록번호는 970911-1000000, 직업은 중학생입니다.

문: 귀하는 2011년 4월 12일 03시 30분경 서울시 마포구 도화동 281번지 삼보아파트 104동 1313호 자가에서 방화를 한 사실이 있는가요.

답: 예.

문: 방화 당시의 정황은 구체적으로 어떻게 된 것인가요.

답: 아버지(이철수 · 당 45세)는 술을 마시고 01시께 귀가해 안방에서 잠이 들어 있었고 어머니(임정숙 · 당 39세)와 여동생(이상미 · 당 11세)은 거실에서, 할머니(김순분 · 당 75세)는 작은방에서 각각 취침 중이었습니다. 저는 03시 20분께 제 방 벽장에 숨겨져 있던 배낭에서 휘발유 통을 꺼내 주

방 바닥과 아버지가 자고 있는 안방 침대 이불과 방바닥에 뿌린 다음 03시 30분께 일회용 라이터로 불을 붙였습니다.

문: 귀하의 방화 결과로 아버지는 물론, 할머니, 어머니, 여동생이 사망했는데 이런 결과를 미리 예측했습니까?

답: 아버지를 살해하겠다고 생각하고 범행한 것은 사실이지만 할머니, 어머니, 여동생을 죽게 할 생각은 전혀 없었습니다.

문: 어떻게 범행을 저지르려고 계획했습니까.

답: 아버지가 안방에서 따로 취침한 것을 보고 안방에 방화한 다음 할머니, 어머니와 여동생을 깨워 아파트 바깥으로 함께 대피하려고 생각했습니다. 그러나 불길이 안방 침대, 이불과 커튼에 빠르게 옮겨붙었고 안방 방바닥에서 주방으로 띠 모양으로 옮겨붙은 불이 거실에까지 급속히 번지는 바람에 겁이 나 다른 가족을 미처 깨우지 못하고 집 밖으로 도망쳤습니다.

문: 도망칠 때 엘리베이터를 이용하지 않았습니까.

답: 엘리베이터의 CCTV에 찍힐 것을 걱정해 계단으로 내려갔습니다.

문: 범행에 사용한 휘발유와 라이터를 구입한 경위를 설명하시오.

답: 범행 사흘 전인 4월 9일 17시 30분께 저희 집에서 1킬로미터쯤 떨어진 '달려라 주유소'에서 휘발유 8리터를 만삼

천 원에 구입해 플라스틱 물통에 담은 다음 배낭에 넣어 집으로 와서 제 방 벽장에 숨겨두었습니다. 또 아버지가 쓰던 일회용 라이터를 훔쳐놓았다가 사용했습니다.

　문: 아버지를 살해할 목적으로 방화한 이유는 무엇인가요.

　답: 아버지는 제가 컴퓨터 게임과 비보이 춤에 열중해 공부를 소홀히 한다는 이유로 자주 꾸짖고 체벌해왔습니다. 저는 평소 아버지가 몹시 두려웠습니다……

　나는 평소에 컴퓨터 게임을 하는 것을 좋아해 피시방에 붙어살다시피 했어요. 내 꿈은 임요한이나 이윤열 같은 유명 프로게이머가 되는 것이었어요. 초등학교 때는 공부를 곧잘 해서 선생님과 부모님께 귀여움을 받았는데요, 5학년 때부터 게임에 빠지기 시작해서 점점 성적이 떨어졌어요. 아버지는 공부를 하지 않고 게임이나 한다고 저만 보면 꾸짖었어요. 엎드려뻗쳐를 한 다음 몽둥이로 엉덩이를 수십 대씩 맞았어요. 아버지는 마땅한 매가 없으면 허리띠를 빼내서 휘둘렀어요. 한번은 내 방 컴퓨터를 야구방망이로 때려 부순 적도 있었고요.

　하지만 난 게임을 도저히 끊을 수 없었어요. 머리에선 하루 종일 던전앤파이터와 제노니아의 게임 장면이 떠올랐고요, 수업 시간엔 아무것도 머리에 들어오지 않았어요. 고등학교만 해도 저는 예고로 진학하고 싶은데 아버지는 판검사가 되려면 특목고에 가야 한다고 난리였어요.

불이 나기 나흘 전 새벽 한시께 피시방에서 돌아와 보니 아버지가 거실에서 기다리고 있었어요. 아버지는 술에 취해 있었는데요, 골프채를 닥치는 대로 휘둘렀어요. 온몸에 멍이 들었고 골프채에 머리가 터져 피가 흘러내렸어요. 그때 아버지가 던전앤파이터에 나오는 마계의 왕 바칼처럼 느껴졌어요. 게임에서 마법사를 처치하듯 아버지를 제거하면 모든 게 마음대로 될 것 같았어요. 아버지만 없어지면 아무에게도 간섭을 받지 않고 게임도 마음껏 하고 비보이 춤도 추고 할 수 있을 것이라고 생각했는데……

자판을 두드리다 김주호는 기름통을 어디 두었느냐고 물었다. 아이는 아파트 어린이놀이터 옆 창고 안에 숨겼다고 말했다. 기름 묻은 점퍼는 놀이터 모래밭에 파묻었다고도 답했다. 그는 최 형사에게 전화를 걸어 증거물을 확보하라고 지시했다.

김주호는 신문조서 페이지마다 반으로 접어 아이에게 지문을 일일이 찍게 했다. 진술자 이름 옆에도 찍게 했다. 신문이 제대로 녹화됐는지도 확인했다. 저녁때가 지난지라 그는 의경을 불러 햄버거와 프렌치프라이, 콜라를 사 오게 했다. 아이가 그걸 먹는 동안 그는 형사과장이 기자들에게 낭독할 수사 발표문을 정리했다. 일가족 방화 살인범이 중학생 아들이라면 아홉시 뉴스와 조간신문들이 법석을 떨 것이었다. 내일이나 모레쯤엔 아이를 아파트로 데려가 현장검증도 해야 할

터였다. 검찰에 송치된 아이는 가정법원 심리를 거쳐 소년원
에 임감될 것이었다.

볼이 미어져라 햄버거를 씹던 아이는 김주호와 눈이 마주
치자 민망한 듯 눈을 내리깔았다. 그는 아이의 머리를 쓰다듬
어주고는 자리에서 일어섰다. 이은희도 자리에서 일어섰다.
그들은 경찰서 로비를 빠져나왔다.

이틀 동안 고생 많으셨습니다.

웬걸요. 그보다도 가슴이 먹먹하네요. 저 애는 게임을 망치
면 리셋 단추를 누르고 처음부터 다시 시작했겠죠. 아마 리셋
단추 누르는 기분으로 불을 질렀을 거예요. 저 애의 지옥은
소년원에 들어가면 진짜로 시작되겠죠. 괴물이 비치는 심연
을 들여다볼 거예요. 가족 하나 없는 외톨이로 그 심연을 평
생 동안 어떻게 감당하고 살까요. 자살하거나 모든 감정이 거
세된 사이코패스가 돼버릴지도 몰라요.

정문 앞에서 김주호는 이은희와 헤어졌다. 담을 따라 길게
늘어선 벚나무들의 꽃잎이 석양빛에 환하게 반사되고 있었
다. 벚꽃 축제가 한창인 여의도 윤중로의 한 귀퉁이 같았다.
그는 시체안치실 서랍 속에 누워 있을 한윤주를 떠올렸다. 지
금쯤 그녀가 관계했던 재야단체 사람들이 을씨년스런 빈소를
지키고 있을 것이었다. 대학 시절 선후배 몇도 소주잔을 앞에
놓고 굳어빠진 돼지 수육을 뒤적일 터였다.

하고 보니 김주호는 한윤주에게 물어보지 못한 게 있었다

는 생각이 들었다. 집권당 당사의 늙은 경비원과 처녀 안내원이 죽었다는 소리를 들었을 때 그녀를 사로잡은 생각은 어떤 것이었을까. 그녀도 심연을 들여다보았을까. 경찰 프락치라는 오해를 받았을 때 김주호 자신이 들여다본 것과 비슷한 것이었을까. 하고 보면 누구나 가슴속에 네스호의 네시와 같은, 심연 속의 괴물 한 마리 감추고 있지 않을까.

경찰서 사무실 여기저기에서 전등이 켜지고 있었다. 사건을 검찰에 송치할 준비를 하고 밀린 다른 사건을 처리하자면 밤을 새워야 할 것이었다. 그는 정문에서 청사를 향해 걸어갔다.

집

1971년에는 많은 일이 일어났다. 미국 탁구팀이 중국을 방문했고 소련에선 실각한 후르쇼프가 사망했다. 비틀스가 공식 해체된 것도, 재즈 연주자 루이 암스트롱이 죽은 것도 그해였다. 제7대 대통령 선거에서 박정희가 3선에 성공했고 철수한 파월 군인들이 부산항에 첫 하선했으며 판문점에선 남북한 이산가족 찾기 예비회담이 열렸다. 무령왕릉에선 백제 왕관이 출토되기도 했다.

초등학교 5학년이었던 내가 그 많은 일이 일어난 걸 그때 알고 있었던 건 물론 아니다. 기억에 남는 거라면 '십 년 세도 썩은 정치 못 살겠다 갈아보자!'라고 새긴 김대중의 선거 포스터와 나란히 붙은, 진복기라는 한량 정치인의 멋진 카이저

수염이었다.

　내가 이런 소릴 하는 것은 다른 이유 때문이 아니다. 그저 그해가 처음으로 내가 세상으로 나간 해였기 때문이다. 5학년이 시작되기 직전의 봄방학 때 나는 도시로 이사를 했다. 영화나 텔레비전을 구경한 것도 그때가 처음이었다. 새로 옮긴 학교의 애들은 촌놈이라며 상대도 해주지 않아 나는 늘 외톨이였다. 오, 솔리터리 리틀 보이…… 보릿고개는 막 넘었지만 춥고 궁상스런 시절이었다.

　어머니가 마산으로 이사를 결심한 것은 아버지의 전근 때문이었다. 우리는 그때 마산에서 버스로 한 시간 반쯤 떨어진 어촌 초등학교의 관사에 살고 있었다. 전교생 통틀어 이백 명이 조금 넘는 작은 학교였다. 학교 뒷담에는 한국전쟁 후 미군에게 원조받은 목재로 지은, 검은 모르타르를 칠한 낡은 판잣집 관사가 옹기종기 늘어서 있었다. 선생 부인네들이 가꾸는 텃밭에선 상추, 부추와 감자가 자랐고, 밭둑엔 옥수수 포기도 서 있었다.

　우리 아버지로 말하자면, 소심하고 고지식한가 하면 다혈질인 시골 선생이었다. 초년 교사 시절엔 부산 같은 대도시에 근무한 적도 있었다지만 교장이나 교감에게 자주 대든 탓에 일찍 도시에서 밀려났다. 섬마을에서 어촌, 농촌 학교로 이삼년 걸러 전근 다니는 통에 세간 하나 변변히 남아나질 않는다고 어머니는 푸념했는데, 이번엔 아예 지리산 산골로 좌천됐던 거다. 마산여고를 다니던 선주, 선옥 누나는 자취방에서 짐을 꾸려 새집으로 오게 돼 있었는데, 새봄에 마산여중에 입학하는 셋째 선희 누나는 언니들을 따라 먼저 가 있었다. 어머니가 조수석에 막내 순길이를 안고 타고 옆엔 둘째 영길이까지 끼여 앉아서 나는 아버지와 함께 짐칸에 앉을 수밖에 없었다.

2월 하순이라지만 손끝이 아릴 만큼 추운 날씨였다. 빨갛게 언 코를 보따리 사이로 삐져나온 이불자락에 묻고서 흘끗 아버지를 훔쳐보았더니 아버지는 못 박힌 듯 시선을 허공에 주고 있었다. 마흔일곱에 접어든 아버지의 귀밑머리가 허옇게 세어 있음을 나는 그때 처음 알아챘다. 삼륜 트럭이 흙먼지를 날리며 달렸을 때 나는 고개를 돌려 아스라이 멀어져가는 마을과 바다를 보았는데, 까닭도 모를 서러움이 솟구쳤다. 낯선 도시에서 겪을 일이 왠지 순탄치 않을 것만 같았다. 그 길이 우리 식구에겐 셋방을 전전하는 첫걸음이란 것을, 집을 향한 기나긴 투쟁의 서곡이었음을 알고 있었을 리는 없었는데도 마음은 착잡하고 외로웠다. 그렇다. 그것은 내 유년과의 작별이었다.

마산은 좁은 바다를 동그랗게 감싼 만(灣)을 따라 시가지가 늘어서 있는 전형적인 항구도시였다. 후일 그 도시를 일거에 공업도시로 만든 수출자유지역도 그 무렵엔 막 틀을 잡고 있었을 뿐이었고, 인근 창원공단도 생기기 전이었다.

어머니가 구한 셋방은 신마산 월영동에 있었다. 트럭은 비좁은 이면도로를 이리저리 틀어 들어가서는 다시 비탈길을 비칠비칠 위태롭게 올라갔다. 운전기사는 비탈 중간쯤 축대 위에 올라앉은 오래된 기역자 기와집 앞에서 차를 세웠다. 지붕엔 잡초가 드문드문 자라 있었고 나무 대문도 모서리가 헐어 있었다.

아버지와 어머니가 길가에 이삿짐을 부렸다. 행인들이 홀끗홀끗 보면서 지나갈 때 나는 남루한 세간이 창피했다. 방심한 채 길가에 널브러져 있는 간장독과 된장독, 주둥이가 깨어진 오지단지들은 낯선 도시에 대책 없이 방치된 우리 일가의 모습과 흡사했다. 먼저 와 있던 누나들이 우르르 몰려나왔고 옆방에 사는 아낙들도 대문 사이로 고개를 삐쭉 내밀고 우리의 몰골을 훑어보는 기색이었으나 그뿐이었다.

"엄마! 여게서 우리 식구가 다 어떻게 산단 말이고!"

어머니를 보자마자 누나들은 이구동성으로 불만을 터뜨렸다. 시멘트를 바른 좁은 마당을 가로질러 기역자의 맨 오른쪽 끝 우리 방으로 가보니 좁은 툇마루가 딸린 달랑 단칸방이었다. 누이들이 부려놓은 짐만으로도 툇마루가 가득 차 있었다.

방이야 그다지 작은 편은 아니었지만 도대체 여덟 식구가 살 만한 데가 아니었다. 헐어빠진 이불장과 옷장을 벽에다 붙여놓고 누나들이 쓰던 앉은뱅이책상 두 개를 윗목 벽에 붙여놓으니 벌써 방이 꽉 찬 느낌이었다. 아버지야 한 달에 한두 번씩 오실 터이고 어머니도 아버지가 계신 곳과 이곳을 번갈아 왔다 갔다 하겠지만 아이들만 드러눕는다 해도 남는 공간이 없을 것 같았다. 고3으로 올라가는 큰누나는 공부는 마루에서 하겠다며 제 책상을 툇마루 벽에다 붙여놓았다.

짐 정리를 대강 마치고 큰누나가 냄비에다 지어낸 점심 겸 저녁을 먹었을 때는 어둑해졌을 때였다. 김치와 콩나물무침, 어묵볶음이 전부인 밥상이었다. 다들 말이 없었다. 아버지가 몇 숟갈 뜨다 말자 어머니도 뒤따라 숟가락을 놓았다. 젓가락으로 밥알을 깨작거리던 누나들도 슬며시 밥상에서 물러났다. 나도 숟가락을 들고는 있었지만 침울한 어른들의 눈치를 보느라 밥이 잘 넘어가지 않았다. 밥그릇을 차고앉아 아귀아귀 먹어댄 것은 동생들이었다.

"오늘 온다 카더마는 우째 짐은 다 디리너었는가."

문밖에서 웬 안노인네의 목소리가 들렸다. 한동네에 따로 사는 집주인 노파였다. 어머니의 얼굴빛이 달라지더니 나와 동생에게 다급하게 속삭였다.

"인길이, 영길이는 저기 쪽문으로 해서 부엌으로 가 있거라. 얼른."

우리는 영문을 몰라 숟가락을 입에 문 채 어머니의 얼굴을 바라보았다. 벽에 등을 기대고 담배를 피우던 아버지가 어머니를 힐난했다.

"좋은 거 가르친다. 머 때문에 숨으라 카노. 인길이, 영길이 너거 부엌에 안 가도 된다. 밥이나 계속 묵어라."

어머니는 아버지에게 눈을 흘겼다. 도끼눈을 치뜬 어머니의 서슬에 못 이겨 나와 동생이 영문도 모르고 엉거주춤 엉덩이를 일으켰을 때 안방 문이 벌컥 열렸다. 엉덩이를 툇마루에 걸친 노파가 팔을 뻗어 열어젖힌 것이었다.

예순예닐곱이나 됐을까. 체수가 앙바틈했으며 이마에 깊은 쌍주름이 진 것이 한눈에도 심술궂어 보였다. 방 안을 들여다 보던 노인네는 눈을 치뜨고 "아이고, 얄궂어라" 하는 말로 자신의 놀라움을 표시했다. 어머니는 그릇을 깬 새댁이 시어머니에게 지을 법한 표정으로 노인네에게 굽실 고개를 숙이는 한편으로 황급히 옷장 서랍에서 신문지로 꽁꽁 싸놓은 물건을 꺼내 들고 툇마루로 나갔다.

"아이고, 걸음하셨습니꺼? 안 그래도 지가 찾아뵐라 캤는데요."

"걸음을 하고 말고 간에 식구가 다섯이라 카더마는 뭔 여덟이나 되는고?"

"죄송합니더. 돈은 모지래고 맞춤한 방은 잘 안 보이고 해서 할 수 없이 자취하는 딸애들을 불러디렸습니다. 그래도, 지는 막내 델고 아아들 아부지 학교 사택에 가 있다가 주말에만 디다볼 꺼니께 실지로는 애들 다섯만 사는 택이 될 낍니더."

"아이 그래도 그렇제. 나는 다섯도 많다 캄시로도 바깥주인이 핵교 선생이라 카길래 방을 준긴데 이렇다 카모 생각을 다시 해봐야것구마는."

"아이고, 자친 어른예. 우리 사정 좀 봐주이소. 아아들이사 에리지만도 얌전해서 있는 듯 없는 듯하다 아입니꺼."

그러면서 어머니는 신문지 뭉치를 풀어 노인네 앞으로 밀어냈다. 오백 원짜리 지폐 뭉치 네 개가 들어 있었다.

"한번 세보시이소. 저번에 디린 계약금 오만 원을 빼고 난 잔금 이십만 원입니더."

"끙······"

반쯤 외면한 노인네는 얼굴을 찡그리면서 쉽게 돈을 집어들 기색이 아니었다. 어머니는 다시 돈을 노인네의 무릎 앞에까지 밀어냈다. 밥상맡에 앉아 있던 2학년짜리 영길이가 눈치 없이 내게 감탄을 발했다.

"성, 저거 봐라. 와 우리 집에 돈 많다, 그자? 저 돈을 와 저 할머니한테 주노?"

큰누나가 영길이를 향해 손가락을 입에 대 보였고 막냇누나가 꿀밤을 먹이자 영길이는 "아이, 와 때리노?" 하고 큰소리로 항의했다. 어머니는 고개를 돌려 눈을 세모꼴로 세워 우리를 노려보았다.

"자, 한번 세보이소."

다시 끙 하던 노인네는 어쩔 수 없다는 듯 돈을 집어 꼼꼼히 세기 시작했다. 노인네가 침을 묻혀가며 세는 동안 어머니는 초조한 듯 노인의 손을 바라보고만 있었다. 나중에 안 일이지만, 아버지가 누군가의 보증을 잘못 선 죄로 월급의 절반을 차압당해 나머지 삼사만 원으로 여덟 식구가 한 달을 살아야 하는 형편으로선 전세금 이십오만 원은 우리 집이 보유한 총재산인 셈이었다.

"하도 사정을 해싸으이 내 그냥 가기는 하지만도 요새 물가에 어데 전세 이십오만 원짜리 방이 있능가 한번 찾아댕기 봐. 한 반년쯤 있다가 십만 원쯤 올려 받을 끼니까 이 집에 계속 살라모 그거는 미리 셈에 넣어놔야 할 끼다. 그라고 같이 사는 사람들끼리 의논할 문제지마는 이 집은 식구가 많으이께 수도세, 전기세, 변소세는 딴 집보다 더 내야 할 끼라. 내가 한번씩 와보겠지만 아아들 단속 잘해서 집은 깨끗이 써야 할 끼고……"

노인네는 손가방에 돈을 쟁여 넣고는 일어섰다. 그리고 아장걸음으로 뒤란으로 돌아가서 장독대와 부엌살림을 슬쩍 돌아보는 모양이었다. 그러고는 대문간으로 가면서 혼잣말로 중얼거렸다.

"하이고, 없다 없다 캐도 무슨 살림이 저리도 지지리 궁상이고. 적지도 않은 나이에 핵교 선생이나 한다믄서……"

대문간까지 배웅하고 돌아서는 어머니의 얼굴은 퍼렇게 질려 있었다. 대가댁이라 할 건 아니지만 그래도 통영 지주집 친정에서 반듯하게 자랐다는 걸 은근한 자랑으로 삼고 있는 어머니로선 이런 수모가 처음이었던 터라 분을 참기 어려웠으리라. 설거지하던 둘째 누나를 왈살스레 밀어내고 그릇을 왈그랑달그랑하면서 아버지 들으라는 듯 지청구를 그치지 않았다.

"걸뱅이 움막 같은 방 한 칸 빌려주믄서 되잖은 할마시가 온갖 유세를 떨고. 내가 지 겉은 거한테 이리 몬 들을 소리 듣고 살 사람가. 하이고, 이기 다 이 나이 묵도록 집 한 칸 장만 못한 죄다, 다 집 없는 죄라."

아버지는 담배만 연신 피워 물었을 뿐 아무 말도 없었다.

우리가 그 집에서 다시 옮긴 것은 겨우 여덟 달 후였다. 지나가는 소리인 줄 알았더니 주인 노인네가 아무래도 안 되겠다고 집세를 올려달라고 떼를 써온데다 일가족 연탄가스 중독 사건이 원인이었다. 10월 하순 토요일이었다. 때아닌 가을장마에 며칠씩이나 비가 끊겼다 이어졌다 한 통에 창문으로 새어든 빗물 때문에 벽지가 젖어 늘어졌는데 모처럼 비가 그친 날은 으스스하게 냉기가 감돌았다. 게다가 선희 누나가 감기에 걸려 저녁밥도 마다하고 이불을 둘러쓰고 누웠다.

"가스나가 밥도 안 묵고 저녁부터 떡 드러누버 있노. 이거는 뭐 집 꼬라지가 창문틀 하나 옳게 달려 있지도 않고…… 오늘 저녁은 벽지도 말릴 겸 불을 피아야 쓰겄다."

어머니는 중얼중얼 군소리를 하면서 지난겨울 쓰다 남은

연탄을 피웠다. 저녁을 먹고 설거지까지 끝내자 어머니는 노곤한 몸을 아랫목에 뉘였다.

"안죽 가을이라 캐도 내사 뜨뜻한 방이 최고네. 아이고 삭신이 노골노골해질라 칸다."

어머니가 낮게 코를 골며 잠에 빠지자 영길이 순길이도 어머니 곁에서 잠이 들었고 체육 시간에 뜀틀이니 뭐니 한데다가 청소 당번까지 겹쳐 피곤했던 나도 영길이 옆에 엎드려 숙제하다 가물가물 잠에 빠져버렸다. 선옥 누나도 그날따라 피곤하다며 일찍 잠자리에 들었고, 고3이던 선주 누나만 마루의 앉은뱅이책상에 앉아 공부했는데 열두시가 가까워지자 그만 책상에 얼굴을 박은 채 잠이 들었던 모양이다.

"어어, 이기 뭐꼬! 야들아 정신 채리봐라! 야, 인길아, 영길아!"

누군가가 거세게 흔드는 기척에 나는 잠에서 깼다. 머리가 깨질 듯이 아팠다. 내 어깨를 흔들어대는 아버지의 얼굴이 두 개, 세 개로 엇갈려 보였다. 나는 몸을 일으키려다 도로 쓰러지고 말았다. 의식이 혼미했고 아버지의 목소리조차 가물가물했다. 아버지는 이번에는 어머니에게로 다가가는 것 같았다.

"어이! 정신 좀 채리봐라. 눈을 뜨란 말이다!"

아버지가 양 뺨을 때리는데도 어머니는 꼼짝도 하지 않았다. 나는 그 모습을 혼몽하게 보다가 다시 정신을 잃고 말았다. 내가 다시 의식을 차린 것은 낯선 손길이 내 얼굴을 더듬는 것을 느꼈을 때였다. 누군가가 내 눈꺼풀을 벌려보는 것을 알아채자 나는 벌떡 몸을 일으켰다. 머리가 허연 노인네였다. 내가 머리를 흔들어대자 그는 "야는 뭐 괜찮은 모양이네" 하고 한마디 했다.

그는 비탈길 아래 개인 병원의 늙은 의사였다. 비탈길이 시작되는 차도가 말하자면 부촌과 빈촌을 가로지르는 경계였다. 차도 아래쪽 주택가에 이층짜리 아담한 일본식 목조 건물이 있었는데 나무 대문 앞에 '김완길 내과의원'이란 간판이 붙어 있었다. 마당엔 잔디가 곱게 깔렸고 하얗게 칠한 나무 담장을 따라 잘 전정된 향나무, 사철나무가 줄지어 서 있었다. 간판만 없었다면 포실한 살림집으로 보였다.

그는 내 엉덩이에 주사를 놓고 나서 어머니에게 다가갔다. 그때까지 의식을 차리지 못한 어머니를 큰누이가 울면서 흔들고 있었다.

"엄마, 정신 좀 채리이소."

청진기를 어머니의 가슴에 들이대던 의사가 어머니의 눈꺼풀을 벌려보고는 다시 팔에 주사를 놓았다. 그는 그런 식으로 아버지와 큰누이를 제외한 가족 모두를 한 바퀴 진료했다. 나중에 들은 바로는 산청에서 돌아온 아버지가 오랜만에 고향 친구를 만나 술타령을 벌이다 통금 직전에 돌아와선 온 가족이 그 꼴이 된 것을 발견했다는 거다. 마루에서 잠이 들어 무사했던 큰누나가 밤길을 허둥지둥 내려가 병원집 대문을 마구 두드렸고.

"주사를 놓았으니 고비는 넘긴 셈이오. 아주먼네도 좀 있으면 정신을 차릴 거요. 내일 아침에도 계속 머리가 아프다면 병원으로 보내시오."

드러누운 채 실눈을 뜨고 있던 나는 늙은 의사의 얼굴에서 딱해하는 것 같기도 하고 한심해하는 것 같기도 한 표정을 읽었다. 단칸방에 어른에서부터 과년한 처녀 아이, 올망졸망한 사내애까지 여덟 식구가 시루 속 콩나물처럼 촘촘히 박혀 있는 꼴 때문이었을 것이다.

의사가 가고 나서 큰누나가 장독대 단지에서 나박김치 국물을 플라스틱 바가지에 가득 퍼왔다. 우리는 돌려가면서 꿀꺽꿀꺽 마셨다. 그러고 나서 나는 다시 자울자울 잠이 들었던 모양이다. 잠에서 깨어난 것은 소리를 죽인 아버지와 어머니의 속삭임 때문이었다. 창 너머로 새벽빛이 스며들고 있었다. 누이들도, 동생들도 모두 잠이 들었는지 고른 숨소리만 양쪽에서 들려왔다.

"인자 정신이 드나. 아이구, 십 년 감수했다 아이가."

"그러매요. 와 이리 머리가 깨질 듯이 아픈고……"

"연탄까스를 마시는데 우예 멀쩡하겠노. 그래도 깨어났으이 다행이다. 첨에 식구대로 쓰러져 있는 거를 보고는 간이 뚝 떨어지는 줄 알았다. 처자식 몽땅 잃는 기 아인가 싶어 하늘이 노오래지더라."

"놀래기는 뭐를 놀랬을꼬. 홀애비 되모 새장가 가고 좋겠다, 싶었겄재."

"이 사램이…… 그 꼴을 당하고도 농담할 기분이 나나."

"아, 아이요. 당신이 술 마시고 늦게 들온 바람에 다들 안 죽고 살아났으이 그만해도 천행이요. 인자 보이 술 마신다꼬 바가지 긁을 것만도 아니구마는."

"또 씰데없는 소리……"

아버지가 느닷없이 비죽비죽 울기 시작했다. 술이 아직 덜 깬 데다가 가족들이 살아나자 일시에 긴장이 풀린 것 같았다. 어머니는 당황한 모양이었다.

"아이, 이 양반이…… 아아들 앞에서 무슨 주책인교."

그래도 아버지는 소리를 죽여 웅얼거리며 계속 울었다.

"참, 내가…… 꼴이…… 이기 뭐꼬. 나이 오십을 바래보고도 처자식을 이래 동가식서가숙 시키고…… 종당에는 떼죽음시킬 뻔했으이…… 내가…… 내가…… 무신 죄가 많아서 이 꼬라지일꼬."

"오늘따라 와 이래 쌌소. 아아들 듣는다 안 하요."

그러면서 어머니는 끙 하고 일어나 아버지의 어깨를 끌어다 당신의 옆자리에 눕히는 기척이었다.

"너무 그리 비감해해쌌지 마이소. 그래도 당신이 있으이 아아들 핵교 댕기고 안 하는교. 아아들 착하고 공부도 곧잘 하고 하이까 옛말하고 살 때가 안 있겄소."

어머니가 두번째 고른 곳은 대성동 산복도로 아래, 방 두 개짜리 집이었다. 아마 몇만 원 더 융통했을 테지만 독채라는 이점에도 불구하고 집은 이전보다 더 허름했다. 방은 두 개라지만 먼젓번 방의 절반 조금 넘는 콧구멍만 한 푼수였다. 마당도, 마루도 없이 한길에 이어진 현관이 곧 대문이었다. 한쪽 방에는 제법 큰 창문이 딸려 있었으나 옆방은 골목으로 난 작은 들창뿐이어서 낮에도 어두컴컴했다.

그 집 역시 반년을 채 넘기지 못하고 옮긴 터라 그 집에서의 기억은 그다지 많지 않다. 동생들이 창문턱에 올라앉아 다리를 흔들며 "자유 통일 위하여 조국을 지키시다 조국의 이름으로 님들은 뽑혔으니" 하며 '파월 맹호부대 노래'를 부르던 게 기억나는 정도다. 영길이, 순길이가 "가시이는 곳 월나암 땅, 하늘은 머얼더라도오" 하고 악을 쓰면 건넌방에서 공부하던 선희 누이가 "야, 시끄러워!" 하고 지청구를 하던 기억은 생생하다. 그 무렵에도 나는 여전히 외톨이였는데, 학교를 마친 오후엔 들개처럼 시내를 쏘다니곤 했다. 부두 입구에 있던 마산극장에 걸린 「화녀(火女)」란 영화의 간판 속에선 앳된 얼굴의 윤여정이 슈미즈 차림으로 끓어앉아 하늘을 올려보고 있었다. 나는 한 번도 들어가보지 못한 그 이본 동시상영 극장 안에서 펼쳐지고 있을 꿈과 환상을 동경하면서 매표소 주위를 맴돌곤 했다.

세번째 집은 사람 서넛만 늘어서면 양쪽 담벽에 어깨가 닿는 좁은 골목길 안쪽에 있는 기와집이었다. 미음자 모양의 집 채들이 처마를 맞물려가며 마당을 둘러싸고 있었는데, 대문에서 맞은편 집이 주인집이었고 대문 옆에 단칸방이 하나, 그리고 양쪽으로 각기 두어 칸의 방을 가진 와가가 어깨를 맞대고 있었다. 마당 한가운데 작은 화단에는 사철나무 따위가 심겨 있었다. 우리가 살 집은 주인집에서 보면 왼편, 대문을 들어서면 오른쪽에 붙은 건물이었다. 마루 딸린 방 두 개와 부엌이 일직선으로 붙어 있었다. 방도 여태 살던 집들보다는 좀 컸고 부엌도 그다지 비좁은 편은 아니었다.

이사를 하던 날 어머니는 삼륜 트럭을 불렀다. 새집에 도착해 보니 페인트 도장 일을 하는 사촌형이 기다리고 있었다. 사촌형과 운전기사가 장롱짝을 끙끙거리며 골목길 바닥에 부려놓았고 어머니는 이런저런 잡동사니를 집 안으로 옮겼다. 누나들은 제 물건이 담긴 골판지 상자를 새집 툇마루에 부려놓았고 나도 작은 보따리를 메고 대문간을 넘었다. 대문 맞은편 본채에서 분합문을 열고 웬 노친네가 고개를 빼고 내려보더니 고무신을 신고 축대를 내려섰다. 집인데도 공단 치마저고리를 곱게 차려입고 있었다. 고추장 단지를 안고 들어서던 어머니가 할머니에게 공손히 허리를 굽혀 보였다.

"짐 옮기면서 나무들 안 상하게 하소."

어머니가 다시 허리를 굽혀 보이자 노친네는 살림 꼴을 훑어보더니 혀를 차는 시늉으로 돌아섰다.

"시골 학교라 해도 교감 집이라 카더마는 살림 꼴이 우째 저럴꼬. 변변한 세간도 하나 없이……"

어머니의 얼굴이 붉으락푸르락해졌다. 이사 다닐 때마다 빠짐없이 듣는 소리이건만 어머니는 그때마다 자존심이 상해했다. 그래서 그랬던지 어머니는 그날 큰마음을 먹고 중국집에서 점심을 배달시켰는데, 고백하자면 짜장면과 탕수육을 먹어본 게 내 열두 살 인생에서 처음이었다.

그 집에선 한 일 년쯤 살았다. 다른 기억은 아슴아슴한데 마당을 사이로 맞은편에 살던 아저씨는 기억난다. 얼굴이 백랍처럼 창백하고 구레나룻이 텁수룩한 그는 초등학교 선생인 부인이 출근한 후에도 종일 집에만 틀어박혀 있었다. 폐병을 앓는다고 했는데 가끔 기침과 함께 각혈도 하는 눈치였다. 그는 마산에서 발행되는 지방지에 '가물치 선생'이란 이름의 네 컷 만화와 만평을 그리는 시사만화가였다. 늘 화난 것 같은 표정을 짓고 있는 그 화가가 언젠가 건너편 마루에 앉아 있는 나를 손짓으로 부른 적이 있다. 미적미적 다가갔더니 그는 이름을 물었다.

"……장인길인데예."

그는 웃는 둥 마는 둥 하더니 대뜸 말을 던졌다.

"그래, 인길이. 니 심부름 하나 해줄 수 있겠나?"

"뭔데예?"

"삼일오의거탑 맞은편 삼일오회관 알재? 그 옆에 사층짜리 빌딩이 있는데 그게가 경남신문이라 카는 데다. 일층 수위실에 가서 이걸 전해주기만 하믄 된다."

그러더니 돌돌 말아 고무밴드로 묶은 하얀 켄트지가 든 누런 봉투를 건네주었다. 그는 십 원짜리 동전도 하나 주었다.

"그거 절대로 잃어버리면 안 된다?"

잔뜩 긴장해서 원고를 전하고 오는 길에 아이스케키를 사 먹어본 것도 그때가 처음이었다. 내 사전엔 용돈이라든가, 주전부리란 단어가 없었으니까. 얼음주머니가 담긴 수은 유리통 속에서 구멍가게 아줌마가 꺼내 준 팥 맛 하드를 한입 베어 물었을 때 혀끝에 감기는 그 시원하고 달콤한 맛이라니.

우리가 명목상이나마 자가를 마련한 것은 그 집에서 나와 장군동 마산여고 밑 식당집에서 다시 일 년을 더 살고 난 이후였다. 중학교 1학년 늦가을이었고 마산 온 지 삼 년 만에 다섯번째 이사였다. 시내와 조금 더 가까운 완월동의 주택가였다. 그동안 보증 빚을 얼추 갚아 다소나마 형편이 나아졌기 때문이겠는데, 통영에서 청상과부로 살던 큰이모가 논 몇 마지기 판 돈으로 집값 절반을 댔다는 이야기를 뒤에 들었다. 이를테면 공동명의인데 이모의 투자분에 대한 이자를 집세 형태로 어머니가 지불하기로 했다는 것 같았다. 그러니 온전한 우리 집도 아니지만, 이삿짐을 풀었다 싶으면 다시 싸야 하는 신세에서 벗어난 것만도 어딘가.

슬레이트 지붕의 낡고 볼품없는 주택이었다. 대문에서 본채까지 좁고 긴 통로를 통과하면 니은자 모양의 집채가 나타났는데 앞쪽에 방이 두 칸과 부엌, 부엌에 딸린 골방 하나와 좁은 마루가 있었고, 모퉁이를 틀면 또 방 두 개와 별도의 부엌이 있었다. 그러니까 처음부터 세를 줄 용도로 두 집 살림을 하게 만들어진 집이었다. 한 지붕으로 이어졌지만 우리는 그것을 앞채와 뒤채라고 불렀다.

안방은 어머니와 동생 둘, 주말에 오시는 아버지가 쓰기로 했고, 작은방은 선옥, 선희 누나가 쓰기로 했다. 그 무렵 선주 누나는 진주교대에 입학해 진주서 따로 자취하고 있었다. 온갖 잡동사니를 쟁여 넣은 골방에 앉은뱅이책상 하나를 끼워 넣어 내 방이랍시고 배정됐다. 중학생이 됐으니 공부방 하나 마련해주겠다는 어머니의 원려 때문이었다. 이부자리를 펴면 송곳 하나 찔러넣을 데가 없을 만큼 좁아터진 골방이었지만 난생처음 가져본 '내 방'이란 이름의 공간에 나는 흥분했다.

"엄마, 내도 두 달만 있으면 고입 시험을 치는데, 와 아들이라꼬 인길이한테만 독방을 주고 내보고는 언가(언니)랑 쓰라 합니꺼. 뒤채 빈방 중에 하나는 내가 쓸 끼다."

선희 누나가 강력히 반발했지만 어머니는 들은 척도 않았다. 어머니는 '월세 있음'이란 쪽지를 동네 여기저기 전봇대와 담벼락에 붙였다. 그때나 지금이나 셋집은 대부분 전세였지만 월세로 내놓은 건 큰이모의 투자에 따른 이자를 대는 한편 남는 돈을 반찬값으로 쓰겠다는 셈속이었을 거다. 그러나 낡고 비좁아 터진 집에 들어오겠다는 사람이 잘 나타나지 않았다. 어머니의 미간에 주름이 지기 시작했다. 이모에게 생돈을 내놓아야 할 판이었으니. 선희 누나는 셋방이 나갈 동안만이라는 조건을 달아 뒤채의 방 하나에 제 책상을 갖다 놓고 척하니 들어앉았다. 어머니는 "온, 몬된 년이……" 하고 혀를 차면서도 그것까지는 말리진 못했다.

방을 내놓은 지 한 달쯤이나 됐을 거다. 겨울의 초입에 들어서는 토요일이었다. 학교에서 돌아온 내가 책가방을 둘러메고 막 대문에 딸린 쪽문을 밀려는 차였다. 누군가가 나를 불러세웠다.

"야아야, 니 이 집에 사나?"

낮고 부드러운 여자의 목소리였다. 스물너덧이나 됐을까, 생머리를 뒤로 질끈 묶고 편직 스웨터와 수수한 통치마를 입은 여자였다.

"너거 집에 셋방 내놨나?"

고개만 주억거렸더니 여자는 슬며시 웃어 보였다.

"어무이 계시나?"

집에 들어가봤더니 어머니는 외출하고 없었다. 가방을 마루에 던져놓고 다시 대문간으로 나가 안 계신다고 했는데도 여자는 내 뒤를 따라 대문 안으로 들어섰다.

"내 잠깐 집 좀 둘러보께."

멀뚱히 바라보고만 있는데 여자는 앞채와 뒤채를 꼼꼼히 살펴보았다. 뒤채에선 방문을 열고 고개를 들이밀고선 이리저리 살폈고 부엌도 훑더니 내가 앉은 앞채의 마루로 다가왔다.

"어무이는 어데 멀리 가싰나?"

"……모리겄는데예. 아매 쫌 있으모 오실 낍니더."

여자는 살풋 웃어 보이더니 스스럼없이 내 곁에 앉았다.

"머리를 빡빡 깎은 거 보이 중학생이네? 몇 학년이고?"

"일학년입니더."

"공부는 잘하나?"

"……잘, 모리겄는데예."

여자가 다시 웃어 보였다. 화장기 없는 마른 얼굴인데 눈썹이 얇았다. 노르께한 낯빛에 피로가 앙금처럼 가라앉아 있었다. 문득 여자가 대문 밖으로 나갔다. 그대로 가버렸나 했더니 한 오 분쯤 있다 되돌아왔다. 손에 누런 종이봉투가 들려 있었다. 안에는 김이 무럭무럭 나는 삼립호빵 서너 개가 들어 있었다. 여자는 하나를 내게 내밀었다. 침이 꿀떡 넘어갔지만 나는 손사래를 쳤다.

"학교 마치고 와서 아직 점심도 못 묵었을 낀데, 배 안 고프나? 나도 아침을 걸렀더니 좀 시장하고마."

여자가 손에 쥐여주다시피 해서 나는 빵에 달라붙은 속종이를 벗겨냈다. 따뜻하고 달콤한 팥소가 입안에 들어오자 갑자기 허기가 져서 나도 모르게 허겁지겁 씹어 삼키는 꼴이 되었다.

"배고팠나 보구나. 한 개 더 묵어라."

여자는 흰 이를 드러내 보이며 웃더니 하나 더 건네주고는 제 몫을 한입 씹었다.

그러구러 둘이 앉아 빵을 먹고 있는데 어머니가 대문을 열고 들어섰다. 낯선 여자가 마루에 앉아 있는 것을 본 어머니가 의아한 빛을 띠었다. 여자의 얼굴을 슬쩍 훔쳐본 어머니는 그러나 말은 내게 던졌다.

"무슨 일이고?"

내가 우물쭈물하자 여자가 마루에서 일어서서 두 손을 모으고 고개를 숙여 보였다.

"전봇대에 붙은 쪽지를 보고 왔다가 어른이 안 계신다 캐서 기다리던 중입니더."

어머니는 낯선 여자에게서 얻은 빵을 볼이 미어지게 씹어 삼키고 있는 내 꼬락서니가 못마땅했던지 미간에 주름을 지었다.

"그라모 처니가 들어올 긴가? 혼차?"

여자는 멈칫거리더니 공손히 대답했다.

"……예."

"쪽지를 봤이모 방을 두 칸 내놓은 줄 알았실 낀데, 혼차서 두 칸 다 쓸라꼬?"

어머니는 약간 딱딱하고 깐깐한 표정으로 여자를 마주 보았다. 나는 어머니의 시선에서 우리가 전전했던 셋집의 주인 할머니들의 눈빛을 읽어냈다. 뭐랄까, 어머니의 표정은 전형적인 집주인의 그것이었던 거다. 어머니는 바로 그 표정과 눈빛을 짓기 위해 지난 삼 년 동안 그렇게 무진 애를 쓴 게 아니었을까. 여자는 어머니의 거침없고 도도한 시선에 허둥지둥했다. 나는 여자의 표정이 바로 얼마 전까지 어머니의 그것이었음도 발견했다. 여자는 풀죽은 목소리를 냈다.

"지가 두 개는 쓸 수가 없고예, 혹시 한 개라도 내놓으실랑가 알아나 본다꼬예."

"세를 줄라믄 다 줘야지. 어떻게 하나를 남기겠나? 남은 방은 우짜라고……"

"지금 있는 집에서 월말까지는 나가라 캐서 지가 사정이 급합니더. 지는 야근도 있고 해서 이 동네에다 방을 구해야 되는데, 이 근처에는 한 칸짜리도 잘 없고, 있다 캐도 다 전세라서…… 우째 사정 좀 봐주시면 안 되겠습니꺼?"

"어디 공장에 댕기는 모양이제?"

"산복도로 우에 있는 요꼬(편직)공장에……"

어머니는 살짝 이마를 찌푸리고 생각에 잠긴 듯 싶었다. 여자는 처분만 기다린다는 행색으로 고개를 조아리고 서 있었다. 잠시 후 어머니가 뚜벅 말을 던졌다.

"처니도 알다시피 두 개 내놓은 방인데 한 군데만 디리면 나머지는 못 쓰게 되는 거 아이가. 그래서 말인데 월세에 웃돈을 쪼매 얹어준다모 생각해보꺼마. 많이도 아이고, 삼 할만 더 내놓아라. 그라고, 나중에라도 남은 빈방에 다른 사람이 들어오믄 부엌하고 변소는 같이 써야 된다?"

거절당할 것이라 지레짐작했던지 여자는 반색했다. 그녀는 덮어놓고 고개부터 주억거렸다.

"하모예. 두 개 나온 방을 하나만 쓰자모 그 정도는 해야겄지예."

그 짧은 순간 어머니는 머릿속에서 맹렬히 주판을 튕겼을 거다. 어차피 금방 나갈 것 같지도 않은데, 우선 하나라도 웃돈 받고 세주는 게 낫지 않을까, 아무리 임시라고 명토 박았지만 고입 시험을 코앞에 둔 선희 누나의 방을 도로 빼앗는 것도 딱한 노릇이었을 거다. 필시 누나는 "다른 애들은 개인 과외를 받거나 학원에라도 댕기는데 나는 꼴랑 방 하나도 안 준단 말이요!" 하고 울고불고할 거고. 어머니로선 자식들에게 떳떳하게 방 한 칸씩 내주는 게 집을 위한 투쟁의 궁극적 목표이기도 했을 테니.

여자는 사흘 후 저녁 무렵 이삿짐을 들여왔다. 옷이 든 트렁크 두 개에다 이불 보따리 하나, 그리고 냄비와 그릇 등속을 담은 동구리, 잡동사니를 쑤셔 담은 골판지 상자 두 개가 전부였다. 본채에 가까운 작은방을 선희 누나가 쓰고 있어서 부엌을 사이에 낀 바깥방에 여자가 짐을 풀었다. 그 방의 들창 너머로는 푸성귀가 자라는 공터가 펼쳐져 있었다.

이름이 성자라는 그 여자는 야근 때문이라며 퇴근은 아홉 시쯤에 했지만, 주말 빼곤 드나드는 시간이 일정하고 외박도 하지 않았다. 일하다 붙여온 실밥이 바지에 나풀나풀 묻어 있기도 했다. 그녀는 우리 가족에게 곰살맞게 굴었다. 출퇴근 때 어머니와 마주치면 공손히 고개를 숙여 인사하는 건 물론이고 나나 영길이, 순길이에게도 늘 웃어주었다. 부엌을 사이에 두고 방을 나란히 쓰게 된 선희 누나도 처음엔 뚱하더니 며칠 가지 않아 언니라고 부르기 시작했다. 근엄한 표정을 풀지 않던 어머니도 차츰 마음을 푸는 기색이었다. 주말에 집에 온 아버지에게 어머니가 밥상머리에서 이렇게 말하는 것을 나는 들었다.

"처니아가 야무져 보이기는 합디더. 기명 등속이야 보잘것없지만서도 보아하니 화장품도 마산중앙구리무 하나뿐이고, 옷도 수수하게 해 다니고……"

사정이야 어찌 됐든 방 한 칸에 월세가 좀 과하다 싶었던지 어머니는 동태찌개 따위를 끓이면 가끔 선희 누나를 시켜 보내주기도 했는데, 여자는 깨끗이 씻은 보시기에 시골집에서 가져온 거라며 삶은 밤을 담아 오기도 했다.

숫기 없는 나도 종국에는 그 여자를 누나라고 부르게 되었는데, 나는 어쩐지 성자 누나가 좋았다. 글쎄, 진주교대에 다니는 큰누나는 보름에 한 번씩 집에 와도 친구 만난다고 코

빼기도 보기 어려웠고 고3인 작은누나도 제 앞가림에 바빴으며, 두 살 위인 선희 누나와는 싸움밖엔 할 게 없었는데, 늘 푼근하게 웃어주면서 퇴근길 코트 주머니에서 카라멜도 꺼내 쥐여주곤 하는 성자 누나가 좋지 않을 수 없었던 거다.

그러다가 성자 누나가 이사한 지 한 달쯤 되었을 때였다. 주말 오후였는데, 학교를 파하고 집에 왔더니 어머니가 안 계셨다. 영길이, 순길이가 눈이 둥그레져서 내게 다가왔다.

"형아, 어떤 아저씨가 성자 누나네 방에 와 있는데, 목발도 짚고 있고……"

무슨 일인가 싶어서 나는 별채를 기웃거렸다. 성자 누나와 어떤 남자의 목소리가 띄엄띄엄 새어 나오고 있었다. 토요일 오후라지만 평소라면 누나는 공장에 있을 시간인데 웬일일까. 얼마 후에 장지문을 열고 밖으로 나온 누나가 슬리퍼를 꿰다가 나를 보곤 활짝 웃었다.

"인길이 학교에서 왔구나."

"누굽니꺼. 저 방에 있는 사람……"

성자 누나의 얼굴에서 웃음기가 사라지더니 곤혹스런 표정이 떠올랐다.

"……아, 누나 아는 사람. 나중에 이야기해주께."

열린 장지문 사이로 남자의 머리가 쑥 나타났다. 뒷머리를 바짝 치올린 상고머리였는데, 얼핏 스물일고여덟은 돼 보였다. 마른 얼굴에 하관이 빨고 광대뼈가 솟아서 좀 신경질적으로 보였지만 눈매가 깊고 서늘했다. 사내는 살피는 듯한 시선으로 나를 보았는데, 그 날카로움 속에는 어딘가 설명하기 어려운 우울이 배어 있는 느낌이었다. 누나가 짐짓 웃는 얼굴을 보였다.

"배 안 고프나? 누나가 삼양라면 끓여주까?"

"아입니더. 됐십니더."

알 수 없는 당혹감에 나는 부루퉁한 얼굴로 획 돌아섰다. 부아가 치밀어서 교복도 벗지 않은 채 내 골방에 드러누웠다. 사내의 얼굴이, 날카로운 시선이 계속 떠올랐다. 공연히 내가 뭔가를 잃어버린 듯 아쉽고 분했다. 그건 일종의 배신감 비슷한 것이었다. 외출에서 돌아온 어머니는 동생들의 고자질에도 별다른 반응을 보이지 않더니 저녁을 먹고 나서 내게 일렀다.

"너, 가서 뒤채 누나 좀 오라고 해라."

성자 누나는 곧 안방으로 건너왔다. 그녀는 장지문 앞에서 멈칫거리더니 각오한 일이라는 듯 문을 열고 들어섰다.

"게 좀 앉거라."

성자 누나가 미적거리며 윗목에 꿇어앉았다. 어머니는 근엄한 표정을 풀지 않은 채 고개를 숙인 누나의 정수리께를 쏘아보았다. 그러고는 곁에 붙어 앉아 있는 나를 흘긋 보고는 한마디 뚝벅 던졌다.

"인길이는 니 방으로 건너가거라."

나는 내 방으로 들어가는 척하다가 살며시 마루에 쭈그리고 앉아서 장지문 사이로 두런두런 새어 나오는 소리에 귀를 쫑긋거렸다.

"무슨 일인지 말해봐라. 분명히 혼자 산다고 해서 들였는데, 갑자기 웬 사나가 척하니 들앉았는지……"

목소리는 한껏 낮췄어도 어머니의 어조엔 질책이 숨어 있었다. 성자 누나의 목소리가 기어들어가서 나는 장지문에 귀를 갖다대야 했다.

"……고향에서 함께 자란 오빱니다. 중학교 이 년 선배이기도 하고예. 지금 자산동 큰길가에 있는 금방에서 세공 일 배웁니더."

"새권 지는 오래됐나?"

"첨에는 동네 오빠 동생으로 지내다가 사귀게 된 지는 한 오 년 됐는 갑십니더. 사 년 전에 오빠가 군대에 갔다가 돈 벌어 오겠다고 월남에 갔고예, 지는 한 일 년 더 집에 있다가 삼 년 전에 마산으로 왔어예."

"그 사람 다리가 성찮다더니만 월남에서 그리 됐다 말가?"

"……예. 박격폰가 포탄 파편을 맞았다 캅디더. 재작년에 월남에서 실려 와서 국군마산통합병원에서 오래 입원해 있었어예. 그리고 집에 반년 정도 있다가 답답하다 카민서 작년 여름에 마산으로 왔습니더."

"그라모 그때부터 동거한 기가?"

"그거는 아이고예. 처음에는 금방에 딸린 쪼그만 방에 있었어예. 부엌도 없어서 세끼 밥을 배달시켜 묵어야 한다 캐서 살림을 합친 거는 올 봄부터고예."

"전쟁에 가서 두 다리를 다쳐 왔다모 살아가는 기 쉽지는 않을 낀데, 그래도 동거를 할 마음이 나던 갑재? 집에서도 알고 있나?"

"······아이라예. 아부지가 알면 난리가 날 끼라예. 그래도 고향서부터 지한테 원캉 잘해주던 사람이고, 결혼할라모 돈을 모아야 한다꼬 월남까지 간 사람인데 우째 지가······"

어머니의 깊은 한숨 소리를 나는 들었다. 돌연 어머니의 음성이 높아졌다.

"그거는 그렇다 치고 우째 처음에는 혼차라꼬 찰떡겉이 거짓말을 했노? 어른을 쏙이믄 못쓰는 법이다. 귀띔도 없이 사내를 끌어들이는 법이 어딨노 말이다, 으이?"

성자 누나의 목소리가 더욱 기어들었다.

"······첨부터 말씀디리면 방을 주지 않으실 거 같애서······ 전에 살던 집에서도 다른 이유를 둘러대도 저 사람 다리 때문에 나가라 카는 기 아인가 하는 생각도 들고······ 지가 첨부터 속칼라(속이려고) 칸 거는 아이지만 지송합니더."

"그래, 방 두 개를 한꺼번에 내놨다가 니 사정 봐준다꼬 한 개를 묵히감서 세준 거는 알고 있재? 내가 나가라 카모 우짤 낀데?"

그러자 누나의 목소리가 다급해졌다. 그녀는 떨리는 목소리로 사정했다.

"어머이, 지금 겨울이 닥쳤는데 당장 나가라 카시믄 우리는 거리에 나앉습니더. 그냥 봐주시모 안 되겠습니꺼? 지가 거짓말한 거는 정말 잘못했습니더……"

어머니의 한숨이 다시 새어 나왔다.

"너거 사정도 이해가 안 되는 바는 아이다만, 내 입장에서는 부모 몰래 동거하는 사람들을 붙이기가 맘에 걸린다. 이런 소리 하기 뭐하다만, 우리 집에도 과년한 처니아가 둘이나 있는데, 내가 가끔 아아들 아버지 수발들러 산청까지 가야 하는 것도 그렇고…… 일단 니 사정은 들었으이 하루 이틀 생각해 보꾸마. 일단 가 있거라."

잠깐 사이를 두고 장지문이 열리는 기척이어서 나는 얼른 내 골방으로 달아났다. 저녁에 학교에서 돌아온 선희 누나는 예상대로 펄쩍 뛰었다.

"옴마! 그라모 내는 어짜라꼬요! 넬모레 시험인데!"

"누가 니보고 옮기라 캤나? 저 사람들이 여게 살아도 니 방은 그대로 있는데?"

"아이, 옆방에 낯선 남자가 있는데 공부가 되나! 그것도 상이군인이라 카는데."

"상이군인이 우째서? 나랏일 하다가 다친 사람을 갖고 그런 말 하는 기 아이다. 그기 싫다모 작은성하고 같이 있든지."

"아이, 언가하고 나는 공부 시간도 다르다 말이요. 나는 일찍 자고 새벽에 공부하고 언가는 밤늦게까지 하는데…… 그라고 주말에 큰언가가 집에 오면 좁아터진 방에 셋이 삐대라 말이가!"

누나가 발까지 동동 구르자 어머니는 난감한 모양이었다.

그런 상태로 며칠이 더 갔다. 입이 댓 발이나 나온 선희 누나는 시위라도 벌이듯 뒤채의 제 짐을 그대로 둔 채 필요한 책만 꺼내다가 작은누나 방으로 들어갔다. 어머니는 고심하는 눈치였고, 성자 누나는 선고를 앞둔 죄인 꼴이 되어 내내 주눅 든 표정이었다. 부엌에서 달그락거릴 때 말고는 둘이 방에 틀어박혀 꼼짝도 하지 않았다. 그 무렵이었을 거다. 선희 누나가 일학년 때 쓰던 '필승' 참고서를 찾으러 뒤채 빈방에 간 나는 옆방에서 무슨 소리를 들었다. 성자 누나가 나지막이 노래를 부르고 있었다.

"푸른 하아늘 으은하수우. 하야안 쪼옥배애에……"

손바닥 마주치는 소리도 들렸다. 그러더니 성자 누나가 까르르 웃었다.

"오빠, 또 틀렸다. 손바닥을 아래로 내야지 위로 올리면 되나? 자, 이마 이리 대."

"아쿠!" 하는 과장된 남자 목소리가 곧이어 들렸다. 그런가 보다 했는데 문득 누나의 목소리가 튀어 올랐다.

"아이, 오빠야. 와 이라노? 안죽(아직) 초저녁인데……"

달콤하고 교태 어린 목소리였다. 잠깐의 틈을 두고 쪽쪽 입 맞추는 소리도 들리는 것 같았다. 차렵이불을 무릎에 덮고 마주 앉아 벌이고 있을 젊은 남녀의 유희가 눈에 선해서 공연히 내 얼굴이 화끈거렸다. 행여나 들킬세라 나는 문을 살며시 열고 다람쥐처럼 종종걸음으로 빠져나왔다.

닷새쯤 지났을 때였다. 선희 누나가 저녁을 먹다 말고 본격적으로 어머니에게 성화를 부렸다. 이미 작은누나도 선희 누나와 방을 쓰는 게 불편하다고 몇 차례나 어머니에게 하소연한 터였다. 막냇누나에게 시달리던 어머니가 갑자기 내게 물어왔다.

"인길이 니는 우짜모 좋겠노?"

그때였다. 나도 모르게 야무진 대답이 나온 것은. 그렇게 말해놓고 스스로도 당황했으니.

"나도 저 사람들 내보냈시모 좋겠는데예."

누나가 하도 성화를 대니 어쩌는가 보자고 내게까지 물었던 어머니는 내 대답이 의외로 또라지게 나오자 '요것 봐라!' 하는 표정이었다. 내 반응에 힘입어 누나는 마침내 이런 소리까지 입 밖에 냈다.

"아이, 불결해!"

사춘기 소녀다운 결벽증이 부른 소리였겠지만, 어머니는 정색하고 누나를 나무랐다.

"니, 그기 무슨 소리고! 사정이 있어서 식을 못 올렸다 캐도 그런 소리를 함부로 씨부리는 기 아이다."

어머니의 엄한 표정에 누나는 찔끔하면서도 한마디 덧붙이고는 쾅 하고 방문을 닫고 나가버렸다.

"그래도 나는 싫다 카이!"

다음날 어머니는 성자 누나를 불렀다. 그때도 나는 마루에 쪼그려 안방에서 나오는 소리를 훔쳐 들었다. 어머니는 민망한 듯 잠깐 침묵을 지키더니 하소연이라도 하듯 말을 꺼냈다.

"봐라, 성자야. 젊은 사람들이 살아볼 끼라고 아등바등하는데 도와주지는 못할망정 쪽박을 깨야 하겄나 싶지만서도 암만 따져봐도 안 되겄다. 니가 좀 이해를 해도고."

성자 누나는 답이 없더니 한참 만에야 기어들어가는 소리를 냈다.

"……예에. 알겄십니더."

어머니의 목소리가 이번엔 달래는 투가 되었다.

"아직 집도 못 구했실 낀데 치운 날 내보낼라니 나도 마음이 영 언짢다. 한 보름 시간을 주낀께 얼른 새집을 구해보라므. 그 안에 나간다믄 새달에 넘어가는 월세는 안 줘도 된다."

방문이 열리고 성자 누나가 마루로 나왔다. 나는 미처 피할 틈이 없이 누나와 눈이 마주쳤다. 그녀는 나를 흘긋 보더니 입술을 잘근 깨문 채 신발을 꿰어신는 둥 마는 둥 뒤채로 뛰어갔다.

그리고 그 이틀인가, 사흘 후였다. 문득 떠오를 때면 지금도 서늘해지는 기억이다. 학교에 가노라고 앞뒤채가 함께 쓰는 수돗간에서 세수를 했다. 후드득 얼굴을 씻고 빨랫줄에 걸린 수건을 집으면서 무심코 시선을 던졌더니 마루도 없는 방에서 사내가 다리를 밖으로 내놓고 걸터앉아 있었다. 그는 한쪽 다리에 의족을 막 채우고 있던 참이었다. 미처 끼우지 못한 다른 쪽 다리는 정강이께에서부터 뭉텅 잘려 나가고 없었다. 성자 누나가 먼저 출근하고 사내도 막 출근하려던 참인 듯 싶었다. 나와 눈이 마주치자 그가 나를 불렀다.

"니 이리 와보이라."

마지못해 미적미적 다가갔더니 그는 꿰고 있던 제 의족을 손바닥으로 툭툭 쳤다.

"어이, 니가 보기에도 이기 그렇게 흉물스러워 보이나?"

"……"

대답을 못하고 어물거리는데, 그의 시선이 내 눈을 꿰뚫듯이 찌르고 들어왔다. 분노와 참담함, 그리고 낭패감 같은 것이 한꺼번에 뒤섞인 눈빛이었다. 창백한 그의 얼굴에서 냉소하는 듯한 비틀린 웃음이 스쳤다. 쏘아보는 시선이 하도 강렬해서 나는 슬며시 눈을 내리깔았다. 그는 의족의 고리를 꼼꼼히 채우더니 벽에 세워진 목발 두 개를 겨드랑이에 끼고는 끙하고 일어섰다. 그러고는 손수건으로 묶은 납작한 양은 도시락을 집어 들고선 나를 스쳐 지나갔다. 지나가나 싶었는데 문득 걸음을 멈추고 한쪽 목발을 다른 손에 모아 쥐더니 남은 손바닥으로 내 뺨을 톡톡 두드렸다. 차갑고 절망적인 웃음을 지우지 않은 채. 앞채 앞에서 그는 닫혀 있는 안방의 장지문께를 한참 노려보더니 비틀비틀 대문을 벗어났다.

성자 누나는 열흘 후에 집을 비웠다. 따뜻한 그 도시로서는 드물게 싸락눈이 흩날리는 일요일이었다.

"어무이, 지 갑니더."

바깥에서 성자 누나의 소리가 들리자 안방에 있던 어머니가 마루로 나오는 기척이었다. 내 방에 있던 나도 바깥으로 나갔다. 옆방의 선희 누나는 기척도 없었다.

"그래 인자 가나?"

"……예. 그동안 신세 많았습니더."

끝내 집을 구하지 못한 성자 누나는 요꼬 공장에 다니는 친구 둘이 세든 방에 임시로 끼어 살기로 했고, 사내는 금방의 골방으로 도로 들어간다고 했다. 짐을 옮기는 누나를 따라 대문 밖으로 나갔더니 사내는 목발을 짚은 채 허공만 바라보고 있었다. 문득 성자 누나가 내게 씩 웃어 보였다.

"짧은 시간이지만 니캉은 정도 쪼매 들었는데. 시골집에 니만 한 동생이 있는 기라. 니는 머스마가 우째 그리 곱상하게 생깄노? 나중에 가스나들이 졸졸 따라댕기겠다."

나는 얼굴이 빨개져서 고개를 숙인 채 운동화로 땅만 헤집었다. 내가 어머니더러 자기를 내보내라고 한 걸 알았더라도 누나는 이렇게 웃어줬을까. 이윽고 헙수룩한 차림의 할아버지가 골목 반대편에서 리어카를 끌고 왔다. 누나네 공장 근처에서 폐지 모아 산다는 노인이 짐보따리를 리어카에 싣고 나자 성자 누나가 내게 다가왔다. 그러고는 깃이 나달나달한 코트 주머니에서 뭔가를 꺼내 내밀었다.

"이기…… 뭡니꺼?"

"공장에서 일하믄서 쉬는 시간에 만들어본 기다. 예쁘재?"

편직 헝겊을 재봉해 만든 손가락만 한 마스코트 인형이었다. 파란 스웨터에 빨간 모자를 쓴 소년이었다. 점처럼 작은 눈을 가진 소년은 그때 유행하던 스마일 배지처럼 입꼬리를 한껏 올려 웃고 있었다. 누나는 내 손을 잡아당겨 손바닥에 쥐여주었다.

노인이 싸락눈을 맞으면서 천천히 리어카를 끌고 갔다. 성자 누나는 뒤에서 밀었고, 사내는 두어 걸음 처져 목발을 짚고 뒤따랐다. 얇게 깔린 눈길 위에 길게 두 줄로 이어진 바퀴 자국을 따라 그들의 모습이 점점 작아지더니 골목이 끝나는 지점에서 이윽고 사라졌다.

우리 일가가 민달팽이 신세를 면한 것은 마산으로 옮긴 지 실로 구 년 후였다. 완월동의 그 집에선 오 년 넘게 살았는데, 큰이모가 다시 투자분을 회수하겠다고 나서자 어머니가 용단을 내려 신흥 주택가의 연립주택을 샀던 거다. 융자를 끼었지만 온전히 아버지의 명의로 된 첫 집이었다. 대학 신입생이던 나는 주말에 서울에서 고속버스를 타고 내려와 이사를 도왔다. 골방의 책상 서랍을 정리하다가 나는 먼지를 뒤집어쓴 빨강 모자 인형을 발견했다. 소년은 여전히 활짝 웃고 있었다.

새집으로 이삿짐을 부려놓은 저녁, 장롱에다 옷을 쟁여 넣던 어머니가 문득 고개를 앞으로 푹 꺾었다. 무슨 일인가 싶어 돌아보았더니 어머니는 얼굴을 두 손으로 감싼 채 어깨를 들먹이고 있었다.

올
레
에
서

만
난
사
람

창가에 늙수그레한 사내와 아직은 젊다고 해야 할 여자가 탁자를 사이에 두고 앉아 있다. 한적한 바닷가의 작은 카페다. 오래된 기와집을 수리해 바닥과 벽을 시멘트로 바르고 최소한의 실내장식만 갖춰놓은 카페는 얼핏 농가의 창고를 연상시킨다. 아니면 어떤 연극의 무대 세트이거나. 술청엔 나무 탁자 대여섯 개가 무덤덤하게 놓였고 벽에는 포구와 섬 풍경을 담은 사진틀 예닐곱 개가 걸려 있을 뿐이다. 어둑신한 저녁의 카페 내부엔 눅진한 어스름이 낮게 깔려 있다.

그래도 바다 쪽엔 커다란 통창이 나 있어서 갑갑하고 어두운 내부 풍경을 한결 중화시켜준다. 창밖엔 나지막한 검은 현무암 담장이 서 있고 담장 너머론 껑충한 종려나무 두어 그루. 그 너머론 풍화된 현무암이 섞인 거무스레한 모래사장이 길게 깔려 있다. 썰물의 바다는 저만치 물러나 있는데 희끄무레하게 바랜 바다와 구름 낀 흐린 하늘은 한 빛이어서 얼핏 구분되지 않는다. 해안 한 귀퉁이에 작은 어선 두어 척이 정박돼 있을 뿐 인적 없이 정지된 풍경은 흑백의 정물 사진처럼 보인다. 정지된 앵글로 문득 갈매기 한 떼가 끼어들어 흐린 하늘을 천천히 활강한다.

앞에 놓인 맥주잔을 집어 들며 사내는 이곳이 어딘가를 연상시킨다고 생각한다. 어디서 본 장면이었더라? 그림에서였던가? 아니면 영화? 그것도 아니면 오래전에 다녀왔던 유럽의 어느 도시? 그러나 쉽게 떠오르지 않는다. 사내는 맥주를 한 모금 마시며 연상의 출처를 머릿속에서 뒤져본다. 아, 겨우 생각났다. 로맹 가리가 쓴 소설의 한 대목이었다. 「새들은 페루에 가서 죽다」였던가? 그래, 첫 대목이 이랬지.

그는 테라스로 나와 다시 고독에 잠겼다. 물가로 밀려온 고래의 잔해, 사람의 발자국, 조분석(鳥糞石)으로 이루어진 섬들이 하늘과 흰빛을 다투고 있는 먼바다에 고깃배 같은 것들이 이따금 새롭게 눈에 띌 뿐, 모래언덕, 바다, 모래 위에 죽어 있는 수많은 새들, 배 한 척, 녹슨 그물은 언제나 똑같았다. 카페는 모래언덕 한가운데 말뚝을 박고 세워져 있었다.

그런데, 페루의 바다와 남제주의 이 한적한 겨울 바다가 무슨 상관이기에 나는 이 바다를 보면서 로맹 가리의 소설 따위나 떠올리고 있는 거지? 그는 쓴웃음을 지으며 다시 맥주를 들이켠다. 아, 그래 그것 때문이었지. 문득 한 생각이 스치자 그는 자신의 머리에서 떠돌던 페루의 바다와 지금 이곳의 상관성을 확인한 기분이 되었고, 그러자 마음 한구석에서 연상의 정합성에 대한 기묘한 안도감이 생겼다.

아침에 산책을 나왔다가 그는 펜션 현관 앞에 널브러진 새의 주검을 보았었다. 손바닥 크기의 작은 새 두 마리였다. 새들은 얇은 눈꺼풀을 꼭 감고 죽어 있었는데, 머리털에 빨간 핏방울이 점점이 묻은 새의 날갯죽지 털은 마치 살아 있을 때처럼 함치르르 아침 햇살에 반짝였다. 청소 아주머니가 혀를 차며 빗자루로 주검을 쓰레받기에 쓸어 담아 검붉은 합성고무통 속 마대에 담았다. 새들은 남루한 쓰레기처럼 플라스틱 생수병, 화장지, 과자 봉지, 담배꽁초 사이에 처박혔다.

날아댕이다 유리창에 박아져 죽은 생이우다게(날아다니다 유리창에 부딪쳐 죽은 새예요).

사나흘 걸러 한번씩은 시멘트 바닥에 떨어져 있는 새들을 치운다고, 많을 때는 서너 마리가 한꺼번에 죽어 있을 때도 있다고 그 아주머니는 말했다.

생이들이 죽어 데싸진 꼴을 보면 섬찌근호기도 호고 거심칙호다마씸(새들이 죽어 나자빠진 꼴을 보면 섬찟하기도 하고 꺼림칙해요).

　유리창이 유달리 크고 많은 펜션이긴 했다. 아침이면 그 삼
층짜리 펜션은 햇살을 받아 건물 전체가 번쩍거렸는데 얼핏
동화 속 유리의 성을 연상시켰다. 인터넷을 뒤져 눈어림으로
찾은 숙소였다. 서귀포에서 자동차로 삼십 분쯤 떨어진 난드
르란 이름의 바닷가였다. 관광객이 몰리는 해안에 바투 붙어
있지 않고, 조금 떨어진 산기슭에 자리 잡아 시끄럽지 않으면
서도 바다의 풍광이 아스라하게 보인다는 이용자 후기에 마
음이 간 그는 한 달 치를 선불로 주고 예약했더랬다.

　아닌 게 아니라 새벽녘 베란다 창 너머 동트는 장면은 그럴
싸했다. 샛별이 반짝이는 하늘 아래로 포구의 동쪽 끄트머리
수평선이 붉게 물들기 시작했는데, 밤과 낮이 마악 바뀌어가
는, 밝음과 어둠이 팔레트의 물감처럼 뒤섞인 비공비색(非空
非色)의 허공에 천천히 퍼져가는 그 선연한 주홍의 색감은 그
의 가난한 언어로는 도무지 묘사해내기 어려웠다. 황혼 무렵
먼바다에 부서지는 윤슬도 볼만했다. 먼지 같은 금빛 입자들
이 천지에 미만했다간 어느 순간 전원이 탁 꺼진 극장처럼 캄
캄한 어둠 속으로 빨려드는 것이었다.

　그는 펜션 앞마당 벤치에 앉아 휴대전화 검색창에 '새, 유
리창, 충돌'이라고 쳤다. 생각보다 많은 문서가 떠올랐다. 새
는 천적을 살피기 위해 머리 측면에 눈이 달려 있기 때문에
전방을 잘 보지 못해 투명한 유리창의 존재를 인식하지 못한

다고 설명돼 있었다. 그래서 유리창에 비친 하늘이며, 구름이며, 나무를 진짜 사물로 착각한다는 거였다. 중력을 이기기 위해선 시속 30~70킬로미터 속도로 날아야 하는데, 활공을 위해 중량을 줄여야 하는 새들의 뼈는 얇고 속이 비어 있어서 작은 텃새의 두개골은 달걀이 깨질 정도의 타격만 가해져도 파삭 부서져버린다는 거다. 누가 계산을 해냈는지는 몰라도 한 해 동안 장애물에 부딪쳐 죽는 새들은 미국에서만 오억 구천구백만 마리이고 한국에서도 팔백만 마리나 된다고 쓰여 있었다.

무슨 생각을 그렇게 하세요?

맞은편의 여자가 묻는다. 눈매가 동그랗고 하관이 갸름한 여자다. 아마 서른예닐곱 살이나 됐을 거다. 조금 전까지만 해도 여자는 창밖의 바다에 멍하니 시선을 던지고 뭔가를 골똘하게 생각하고 있었다. 그는 여자를 방해하지 않기 위해서 말을 걸지 않고 무연히 천장을 올려봤다가 건너편에 걸린 사진틀을 봤다가 했었는데, 이제 여자가 그더러 무슨 생각을 하느냐고 되레 묻는다. 그는 죽은 새 이야기를 해줄까 하다가 그만두고 빙긋이 웃기만 한다.

산에서 만난 여자였다. 발을 헛디뎌 넘어지는 바람에 발목을 삔 여자의 배낭을 대신 메준 것이 만남의 시작이었다. 그러나 사실을 말하자면 그는 그전에 여자와 두 번 더 조우했었다.

첫번째는 성산포의 '김영갑두모악갤러리'에서였다. 겨울바람이 몰아쳐 아름드리나무들이 윙윙 소리를 내던 저녁나절이었다. 제주를 사랑해 평생 제주를 사진에 담았다는 사진가가 폐교를 고쳐 만든 미술관이었는데 평생 이 공간을 가꾸어온 사진가는 루게릭병으로 세상을 떠났다는 안내판이 붙어 있었다. 교실을 개조한 전시관을 하나씩 밟아가며 그는 벽에 걸린 사진들을 보았다. 나지막한 초가라든가, 방목된 말이라든가, 안개 낀 오름이 담겨 있었다. 사진 속 풍경은 지나치게 전형적으로 아름다워서 그의 미감에 딱 들어맞지는 않았지만 거친 질감의 작품 두어 점은 마음에 들었다.

사진을 보면서 그는 사진가와 같은 병명으로 죽은 친구를 떠올렸던 듯싶다. 동료 소설가였다. 아름답고 명징한 문체의 소유자였던 그에게 십여 년 전 몹쓸 병이 닥쳤다. 젊은 시절 저녁마다 함께 술타령을 벌이곤 했던 그가 조금씩 무너져 내리는 모습을, 건강하고 단단했던 육체가 풍화해가는 사원의 첨탑처럼 바스러져 흘러내리는 것을 그는 무력하게 지켜봐야 했다. 목발에서 휠체어로, 그리고 마침내 전신불수가 되어 하루 종일 누워 영화를 보는 것으로 긴긴 시간을 보내야 했던 친구는 생의 마지막 순간까지도 글을 쓰고 싶어 했다. 침대 위에 매달린 노트북의 카메라 렌즈는 그의 눈꺼풀에 맞춰져 있었는데 그는 힘겹게 눈꺼풀을 깜빡거려 커서를 옮겨 자판을 찍어냈다.

얼른 오이라.

미동도 하지 못하는 친구의 얼굴에 고개를 기울여 시선을 맞추고 나면 이삼십 초의 간격을 두고 낯선 기계음이 그를 맞았다. 침대맡에 앉아 그는 짐짓 가벼운 화제로 낄낄거렸는데 화면 속의 자판 글씨를 대신 읽어주는, 중저음에 억양 없는 목소리의 중년 사내의 목소리는 늘 굼떠서 그가 다른 화제로 넘어가고 난 다음에야 앞에 했던 이야기의 응답이 흘러나오곤 했다.

그가 여자를 발견한 것은 제2전시실에서였다. 둘뿐이었다. 여자는 벽면의 사진을 응시하고 있었는데 군청색 배낭을 멘 등산복 차림이었다. 사진을 일별하면서 천천히 걸음을 떼던 그가 그 작품 앞으로 다가갔을 때까지 그녀는 꼼짝도 않았다. 무슨 사진이기에 싶어, 그는 여자의 뒤편에 서서 사진을 기웃이 들여다보았다.

저녁 무렵 들판을 배경으로 한 사진이었다. 멀리 한라산이 원경으로 보이는데 먹구름이 잔뜩 내려앉은 하늘, 끝없이 펼쳐진 황량한 초원을 배경으로 바람에 머리채를 꺼들린 거목이 금방이라도 쓰러질 듯 위태롭게 휘청거리고 있었다. 글쎄, 『폭풍의 언덕』에 나올법한 거친 풍경인데 마른 나뭇가지들은 금방이라도 부러질 듯 한껏 비틀려 있고 누렇게 시든 억새들은 불안하게 온몸을 떨며 누워 있었다. 그리고 가지에 불길하게 앉은 새까만 까마귀 떼……

밀운불우(密雲不雨)……

그는 사진을 보는 순간 한자 성어 하나를 떠올렸다. 물은 잔뜩 머금었으나 비를 뿌리지는 못하는, 막히고 닫힌, 답답하고 억눌린 세계가 사진 속에 담겨 있었다. 하, 그는 한숨을 내쉬었는데, 사진을 응시하는 여자는 그가 다가선 기척도 모른 채 꼼짝도 하지 않았다. 옆으로 한 걸음 비끼던 그는 여자가 울고 있는 것을 발견했다. 마스크를 쓰고는 있었지만 눈가로 흘러내리는 건 눈물이 틀림없었다. 여자는 소리를 내지도, 어깨를 들먹이는 법도 없이 정물처럼 서서 눈물을 줄줄 흘리고 있었다.

　그때였다. 여자가 휙 돌아선 것은. 눈물이 그렁한 채 돌아서는 서슬에 하마터면 그와 여자는 부딪칠 뻔했다. 여자는 비틀, 하더니 급하게 전시장 밖을 나가버렸다.

　두번째 마주친 것은 서귀포 이중섭거리에 있던 올레길 여행자센터 카페에서였다. 그곳은 6코스의 종착점이자 7코스의 출발점이기도 했다. 도로 맞은편엔 기념품 가게가 있었고 건물에는 게스트하우스가 있었는데 일층엔 커피와 생맥주를 파는 카페도 있었다. 그는 쇠소깍다리에서 시작해 게우지코지, 구두미포구, 검은여쉼터 따위 낯선 이름의 포구를 따라 6코스를 막 주파한 참이었다. 그는 한길이 내려다보이는 카페 창가 자리에 앉아 생맥주를 마셨다. 빈 위장을 타고 내려가는 차가운 액체가 선뜩했다.

　딸랑.

출입문에 매달린 종이 울리더니 등산복 차림의 여자가 들어섰다. 그 여자는 빈자리를 찾아 두리번거리더니 그에게서 한 칸 떨어진 자리에 앉았다. 카페지기 처녀가 커피가 가득 담긴 머그컵을 탁자 위에 올려놓고 갔는데도 여자는 잔만 물끄러미 내려다볼 뿐이었다. 한참 만에야 그녀는 위험 물질을 취급하는 기사처럼 머뭇머뭇 잔을 집어 들었다. 그러고는 뒤늦게 생각이나 났다는 듯 마스크를 벗었다.

화장기 없는 마른 얼굴이었는데 머리칼 몇 올이 땀에 젖은 이마에 달라붙어 있었다. 여자는 얼굴을 찡그린 채 쓴 약이라도 마시듯 커피를 한 모금 삼켰다. 그러고는 김이 피어오르는 커피잔을 두 손으로 감싸 쥐고는 어둠이 내려앉기 시작하는 거리를 물끄러미 내다보았다. 얼굴에는 짙은 우울이 앙금처럼 깔려 있었다. 소곤거리는 대화와 낮은 웃음소리가 깔린 카페에서 여자는 작은 섬처럼 동그마니 격리돼 있었다. 문득 여자가 눈길을 돌리는 바람에 그의 시선과 부딪쳤다. 그는 황급히 시선을 거두어 탁자 위로 떨어트렸다. 그가 생맥주를 두 잔째 비울 때까지 여자는 꼼짝 않고 창밖만 내다보고 있었다. 계산을 치르고 카페 문을 밀면서 그는 그녀를 다시 흘끗 바라보았다. 여자는 여전히 그 자세였다.

그리고 그 여자를 세번째 마주친 것이 그제였다.

박수기정 근처 음식점 앞이었다. 대평에서 화순 금모래해수욕장을 잇는 올레길 제9구간의 시작점이었다. 그때 그 여자는 제주 조랑말을 본떠 만든 파란색 간세 옆 안내판 앞에 서 있었다. 질끈 묶은 머리 다발을 쑥색 운동모자 뒤편 홈으로 빼내 늘어뜨린 여자는 안내문을 읽느라 머리를 숙이고 있었다. 세 번이나 거듭된 우연이 준 놀라움 때문이었을까, 고개를 든 여자와 시선이 마주친 순간 알 수 없는 찌르르한 전율이 스쳐 갔다. 여자는 마주친 시선을 무심히 비끼며 파랑과 주황 리본이 오십 미터마다 매달린 언덕길을 올라갔다. 그는 여자와 띠 하나만큼의 사이를 두고 뒤따라갔다.

언덕을 올라 산길로 접어들자 숲은 새소리로 가득 찼다. 오오호홋 삐리삐리 하는 휘파람새 소리, 쓰읍 쓰읍 하는 쑥새 소리, 찌르르 찌르르 하는 오목눈이 소리. 동박새 한 마리가 황록색 날개를 퍼드덕거리며 후드득 머리 위로 날아갔다. 등산화 밑으로 마른 솔잎이며 솔가지가 버석거렸고 녹색 대궁 위에 노란 부화관을 숨긴 흰 꽃잎의 수선화 군락이 길섶마다 숨어 있었다.

얼마나 올랐을까. 눈앞이 툭 틔면서 공제선이 나타났다. 군산 오름 정상부인 모양이었다. 꼭대기에서 내려다본 바다는 오전의 햇살이 잘게 부서지며 반짝이고 있었는데 이내 긴 듯 희붐한 그 바다 위에 반짝이는 윤슬은 꿈꾸는 아이처럼 평화로웠다.

먼저 도착한 여자는 배낭을 벗어놓고 그루터기에 앉아 숨을 고르고 있었다. 다른 산행객은 없었다. 배낭에서 글라스락을 꺼낸 여자가 깐 귤을 집어 들고 한 쪽 먹겠느냐고 그에게 눈짓으로 물어왔다. 웃음으로 사양했더니 여자는 먼데 바다를 우두커니 바라보면서 귤을 먹었다. 그리고 다시 배낭을 메고 일어섰다.

다음부터는 내리막이었다. 그는 올라올 때와 비슷한 거리를 두고 여자를 뒤따라갔다.

문득 여자가 고꾸라지는 모습이 눈에 들어왔다. 등산화가 나무뿌리에라도 걸린 모양이었다. 스쳐 지나가면서 곁눈질했더니 여자는 등산화 한쪽을 벗고 양말을 내려 맨 발목을 주무르고 있었다. 그는 되돌아섰다.

"많이 다쳤어요?"

"아…… 아니에요."

그러나 아무것도 아닌 것은 아닌 모양이었다. 얼굴은 핼쑥하게 질려 있었고 이마엔 진땀이 송송 맺혀 있었다. 이럴 때는 어떡해야 하나? 그는 조금 난감해졌다. 그의 시선이 부담스러웠던지 여자가 등산화를 꿰어 신고는 자리에서 일어섰다. 그러나 발을 딛는 순간 다시 입술을 깨물며 도로 주저앉았다.

"허어, 심하게 삔 것 같네요."

"조금 쉬면 괜찮아질 거예요. 먼저 가세요."

그러나 복숭아뼈께가 벌겋게 부어오른 품이 금방 좋아질 것 같지 않았다. 그는 배낭에서 접이식 등산 스틱을 꺼내 여

자에게 건넸다. 여자는 스틱에 의지해서 조심조심 발을 내디
뎠다. 접질린 오른발을 디딜 때마다 여자의 이마가 찡그려졌
다. 등에 매달린 배낭이 요동쳤다.

"그거 벗어서 인주세요."

"……아, 아니에요."

그러나 그는 잠자코 여자의 등에서 배낭을 벗겨냈다. 그러
고는 제 배낭을 벗어 앞으로 메고 여자의 배낭은 등에 졌다.
앞뒤로 배낭을 둘러멘 우스꽝스런 모습이 됐지만, 앞에 멘 소
형 배낭엔 생수 한 통, 수건, 초콜릿바 두어 개가 들어 있을
뿐이어서 부담이 될 정도는 아니었다.

"폐를 끼쳐서 죄송해요. 엊그제 접질렸는데 대수롭잖게 생
각했다가 오늘 다시……"

"뭐, 폐랄 게 있겠어요? 산에선 대개들 이런 정도는 돕지
않나요."

그는 여자가 뒤처지지 않을 정도로 보폭을 맞추면서 천천
히 비탈을 내려갔다. 여자는 절뚝거리며 뒤따라 내려왔다. 오
름을 내려오니 안덕계곡이 이어졌다. 계곡을 빠져나와도 들
판만 이어졌을 뿐 인가가 보이지 않았다.

"약국을 찾으려면 아무래도 종착점까지는 가야 할 것 같은
데……"

"아이, 이젠 걸을 만해요."

그들은 벼 그루터기가 푸석푸석 얼어 있는 논둑길을 내처

걸어갔다.

"혼자 여행을 왔나 봐요?"

"어쩌다 보니 그렇게 됐네요. 선생님도?"

"어쩌다 보니 나도 혼자 왔군요. 많이 걸으셨나요?"

"1구간부터 내처 걸었어요. 하루에 한 코스씩 이틀 걷고 하루 쉬고 하는 식으로요. 선생님은요?"

"나는 6구간부터 걷기 시작했으니, 지금이 네번째네요."

그렇다면 이 여자는 제주에 온 지 적어도 보름쯤 된다는 이야기다. 두모악갤러리에는 트레킹을 마친 길에 들렀다는 것일 테고…… 그들은 자기네가 걸었던 길들의 특징과 아름다움, 걷다가 생긴 소소한 에피소드를 화제 삼아 띄엄띄엄 이야기를 나누었다.

그들이 장고천 다리를 넘어 화순 금모래해수욕장에 도착한 것은 오후 세시쯤이었다. 여자는 다리를 질질 끌며 해수욕장 모래사장에 있는 안내소 옆 스탬프 박스에 가서 스탬프를 찍었다. 수첩에는 아홉 개의 그림 도장이 가지런히 찍혀 있었다.

"증거를 남기는 데 진심이신 편이군."

그가 기웃이 수첩을 넘겨보면서 한마디 던졌더니 여자가 활짝 웃었다. 같이 걸어오면서 처음 보는 함박웃음이었다.

"예까지 오느라 얼마나 고생했는데요. 선생님은 스탬프 안 찍으세요?"

"난 뭐 증거를 남기기보다는 인멸하는 걸 선호하는 편이라……"

여자가 한결 스스럼없어진 표정으로 그에게 다가섰다.

"세시가 넘었는데 시장하지 않으세요? 아침에 토스트 한쪽 먹고 나왔더니 배가 너무 고파요. 배낭 메주신다고 고생하셨는데 제가 쏠게요."

그들은 눈에 띄는 대로 식당엘 들어갔다. 그는 고기국수를, 여자는 보말칼국수를 주문했다. 가까이서 마주 본 여자는 서귀포 카페에서보다는 훨씬 활기가 있어 보였다.

"근데, 선생님은 무슨 일로 혼자 오셨어요? 여행을 좋아하시나 봐요."

무슨 일로 제주 여행을 혼자 다니느냐고? 그는 창밖으로 시선을 돌리면서 쓴웃음을 지었다. 그러는 이 여자는 무엇 때문에 보름 넘게 제주도를 혼자 헤매다니는 걸까. 삼십대 후반이면 직장이거나 집에서거나 한창 바쁠 나이일 텐데……

그릇을 비우고 나자 그는 여자에게 말을 건넸다.

"이젠 뭘 할 거예요?"

"발목이 이 꼴이어서…… 좀 이르지만 숙소에 들어가봐야죠."

"덕분에 점심은 잘 얻어먹었고, 답례로 차라도 한잔 대접하고 싶지만……"

그는 말을 끊었다가 다시 이었다.

"10코스는 언제 걸어요?"

"글쎄요. 오늘내일 상태를 보고 모레쯤 걸을까 싶은데요."

"그럼, 모레 나랑 같이 걷지 않을래요? 길 친구가 생기면 덜 심심하기도 할 테고, 나도 커피 한잔쯤 답례하면 좋고……"

여자가 잠깐 생각하더니 고개를 끄덕였다. 또래였다면 수작을 부리는 것이나 아닐까 하고 경계했을 테지만 늙수그레한 남자의 제안이라서 크게 개의치 않는 것 같았다. 그들은 이틀 후 오전 열시 화순 금모래해수욕장 여행자안내소 앞에서 만나기로 했다. 약속을 지키지 못할 때를 대비해서 휴대전화에 상대방의 전화번호도 입력했다.

그들은 식당을 나와 버스 정류소로 천천히 걸어갔다.

"우리가 사실은 구면이요. 기억 못하시겠지만."

그러자 여자가 배시시 웃었다.

"알아요. 서귀포 올레 여행자센터 카페에 계셨더랬죠? 제 옆쪽……"

"근데, 왜 지금까지 암 말도 안 했어요?"

"뭐, 선생님이 말씀을 안 하셨으니까요."

여자는 두모악갤러리에서 마주친 것은 모르는 눈치였다. 그는 그 이야기도 꺼낼까 하다가 여자가 민망해할 것 같아서 그만두었다.

그들은 이틀 후 화순 금모래해변 안내소 앞에서 만났다. 먼저 와 있던 여자가 다가서는 그에게 고개를 가볍게 숙이며 웃어 보였다.

"일찍 나오셨네."

"저도 조금 전에 도착했어요."

"발목은 어때요? 걸을 수 있겠어요?"

"조금 시큰거리긴 하지만 많이 좋아졌어요. 냉장고 얼음을 꺼내 찜질도 하고, 파스도 내내 붙였어요. 혹시 몰라서 나오는 길에 테이핑도 해뒀구요."

그들은 붉고 푸른 화살표가 가리키는 방향을 따라 백사장을 가로질렀다. 백사장이 끝나는 초입부터 야산이 시작됐다, 그리 높지는 않았으나 좀 가팔라서 숨이 찼다. 억새풀이 서걱거리는 마루에 닿자 시선이 닿은 것은 아득한 바다였다. 그들은 숨을 토하며 바다를 향해 나란히 섰다. 이내가 낀 바다는 꿈꾸듯 어슴푸레했다.

산을 내려서니 마을이 나왔다. 차도 끝에 붙어 서서 얼마간 걷다 보니 이윽고 산방산 아래였다. 주차장엔 관광버스 두어 대가 서 있었고 관광객들이 꼬물꼬물 오갔다.

"저기 산방산 아래 선착장이 있는데, 우리나라 최남단 섬 마라도 가는 배가 있어요. 마라도에선 끝없이 펼쳐진 동중국해를 볼 수 있지요. 그 너머 어딘가엔 제주도 사람들의 이상향인 이어도가 있을 테고……"

"어머, 전 아직 마라도엔 못 가봤는데…… 내일 같이 안 가보시겠어요?"

174

"……마라도를?"

"한번쯤은 가보고 싶었거든요. 선생님 말씀 듣고 보니 갑자기 트레킹을 하루 쉬고 마라도의 끝에 가서 동중국해에서 불어오는 바람을 맞고 싶은 생각이 드는데요."

"뭐, 그럽시다."

산방산을 벗어나니 다시 마을이 나왔다. 그들은 갓난애 머리통만 한 개량종 귤이 달린 귤나무가 늘어선 고샅길을 무릎 높이의 현무암 담을 따라 걸었다. 새빨간 먼나무 열매가 햇빛 아래 선연하게 빛났다. 사계 포구에 닿았고, 그곳에서부터 송악산까지는 툭 트인 해안 길이었다. 길게 뻗은 백사장이 하얗게 반짝였다. 송악산에서 바다를 향해 튀어나온 곳을 한 바퀴에 두르고 나서 그들은 소나무 숲 벤치에 나란히 앉아 도시락을 먹었다. 그는 숙소 앞 편의점에서 산 김밥 한 줄이었는데, 여자는 배낭에서 2단 찬합을 꺼내 벤치 위에 펼쳤다. 고슬고슬한 밥에 햄 부침, 숙주나물 볶음, 불고기 따위가 담겨 있었다. 여자는 찬합 하나를 그의 앞으로 밀어냈다.

"도시락 싸는 김에 좀 넉넉하게 담아 왔어요."

"허, 이거 저녁은 단단히 한턱내야겠는걸."

밥을 다 먹고 나자 여자가 텀블러에 담긴 커피를 뚜껑에 부어 그에게 내밀었다. 그들은 벤치에 앉아 오후의 햇살에 반짝이는 먼바다를 바라보았다. 점심을 잘 먹고 커피까지 한잔하고 나니 마음이 한결 느긋해졌다. 그는 자리에서 일어섰다.

"자, 또 걸어봅시다."

그들은 해안의 절벽 길을 따라 놓인 덱의 계단을 걸어 올랐다. 한참을 가다 보니 바다가 사라졌고 솔숲이 나왔다. 그다음이 섯알 오름이었다.

그곳은 지금까지와는 분위기가 사뭇 달랐다. 인적 하나 없이 호젓하다 못해 음산하기까지 한 곳이었다. 어느새 날이 흐려져 짙은 구름이 무겁게 내려앉아 있는데 차가운 겨울바람이 몰아쳐 누렇게 시든 억새를 끊임없이 흔들어댔다. 바람이 옷깃을 파고들어 땀에 젖었던 목덜미가 선뜩했다. 산행로 아래로는 푹 꺼진 분지였는데 군데군데 하얀 철책이 쳐진 커다란 물웅덩이가 있었다.

"여긴 어디죠? 좀 무서워요."

여자가 길섶에 세워진 안내판으로 다가가더니 질린 얼굴로 되돌아왔다. 4·3때 양민들이 집단 학살당한 곳이라고 돼 있었다. 그의 곁에 붙어선 여자는 안절부절못하는 모습이었는데 얼굴에는 오소소 소름까지 돋아 있었다.

조금 더 걸어 내려오니 구석진 언덕 아래에 희생자 추모동산이 조성돼 있었다. 그는 제단으로 다가갔다. 여자는 내키지 않는 걸음으로 쭈뼛쭈뼛 그를 따라왔다. 군경이 예비검속자 262명을 트럭에 싣고 와서 학살을 하고 한 구덩이에 묻었다고 쓰여 있었다. 후일 발굴했지만 뒤엉켜 쏟아져 나온 유해의 신원을 밝혀낼 수 없어서 합동으로 묘를 쓰고 '백조일손지

묘(百祖一孫之墓)', 죽은 사람 전부가 모두의 조상이라는 뜻의 묘비를 세웠다고도 했다. 제단 위엔 검은 고무신들이 나란히 부조돼 있었다. 학살되는 날 새벽 어디로 끌려가는지도 모르는 채 트럭에 실려 온 희생자들이 자신이 죽을 곳을 가족에게 알리려고 신고 있던 고무신을 하나씩 벗어 길 위에 던졌다는 이야기였다.

여자가 그의 소매를 잡아당겼다. 얼굴이 하얗게 질려 있었다. 어깨까지 후드득 떨었다. 하고 보니 눈의 초점도 흐려진 것 같았다.

"선…… 선생님, 얼른…… 가요. 여기서."

무슨 일인가 하면서도 여자의 거동이 예사롭지 않아서 그는 발길을 떼었다. 여자는 너덧 걸음 앞서 길만 내려다보면서 재게 걸음을 옮기고 있었다. 섯알 오름을 내려서니 넓은 벌판이었다. 감자밭과 배추밭이 펼쳐져 있었고, 감자를 캐는 아낙네들이 들판 끄트머리에서 고물거리고 있었다. 밭 사이로 뻗은 길을 그들은 내처 걸어갔다. 노란 유채밭을 지날 무렵에야 여자는 후우 하고 긴 한숨을 내쉬며 이마의 땀을 닦아냈다.

"괜찮아요? 안색이 너무 좋질 않아서 깜짝 놀랐어요."

"아깐 죄송했어요. 제가…… 트라우마 같은 게 있어서……"

트라우마…… 글쎄, 트라우마라면 내게 있는 게 아닌가. 그는 이따금 꾸는 꿈을 떠올렸다. 그 꿈을 꿀 때면 가위에 눌리고 등판에 식은땀이 흥건했는데…… 그런데 이 여자는 무슨 트라우마를 앓고 있단 거지?

고개를 돌린 여자는 딴청을 하듯 먼 곳에 시선을 주더니 입을 뗐다.

"선생님은…… 죽은 사람 얼굴을 보신 적이…… 있어요?"

"……본 적이야 더러 있지요. 돌아가신 부모님이라든가…… 아, 오래전에 병원에서 죽은 친구의 얼굴도 본 적이 있어요."

"그런 얼굴 말구요, 사고로 갑자기 죽은 사람이라든가……"

"글쎄, 그런 기억은 없는데……"

여자는 말을 끊었다가 결심이라도 한 듯 말을 잇는다.

"남편의 죽은 얼굴을 보았더랬지요. 사 년 전에…… 그 사람이 탄 차가 바다에 고꾸라져 박혔더랬어요. 죽은 지 사흘 만에 차를 인양했는데……"

"저런!"

"그래서 그 후론 누가 끔찍하게 죽었다든가 하는 이야기를 듣거나 읽거나 하질 못해요. 뉴스에서 그런 이야기가 나오면 얼른 돌려버려요."

밭모퉁이를 돌아 바다 쪽으로 난 들길로 방향을 틀었다. 여자는 머뭇거리며 이야기를 이어갔다.

"남편은 대학 한 해 선배였어요. 졸업 후 다시 만나 이 년간 연애를 한 끝에 결혼했고요. 저한텐 늘 잘해주던 사람이었어요. 그런데 그 사람이 갑자기……"

여자는 문득 말을 거기서 끊는다. 그리고 조가비처럼 입을 꼭 다물어버린다. 무슨 사연이 있는 게지. 그는 더 묻지 않는다. 저 멀리 바다와 이어진 길의 끝이 보인다. 10구간 종착지에 다다른 모양이다. 어느덧 황혼이 내려앉아 있다.

그리고 지금 그와 여자는 모슬포 외딴 해안의 카페에 앉아 있다. 여섯 시간이 넘는 트레킹을 마치고 종착지인 하모체육공원까지 온 그들은 해가 설핏할 때쯤 이 카페를 찾아들었다. 오백 시시 생맥주를 시킨 그가 여자 몫으로 커피를 주문하려고 했더니 여자가 자기도 맥주를 마시겠다고 했다. 그들은 띄엄띄엄 산방산과 사계 해안과 송악산의 풍광에 대해서 이야기를 나누었다. 그가 석 잔째의 맥주를 시켰을 때 그녀도 두 잔째를 주문했다. 공통의 화제가 다하자 자연스레 말이 끊어졌다. 그들은 술을 찔끔찔끔 마시면서 제가기 생각에 잠겼다.

조금씩 어두워오는 바닷가를 물끄러미 바라보던 여자가 창을 향한 시선을 거두지 않은 채 한마디 뚜벅 던졌다.

"……무서워요."

잠자코 있었더니 여자가 시선을 그에게로 향했다.

"밤바다를 보고 있으면 무서워요. 자꾸만 아우성을 치는 것 같아요. 밤에 숙소에서 베란다 너머로 창밖을 내다보면 캄캄한 허당 같은 바다가 무서워져요. 그래서 커튼을 쳐놓기도 하는데…… 밤에 잠을 깊이 자려고 낮에 종일 산길을 타지만 어떤 날은 몸은 천근만근 무거운데도 잠이 오질 않아요. 불을 끄고 누우면 창밖에서 부는 칼날 같은 바람 소리가 밤새도록 귀청을 두드려대는 거예요. 캄캄한 방에 누워 있자면 관에 갇혀 있는 느낌이 들어서 무서우면서도 바다를 봐야 살 것 같은 생각이 또 드는 거예요. 그러면 베란다로 나가서 창을 열어젖히고는 차가운 바람을 얼굴에 맞는 거지요."

그는 여자의 이야기를 묵묵히 들었다. 젊디젊은 여자가 무슨 맺힌 일이 그리도 많기에 이렇게 혼자 산길을 돌아다니는 것이며, 밤마다 잠을 이루지 못하는 것일까. 하긴 그 역시 밤바다가 무서울 때가 있지 않았던가. 잠을 설친 새벽녘 베란다로 나가 바람에 떨고 있는 샛별을 올려볼 때 캄캄한 어둠 저 너머 출렁거리고 있을 검은 바다가 발을 디디면 푹 꺼질 허방처럼 느껴지기도 했다.

그가 제주도로 온 것은 새벽녘에 꿈을 꾼 이틀 후였다. 지난 삼 년 동안 잊을 만하면 도둑처럼 기습하는 꿈이었다.

꿈속에서 그는 비행기를 타고 있었다. 눈 아래 뭉게구름의 융단 사이사이 터진 틈으로 짙푸른 바다가 출렁거린다. 승객들은 졸고 있거나, 신문을 펼쳐 보거나, 면세품 카탈로그를 뒤적이고 있다. 창가에 앉은 그는 팔을 위로 쭉 뻗어 기지개를 켠다. 모든 것이 안정되고 쾌적하다. 그는 좌석에 머리를 기대 잠이 든다.

어디선가 들려오는 찢어지는 듯한 비명에 그는 눈을 뜬다. 어떻게 된 것일까. 비행기가 그가 사는 도시의 번화가 위를 날고 있다. 그 도시 외곽의 공항을 떠나 바다 위에 떠 있었는데 언제 되돌아온 걸까. 고층빌딩 위를 아슬아슬 초저공으로 날아가던 비행기가 대형 재래시장 위를 스쳐 갈 무렵 기수가 갑자기 곤두박질친다. 터져 나오는 비명. 선반들이 왈칵 열리며 캐리어며 쇼핑백 따위가 머리 위로 와르르 쏟아진다. 비행기는 시장 앞 대로로 수직으로 처박혀간다. 수많은 차들이 달리고, 인도엔 사람으로 꽉 차 있다. 지상의 사람들의 얼굴이 커다랗게 확대된다. 비행기 창밖으로 건물의 유리창이 스치는 순간 쾅! 하는 굉음. 그리고 암전.

삼 년 전 처음 그 꿈을 꾼 밤을 그는 지금도 생생히 기억하고 있다. 잠을 자는 중에 갑자기 몸이 굳어 움직여지지 않았다. 무의식적으로 몸을 뒤척여 경련을 풀려고 애썼지만 도무지 꼼짝하지 않았다. 비몽사몽 중에서도 굳은 몸이 이렇게 풀어지지 않으면 이대로 죽고 마는 게 아닌가 하는 극심한 공포가 머리를 스쳐 갔다. 마침내 그는 침대에서 떨어졌고 그때야 온몸의 마비 증세가 풀렸다. 미역 감은 듯 온몸이 땀 범벅이었다. 비칠비칠 자리에서 일어나 어둠을 더듬어 침대맡 스탠드를 켰다. 새벽 세시였다. 그는 캄캄한 베란다에서 담배를 꺼내 물었다. 그 낯설고 고약한 꿈과 뒤이은 가위눌림이 생생하게 덮쳐와서 그는 몸을 흠칫 떨었다.

문득 여자의 시선이 자신을 빤히 쳐다보고 있는 것이 느껴져 눈길을 슬쩍 비끼고는 슬며시 웃어 보인다. 술이 들어갔기 때문일까, 여자의 얼굴에 가벼운 홍조가 떠 있다. 그는 역습하듯 묻는다.

"바다가 왜 그렇게 무서워요?"

여자의 얼굴이 굳어진다. 눈동자에 두려움이 실려 있다. 그는 여자를 응시한다.

"말을 속에만 담아두지 말고 이야기할 만하면 털어놓아봐요. 싫으면 굳이 안 해도 좋지만……"

여자가 한숨을 쉰다. 그리고 수사실에서 범행을 부인하던 용의자가 막판에 몰려 제 행적을 털어놓듯 자포자기한 어조로 이야기를 시작한다.

"남편이 바다에…… 빠져 죽은 건 자살이었어요. 한적한 방파제 둑길에서 차를 바다로 몰아 돌진했대요. 차를 인양한 후 경찰이 신원을 확인해야 한다고 해서 남편의 시신을 보았죠."

여자가 갑자기 숨을 헐떡거렸다. 그러고는 제 앞에 놓인 맥주를 벌컥벌컥 마셨다.

"힘들면 그만해요."

그러나 여자는 말을 이어갔다.

"……자살한 원인은 저 아닌 다른 여자 때문이었어요. 그 여자는 대학 시절 제 친구의 친구였어요. 그 여잔 남편과 삼 년이나 사귀다가 남편을 버리고 다른 사람과 결혼을 했어요. 저는 남편을 좋아했기 때문에 그 사실을 알고서도 결혼까지 한 것이고요. 그런데…… 남편이 죽기 두 달 전에 그 여자가 자살하고 말았대요. 무엇 때문에 죽었는지는 지금도 몰라요. 죽은 남편의 양복저고리 안주머니에서 비닐 봉투에 든 유서가 발견됐어요. 멀리서 그 여자를 지켜보며 살았는데 그 여자가 죽고 나니 도저히 살아갈 힘을 잃었노라고, 당신에게 미안하다고, 나를 잊고 새출발을 하라고……"

그 대목에서 여자는 말을 끊고는 남은 술을 다시 들이켰다. 그는 잠잠히 여자의 거동을 지켜보고만 있었다.

"그때는 얼떨떨하기만 했는데, 장례를 치르고 나서야 죽을 것만 같은 고통에 빠졌어요. 도무지 잠을 잘 수도 없고, 숨을 쉴 수도 없었어요. 남편에 대한 증오를 거둘 수가 없었어요. 그 인간은 도대체 나랑 결혼은 왜 한 거였을까요? 그때 나는 임신 사 개월이었고, 충격으로 유산까지 했는데…… 자기를 잊고 행복을 찾으라고? 어떻게 인간이 죽는 순간까지 그렇게 무책임하고 이기적이고 비겁할 수가 있어요?"

술잔을 움켜쥔 여자의 손이 덜덜 떨리고 있었다. 눈자위가 충혈돼 있었다.

"정신과 상담을 오래 받았고 의사가 약을 처방해줬어요. 일시적인 효과뿐 우울증과 불면증이 낫질 않더군요. 의사가 약물에만 의존할 게 아니라 운동을 해보라더군요. 그래서 지난 이 년 동안 전국의 산을 다 쏘다녔어요. 하루에 걸을 목표를 세우고 거기에 집중해서 걷다 보면 마음이 편안해지는 느낌이 들었어요. 비탈진 산길을 숨을 헐떡이면서 걸으면 잡념이 사라지거든요. 몸을 많이 쓰니 밤에 잠도 오구요. 그래도 트라우마가 어디 사라지나요? 잊고 있다가도 문득문득 그때 일이 떠오르면 갑자기 가슴이 벌렁벌렁 뛰고, 이명이 들리기도 하지요. 운전대에 머리를 처박고 있던 남편의 모습이 잔상처럼 사라지질 않아요. 남편이 죽었던 겨울만 되면 더 그래요. 얼마 전 또 그런 증상이 나타나서 이번엔 어딜 가나 하다가 우연히 텔레비전에서 제주 올레길을 소개하는 프로그램을 봤거든요. 그래, 이번엔 한 달이고, 두 달이고 올레길 스물일곱 개 코스, 437킬로미터를 주파하자, 그렇게 작정하곤 무작정 제주도로 건너왔죠. 제주도를 한 바퀴 돈다고 해서 트라우마가 사라질 것도 아닌데 웃기는 생각이죠?"

여자가 민망한 듯 풋 하고 웃었다. 치켜올려진 입꼬리가 도로 내려온다 싶자 그녀는 입술을 비틀고 울기 시작했다. 팔꿈치를 탁자에 얹고 손바닥으로 얼굴을 감싼 채 여자는 흐느꼈다. 그는 들먹이는 어깨를 내려다보았다. 그 순간 자신의 검은 내부에 깊이 봉인해둔 상자의 자물쇠가 속절없이 풀리는 것을 지켜보았다.

그가 일하던 대학에 사직서를 낸 것은 비행기가 추락하는 꿈을 처음 꾼 이틀 후였다. 며칠 동안 생각해오던 끝이라 미련은 없었다. 기간은 일 년쯤 남았지만 어차피 계약 교수 자리였다. 사직서를 내기 일주일 전 그는 학과장의 호출을 받았더랬다. 전에 없이 학과장이 직접 커피를 타 내왔다.

"요즘 마음고생이 많으시죠? 어제 학장님과 총장실에 불려 갔는데, 요즘 언론에 학교 이름이 오르내리니 총장님도 걱정 이 많으시더군요."

그는 대답 없이 희미하게 웃었다. 그가 이른바 '사회적 물의' 를 빚은 것은 그 보름 전이었다. 학교의 SNS '대나무숲'엔 그 를 고발하는 글이 잇따라 올랐고 분노하는 댓글이 넘쳐났다. 그의 연구실 문에 비난 문구로 도배된 포스트잇이 빼곡하게 나붙은 지도 벌써 열흘이 넘은 터였다. 표절 교수 물러나라!

그 모든 일이 한 편의 소설 때문이었다. 그 넉 달 전 그는 소설집을 묶어냈더랬다. 사 년 만에 낸 책이었다. 처음엔 모 든 일이 순조롭게 풀려갔었다. 그가 사는 도시의 신문은 물론 이고 서울의 유력 신문 서너 군데에서도 제법 크게 기사를 다 루어주었다. 방송국에선 피디와 아나운서가 연구실로 찾아와 인터뷰도 했는데, '책 읽기의 즐거움'이란 이름의 프로그램이 었다. 이곳저곳에서 '작가와의 대화'에 초청한다는 연락이 왔 고 문학상을 주겠다고 한 곳도 있었다.

그런데, 그 모든 것이 한순간에 일변해버린 거다. 시작은 어느 평론가의 페이스북 글이었다. 작품집 속의 소설 한 편 이 구성이나 문체에서 프랑스 어느 누보로망 계열 작가의 소 설과 매우 유사하다는 거다. 특히 몇몇 문장은 거의 같다면서 그 프랑스 소설의 원문과 번역문, 그리고 그의 소설 문장을 대비해놓았다. 그리고 글의 말미에 그가 그 프랑스 작품을 표절한 게 틀림없다는 선고를 내렸다.

　누군가의 전화로 그 사실을 알게 된 그는 부랴부랴 절판된 지 십 년도 넘은 그 소설을 구해 읽었다. 아닌 게 아니라 구성도, 비교해놓은 두어 개의 문장도 비슷했다. 모르는 사람들이 보면 표절이라고 의심할 만한 구석이 없지 않을 것이었다. 그러나 맹세컨대 그는 그 작품을 표절한 적이 없었다. 아니, 읽은 적도 없었고 그런 소설이 존재하는지조차 몰랐다. 세상에 이런 우연이 있을 수가 있나 하고 놀라지 않을 수 없었다. 결백을 밝히면 오해가 풀릴 것이라고 생각했던 게 오산이었다. 그 평론가의 이메일 주소를 수소문한 그는 해명과 함께 당사자에게 단 한 번의 확인 절차도 없이 그런 글을 올릴 수 있느냐는 항의를 담은 긴 편지를 써 보냈다.

　그러나 그 평론가는 그의 해명에는 아랑곳없이 해당 작가가 사적으로 편지를 보냈다는 사실과 편지 내용까지 까발리며 평론가인 자신에게 회유와 협박을 시도했다고 다시 글을 올렸다. 그 글은 삽시간에 공유를 거듭하며 퍼져나갔고 서울의 한 신문 기자가 그 사실을 문화면에 대서특필해버렸다. 그 기자는 칼럼까지 써서 작가적 양심 불량을, 그런 글 도둑질을 용인하는 한국 문단의 안이함을 매섭게 비판했다. 이어서 다른 평론가가 다른 신문에서 비판에 가세했고, 뒤질세라 이런저런 신문과 인터넷 매체들이 다투어 그의 부도덕성을 소리 높여 질타했다. 일련의 사태를 해명한 그의 페이스북 글엔 이름도 모르는 사람들이 거친 욕설 댓글을 달아댔다. 소셜미디어의 혀는 무차별적이고 잔인했다. 욕설 댓글을 단 사람 중에서 해당 소설을 실제로 읽은 사람은 거의 없을 것이었다. 아마 그 사람들은 조건반사적으로 욕설을 도배해놓곤 오 분 후엔 댓글을 단 사실조차 잊어버렸을 터.

이윽고 문학상을 주겠다는 곳도 수상 취소를 발표했다. 달란 적도 없건만 마음대로 주겠다 했다가 취소하고 그것이 다시 신문에 기사로 실리는 악순환의 연속이었다. 그는 그 모든 것을 침묵으로 견뎌냈다. 기자들의 전화도 받지 않았다. 여기저기서 끼얹어지는 흙탕물을 묵묵히 받아내면서도 그는 환갑이 가까워서 느닷없이 일어난 일이 도무지 현실 같지 않았다. 자신의 소설과 프랑스 작가의 소설이 비슷한 것도 기묘했다. 사람 생각이란 게 동서양을 넘어 비슷한 걸까. 아니면 사람 사는 꼴이 그쪽이나 이쪽이나 거기서 거기인 걸까. 작가란 사람들의 상상력이란 것도 따지고 보면 별 게 아니질 않나.

하기야 그 자신이 그 비슷한 일을 겪기도 했다. 몇 년 전 그는 한 신문의 신춘문예 심사를 맡은 적이 있었다. 괜찮은 작품이라고 생각해 당선작으로 밀었고, 그 작품은 신년 신문에 실렸다. 그런데 어떤 여성 작가가 당선작이 자기 작품을 표절했다고 항의를 해온 거다. 문학 기자가 보내온 그 여성 작가의 작품을 읽어보니 당선작이 표절작임을 인정하지 않을 도리가 없었다. 줄거리에서 구성, 배경까지 흡사했다. 심사를 함께 맡은 선배 작가와 의논 끝에 그는 당선 취소를 결정했다. 그런데 반전은 그다음부터였다. 당선 취소를 통보받은 해당 작가가 펄펄 뛴다는 거였다. 표절로 당선 취소를 통보받은 사람들이 으레 보일 법한 반응이라고 생각한 그는 일소에 부쳤다.

"내 보기엔 표절이 틀림없던데. 그렇게 억울하다면 어디 증거를 가져와보든지."

당선 작가는 정말로 증거를 가져왔다. 그러니까, 그는 표절당했다고 주장하는 작가의 작품이 발표되기 훨씬 전에 자신이 문제 된 작품을 조금씩 조금씩 덧붙여 써서 지도하던 선생에게 보냈다면서 습작이 첨부된 메일 십여 통을 증거로 제시한 거다. 거의 여섯 달에 걸쳐 주고받은 메일엔 보낸 날짜가 선명히 찍혀 있었다. 그러니 표절일 수가 없다는 그의 주장 또한 사실이 아닐 수 없었다. 그는 표절 판정을 번복했고, 표절당했다는 작가도 증거 앞에선 입을 닫았다. 그런 기묘한 일이 벌어지는 것 또한 세상이었다. 글쎄, 만약 당선 작가가 그 메일을 지우기라도 했다면 그녀는 꼼짝없이 표절 작가로 낙인찍혔을 것이었다.

그런데, 나는? 나는 그럼 무슨 증거를 대야 할까. 내 서가에 그 책이 꽂혀 있지 않다는 것을 보여주면 증거가 되는 것일까. 아니면, 내 머릿속을 엠알아이 찍듯 스캔해서 두뇌 주름 갈피에 그 책에 대한 정보가 없었다는 것을 입증이라도 해야 하는 걸까. 용왕 앞에서 배를 갈라야 할 처지에 놓인 토끼처럼 가능하기만 하다면 그는 자신의 머리통을 쪼개 보이고 싶을 지경이었다.

그건 그렇고, 내가 무어 유명 작가는 아니질 않나. 책을 내서 대박이 난 적도 없고, 대형 출판사들이 계약금 싸 들고 오는 작가도 아니다. 소설과는 별다른 인연이 없는 사람들에게 직업이 소설가라고 말하면 그들은 늘 애매한 표정으로 "아, 그러세요? 힘드시겠어요. 그동안 몇 권이나 내셨어요?" 하고 물어오곤 해서 나를 난처하게 만들지 않았던가. 그랬는데, 갑자기 밀어닥친 해일과 같은 비난은 무엇일까. 왜 내게 느닷없이 이런 일이? 왜 내게 모든 사람들이 이렇게 지대한 관심을 보이는가? 침묵으로 일관하는 그에게 또 다른 비난이 쏟아졌다. 표절을 인정하고 사과하지 않고 왜 버티느냐는 거였다.

학교를 그만둔 그는 칩거했다. 아무도 읽어주지 않을 글일망정 삼십 년 동안 그는 밤잠을 설쳐가며 글을 써왔다. 그런데 이제 남은 건 '표절 작가'란 이름뿐이었다. 그가 그동안 써왔던 소설들은 이젠 한 묶음으로 시궁창에 처박혔다. 하늘을 비상하다 유리창에 부딪쳐 두개골이 파열돼 마침내 쓰레기통 속에 처넣어진 새의 주검처럼. 사람들은 그가 발표했던 모든 작품들, 그리고 앞으로 발표할 작품들에 죄다 의심의 눈초리를 던질 것이다. 문학적 실어증이 왔고, 그는 극심한 자존감 박탈에 시달렸다. 비행기가 추락하는 꿈은 잊을 만하면 기습했고 그때마다 그는 가위눌렸다.

그때 그는 무슨 생각을 했던가. 글을 쓰고 싶은 비원이 육체의 한계 때문에 막힌 작가가 있는가 하면, 어디서 날아온지도 모를 돌팔매에 피 흘리며 입이 틀어막힌 작가도 있고…… 하기야, 글을 쓴다는 짓이야말로 칼날 위의 숭어뜀이 아닌가. 언제 어떻게 삐끗해서 베일지 모르는 거니까. 사연은 제각각이고 세상은 오묘한 곳이었다.

　기억을 털어버리듯 그는 고개를 흔들었다. 여자는 이제는 어두워진 창밖을 물끄러미 바라보고 있다. 눈두덩이 조금 부어 있었다. 밀물이 시작됐나. 파도가 철썩이는 소리가 아련하게 들렸다. 여자는 눈이 마주치자 무안한 듯 슬며시 웃었다.

　"금방 제가 무슨 생각 했는지 아세요?"

　"……"

　"왜 내 이야기를 낯선 아저씨에게 끄집어냈을까…… 주책없이 울기까지 하고. 이런 이야기는 정신과 의사에게 말고는 해본 적이 없거든요. 친구나 언니나, 심지어 엄마에게까지도요. 충동적으로 털어놓은 건데 선생님을 공연히 심란하게 만들어드린 것 같기도 하고…… 아마 낯선 사람에게 털어놓고 싶었던 마음이 제 안에 있었던가 봐요."

　"이젠 마음이 좀 가벼워졌어요?"

　여자는 배시시 웃으며 딴청을 했다.

　"모르겠어요. 그래도 오늘은 잠이 잘 올 것 같아요. 길도 걸었고, 술도 한잔했고……"

카페에선 옛날 팝송이 낮게 흐르고 있었다. 흐느끼는 듯한, 달래는 듯한 여가수의 음색이 좁은 홀을 가득 채웠다.

> 당신의 마음속을 들여다봐요. 거기에 영웅이 있어요
> 당신이 어떤 사람인지 두려워하지 말아요
> 영혼에 다다르게 되면 그곳에 답이 있을 거예요
> 그러면 슬픔은 녹아 없어질 거예요 (……)
> 그러니 희망이 사라진다고 느낄 때
> 마음속을 들여다보고 강해지세요 (……)
> 아무도 당신에게 손을 뻗지 않을 때
> 스스로를 돌아본다면 사랑을 찾을 수 있어요
> 그러면 공허함은 사라질 거예요*

희망이라. 그래, 로맹 가리도 그 소설에서 희망을 이야기했지. 좌절된 희망, 신기루 같은 희망…… 근데, 그 친구는 왜 권총 자살을 했을까.

"그래, 올레길은 끝까지 걸을 작정이오?"

"잘 모르겠어요. 갈 수 있는 데까진 가봐야죠."

그는 서귀포 올레여행자센터 카페 벽에 붙어 있던 안내판을 떠올렸다. 완주하면 인증서와 메달을 준다고 쓰여 있었고, 완주자들의 사진도 붙어 있었던 것 같았다. 이 여자의 사진도 거기에 나붙을지도 모를 일. 어쩌면 지금 이 순간 그녀에게 가장 절실하고 중요한 일은 제주도 해안을 걷는 일인지도 모른다. 섬을 한 바퀴 돌고 나면 무언가 새로운 힘이 생길지도 모르는 일 아닌가. 설사 육지에 첫발을 내딛는 순간 산산이 부서질 유리잔처럼 섬약한 희망일지라도.

여자가 벽시계에 눈길을 주더니 조바심 어린 표정을 지었다.

"벌써 여덟시 반인데요. 서귀포 가는 버스가 아직 있겠죠?"

그들은 자리를 털고 일어섰다. 카페를 나서면서 그녀는 "내일 약속 잊지 않으셨죠?" 하고 마라도행을 상기시켰고 그는 고개를 끄덕였다. 부두 앞길은 고적했고 어촌 마을의 불빛들이 가물거렸다. 멀리 방파제에 부딪치는 파도 소리가 들렸다.

이튿날 새벽 그가 산책을 하려고 펜션을 빠져나오는데 새 한 마리가 또 죽어 있었다. 노란 동박새였다. 그는 새를 집어 들어 손바닥에 올려놓았다. 가슴에 아직 온기가 남아 있었다. 그는 화단의 먼나무 밑에 작은 구덩이를 파고 새를 묻어주었다. 산책에서 돌아오는 길에 그는 이제 제주도를 떠날 때가 됐다는 생각을 했다. 육지에 돌아가면 그 꿈을 다시 꿀지 어쩔지는 알 수 없었다. 벤치에 앉아 그는 문자를 보냈다.

'오늘 제주도를 떠납니다. 약속 지키지 못해 미안해요. 올레길은 꼭 완주하시기를.'

---

* 머라이어 캐리의 노래 「히어로(hero)」의 가사 일부.

노
다
지

동래경찰서의 형사가 내가 일하는 가게로 찾아온 것은 팔월 초순이었다. 거짓말 좀 보태자면 아스팔트 도로의 아스콘이 찐득찐득 녹아 구둣발 자국이 찍힐 만큼 무더운 날이었다. 텔레비전에서 삼십 년 만에 최고 기온이라고, 열사병으로 사망하는 노인들이 속출하고 있다고 호들갑을 떨던 날이었다.

　바쁜 낮 타임을 보내고 잠깐 숨을 돌리는 오후 세시 무렵이었다. 손님이 찾아왔다는 알바 아주머니의 전갈에 주방에서 나왔더니 홀 한구석의 의자에 앉아 있던 사내가 몸을 일으켰다. 그는 바지 뒷주머니에서 지갑을 꺼내 경찰관 신분증을 보여주었다.

　사십대 초반인데 형사치고는 허여멀겋게 살집 잡힌 얼굴에 약간 비둔한 몸매였다. 범인이 도망가면 저 몸뚱이로 어떻게 쫓아가서 덜미를 잡아채지? 하는 한가로운 생각이 스쳤다. 그는 이마며 뺨이며, 땀을 팥죽처럼 흘리고 있었는데 땀이 턱을 타고 뚝뚝 떨어지고 있었다. 목덜미를 연신 훔치는 그의 손수건은 이미 흥건하게 젖어 있었다. 이런 날 땡볕을 돌아다녀야 하니 형사도 해 먹기 어려운 직업이겠다 싶어 "아이스커피라도 한잔 드릴까요" 하고 말을 건넬까 했다가 사내의 무뚝뚝한 표정 때문에 그 말을 목구멍에 도로 밀어 넣었다. 식당 사람들 눈치가 보여 나는 그를 이층 빈 객실로 데려갔다.

"김연화 씨 아시죠?"

김연화.

내가 모를 리 없는 이름이었다. 하지만 형사가 나를 찾아와 그 이름을 물을 일이 있으리라곤 생각도 해본 적이 없었으므로 나는 당황했다.

"무슨 일로…… 그러시죠?"

"아, 아는지 모르는지만 답하세요."

그의 얼굴에서 짜증기가 스쳤으므로 나는 우물우물 대답했다.

"아, 알긴 아는데요……"

"그 여자를 처음 만난 게 언제였나요, 그리고 가장 최근에 만난 건?"

"그, 글쎄, 처음 만난 건 한 사 년쯤 전인가? 그리고 마지막

196

만난 건 작년 초여름이었으니까 일 년이 넘었고요."

"마지막 만난 게 정확하게 언제 어딘지 이야기해보세요."

"그러니까⋯⋯ 그게 지난해 유월 중순이었던가, 광안리에서 만났는데요. 한 이 년 만에 갑자기 전화가 와서는 부산 잠깐 다니러 온 길인데 얼굴이나 한번 보자던데요. 그래서 저녁 아홉시쯤에나 만났나? 같이 늦은 저녁을 먹고, 호프집에서 맥주 한잔하고 열한시 반쯤 서울 가는 막차를 탄대서 부산역까지 데려다줬지요."

"그때 어떤 이야기를 했어요?"

"이런저런 시시껄절한 이야기였지요 뭐. 요즘은 어떻게 사냐, 서울에서 하는 일은 뭐냐⋯⋯"

"그게 다요? 그러고 나서 따로 더 연락한 적은 없고?"

"⋯⋯올해 사월쯤이던가 부재중 전화가 왔더랬어요. 친구랑 술 먹다가 핸드폰을 잃어버렸을 때거든요. 며칠 만에 되찾고 보니 전화가 와 있어서 답전을 해봤는데 계속 전화를 받지 않던데요?"

"그래요? 지난 사월이 마지막이었다⋯⋯"

형사는 혼자 생각을 굴리는 시늉으로 고개를 갸웃거렸다.

"그럼, 처음 만났을 때부터 그 여자와 있었던 일을 차례로 이야기해봐요. 생각나는 것 하나하나 자세하게⋯⋯ 그 여자와 함께 만났던 탈북자가 있었다면 그것도 빼먹지 말고⋯⋯"

그때쯤에야 멋모르고 입을 놀릴 일이 아니라는 생각이 스쳤다.

"형사님이 갑자기 찾아와서 이것저것 꼬치꼬치 캐물으시니 좀 당황스러운데요. 글쎄, 무슨 일로 찾아오셨는지는 이야기를 해줘야 나도 답을 하지요. 내게도 프라이버시란 게 있는데……"

형사는 못마땅하다는 듯 미간을 좁히고 나를 잠깐 노려보았다. 그러더니 하는 수 없다는 듯 픽 웃으며 한마디 툭 던졌다.

"김연화가 행방불명됐어요. 그래서 그 여자와 평소 안면이 있는 사람들을 찾아다니며 소재를 찾고 있는 중입니다."

이번엔 내 목소리가 높아졌다.

"연화가 사라졌다고요? 언제부터요?"

"뭐 한 달 반쯤 됐다던가…… 자, 이젠 이야기를 해보세요."

행방을 찾는다면 마지막으로 만난 게 언제인지만 물으면 될 걸 미주알고주알 캐묻는 게 이상하다는 생각이 스쳤지만 더 뻗댔다간 공연한 의심을 사겠다 싶어 나는 기억의 창고를 뒤졌다. 그 와중에 언젠가 대구에서 돌아오는 차 안에서 눈물이 눈가에 얼룽덜룽 번진 채 차창에 머리를 기대고 있던 연화의 실루엣이 얼핏 머리를 스쳐 갔다. 나는 고개를 흔들어 그 영상을 흩었다.

"글쎄, 그러니까 그게 사 년 전 사월이던가, 그랬던 거 같은데요."

그 무렵 나는 중앙동의 대형 일식집 '홋카이도'에서 보조 요리사로 일하고 있었다. 전문대학 간호학과를 졸업하고 작은 병원의 남자 간호사로 취직했지만 삼 교대로 돌아가는 빡센 일과에다 환자 보호자를 상대하는 일 따위가 도무지 적성엘 맞지 않았다. 일 년 반쯤 다니다 때려치우고 몇 달 백수로 뒹굴었다. 공무원 시험 준비나 해볼까 했지만 경쟁률이 워낙 높아서 엄두가 나지 않았다. 그러다 떠올린 것이 요리사였다. 요리사들이 나와 솜씨를 겨루는 텔레비전 예능 프로그램을 보다 문득 든 생각이었다. 고깔 같은 하얀 모자를 쓰고 냉장고 속의 식재료를 깎고 썰고 하다가 십오 분 만에 그럴듯한 요리를 내놓는 텔레비전 예능 프로그램 속의 요리사가 멋있어 보였던 거다.

인터넷 쇼핑으로 일식조리기능사 필기시험 교재를 구해선 두어 달 자습했다. 객관식 60개 문항을 풀어 60점 이상 받으면 합격이라 나는 한 번 만에 필기시험에 합격했다. 2차는 실기시험인데 혼자 연습할 수는 없는 노릇이어서 요리학원에 등록했다. 우라지게 비쌌지만 나는 반년 동안 교습료와 재료비를 착실히 투자해 칼과 도마 다루는 법에서부터 달걀찜, 삼치소금구이, 생선초밥, 도미조림, 대합술찜 따위를 만드는 법을 배웠다. 그리고 실기시험에서 생선 모듬회와 도미 냄비를 만들어 자격증을 땄다.

자격증을 따면 끝인 줄 알았더니 그게 시작이었다는 건 일

식집 보조요리사로 취직한 날 알았다. 주방엔 나 말고도 요리사가 세 사람이 더 있었는데 주방장 사내는 사십대 후반이었다. 열여덟에 주방보조로 들어가 설거지부터 시작해서 삼십년을 칼을 잡았다는데 내가 고개를 꾸벅 숙여 보이자 픽 웃기부터 했다.

"어이, 자격증 따위는 아무 소용도 없어. 뭐 종이 쪼가리가 음식을 만드나? 이 바닥도 예사로 험한 게 아니야. 보아하니 서른이 다 된 것 같은데 웬만하면 일찌감치 딴 길로 바꾸지?"

처음 내게 주어진 일이란 게 산마 껍질 벗기기, 양파나 당근 깎기 따위였다. 하루 종일 서서 양파 껍질이나 벗기고 있자니 따분하고 힘겨웠다. 그나마 제때 맞춰내지 못한다거나, 양파채를 굵게 내놓는다고 날마다 지청구를 먹었다. 주방장의 칼솜씨는 정확하고도 날렵해서 불평할 푼수도 아니었다. 도마 위에서 갑오징어 껍질을 벗겨내 다다닥 칼집을 내는 그의 손길은 화려했다. 나는 그의 칼질을 보면서 주눅이 들지 않을 수 없었다.

연화를 본 건 주방에서 석 달째 양파채를 썰고 있을 무렵이었다. 홀과 객실의 시중을 맡는 여종업원이 열서너 명이나 됐기 때문에 주방에 갇혀 있던 나는 들어온 지 얼마 안 된 그녀의 존재에 관심을 가질 겨를이 없었다.

어느 봄날이었다. 밤 아홉시나 됐을 거다. 한창 바쁜 시간이 지나 주방으로 들어오는 주문지가 좀 뜸해졌기에 나는 주

방장의 눈을 피해 담배를 피우러 바깥으로 나갔다. 주방 뒷문으로 통하는 골목길에 서서 급하게 필터를 빨다가 꽁초를 버리고 돌아서는데 옆 건물 담 밑에 뭔가 희끄무레한 형상이 눈에 띄었다.

희부연 어둠 속에 여자 하나가 쪼그려 앉아 있었다. 훌쩍거리는 울음소리도 들렸다. 글쎄, 평소 같으면 여자가 있거나 말거나, 울거나 말거나 모른 체하며 돌아섰을 거다. 그날따라 왠지 마음이 쓰여 나는 다가갔다. 길 건너편 노래방에서 번쩍거리며 돌아가는 네온 불빛에 떠올랐다 가라앉았다 하는 여자의 몸피가 지푸라기처럼 가늘어 보이는 게 안쓰러운 마음이 들어서 그랬는지도 모른다.

"누군데 거기 그러고 있어요?"

"……"

여자는 담벼락 앞에 쪼그려 앉아 무릎에 팔을 괴고 손바닥으로 얼굴을 감싸고 있었는데, 손바닥 사이로 울음소리가 가늘게 새 나왔다. 난감해져서 막 되돌아서려는데 여자가 얼굴을 들었다. 마스카라가 거멓게 번진 젖은 눈자위가 점멸하는 불빛 사이로 얼핏 떠올랐다 사라졌다. 낯익은 얼굴이었다.

누구더라?

나는 고개를 갸웃하다가 약간의 시차를 두고 그녀를 알아챘다. 그 여자는 우리 가게의 종업원이었다. 유니폼을 입고 음식 접시를 들고 왔다 갔다 하거나 주방 창 너머로 주문지를 밀어 넣던 그 여자를 몇 차례 스쳐 본 것 같았다. 그 여자도 멈칫했다. 네온사인 불빛이 다시 여자의 얼굴을 얼룽덜룽 물들이며 스쳐 지나갔다. 여자의 몸에서 짙은 음식 냄새가 끼쳐진 것은 그다음이었다.

진갈색 간장 국물이 끼얹어져 누렇게 번진 여자의 블라우스 앞섶이 드러났다. 총총 썬 양파와 도미 살점도 머리카락에 너저분하게 묻어 있었다. 나는 그게 삼십 분쯤 전에 주방장이 내놓은 도미찜이라는 걸 알아챘다. 양파는 내가 썰어낸 것일 터였다.

"옷이 왜 그래요? 무슨 일이 있었어요?"

여자는 아무 말도 없이 쪼그려 앉아 있었다. 네온 빛에 다시 여자의 얼굴이 드러났다. 스물네댓 살이나 됐을까. 선이 갸름한 얼굴인데 콧날이 오뚝하고 눈매가 동그란 것이 귀염성스러웠다. 여자는 어릴 적 유리 상자 속에 담겨 시골 외갓집 서랍장 위에 얹혀 있던, 족두리 쓰고 연지 곤지 찍은 각시 인형을 연상시켰다. 땟물이 채 빠지지는 않았지만 고전적이랄까, 거리에 넘치는 요즘 젊은 여자애들과는 인상이 달라 보였다. 여자는 얼른 일어서서 뒷문으로 해서 가게 안으로 사라졌다. 호옥 하는 한숨 소리가 귓전을 스친 것도 같았다.

왜 그랬을까. 나는 그때 가슴이 철렁했다. 글쎄, 그게 사랑의 시작이었는지 어쨌는지는 모르겠다. 음식을 온몸에 뒤집어쓴 채 울고 있는 여자에게서 사랑을 느꼈다면 이상한 놈이라 할지 모르지만 하여튼 마음 한구석이 찌르르해졌던 거다. 나는 어두컴컴한 골목에서 한참 동안 우두커니 서 있었다.

그 여자가 울고 있었던 까닭을 나는 다음 날 들었다. 우리 가게에서 가장 고참이자 마당발인 종숙이 언니에게 슬며시 물었던 거다. 설거지와 청소 따위 허드렛일을 하는 사십대 후반의 아줌마인데 여종업원들이 다들 언니, 언니 해서 주방의 남자 요리사들도 덩달아 종숙이 언니라고 부르는 터였다.

"들어온 지 얼마 안 된 아라서 나도 잘은 모린다. 이름은 연화라 카고 탈북자 출신이라 카는 소리는 들었던 거 같은데…… 어제 룸에 들어갔다가 손님한테 행패를 당했던 갑데? 그 손님이 단골 브이아이피라 카데. 갑자기 그 방에서 왈그랑 짤그랑 접시 깨지는 소리가 들리쌌더마는……"

손님들은 술이 거나해지면 룸 서빙을 하는 종업원에게 폭탄주가 든 맥주잔에 만 원짜리 한두 장을 감아 건네곤 했다. 여종업원은 그 자리에서 폭탄주를 원샷으로 쭉 들이켜야 한다. 월급이 박한 여종업원에겐 그게 중요한 부수입이기도 해서 씀씀이가 좋은 단골이 오면 다들 그 방의 서빙을 맡고 싶어 한다는 이야기를 들은 것도 같았다.

어제 그 여자, 그러니까 연화라는 여자가 서빙하던 방에서 손님이 오만 원짜리를 감은 맥주잔을 건넸다는 거다. 그 정도로 그쳤으면 뭐라겠나. 사내가 지분거렸다는 거다. 뭐, 뻔한 수작이다. 맛있는 것 사줄 테니 밖에서 만나자, 따위…… 오만 원짜리 팁으로 밑밥을 깐 것도 다 그런 까닭이었을 거다. 연화가 새침하게 먹다 남은 그릇을 치우는데 사내가 손목을 덥석 잡았다는 거다. 사내를 떨치는 와중에 손에 든 그릇 속의 남은 국물이 사내의 얼굴과 와이셔츠에 튀었다고 한다. 음식 찌꺼기 세례를 받은 사내가 연화의 뺨을 쳤다는 것. 동시에 상 위에 놓인 도미찜 그릇을 들어 연화의 머리에 끼얹었다는 거다. 그러고도 분이 안 풀렸는지 주인 불러오라고 고래고래 고함을 쳤다는 게 사건의 전말이었다. 그런데 불려온 사장은 행패를 부린 단골에게 항의하기는커녕 오히려 연화에게 눈을 부라리고 꾸짖었다고 했다. 연화가 골목길에서 훌쩍거린 건 바로 그다음의 일이었을 테고.

하고 보니 사실은 그녀와 마주칠 일이 적지 않았던 터였다. 그녀는 하루에도 몇 차례씩 카트를 밀고 와서 음식을 담아 가거나 설거지할 접시를 내오곤 했다. 그러다 주방에서 도마질을 하던 나와 시선이 마주치기도 했는데 그럴 때마다 얼굴을 설핏 붉히면서 외면했다. 나 역시 그날 밤의 목격담을 굳이 들먹일 까닭이 없어서 말없이 배식구로 주문받은 음식 접시를 밀어주기만 했다. 그래도 그녀의 뒤태를 좇아 홀 쪽을 흘끔흘끔 훔쳐보게 되는 건 어쩔 수 없었다.

일주일쯤 후 나는 주방장이 먼저 퇴근한 틈을 타서 참치와 광어 스시에다 쇠고기 간장구이를 만들었다. 다음 날 주방장이 식재료가 축난 것을 알면 입에 거품을 물 테지만 혼자서 연습해봤다고 어물어물 둘러댈 셈이었다. 나는 그걸 스티로 폼 도시락 상자 두 개에 담아 비닐봉지에 넣었다. 그리고 홀 청소를 끝내고선 밤 열시쯤 퇴근하는 연화를 뒤따라갔다. 시 내버스 정류장에 서 있는 그녀에게 다가가 어깨를 두드리자 그녀는 화들짝 놀라 고개를 돌렸다. 나는 말없이 봉지를 내밀 었다. 연화는 이게 뭐냐는 듯 눈을 동그랗게 뜨고 나를 올려 다보았다. 면구스러워져서 나는 말을 더듬었다.

"밤늦게 집에 가면…… 출출할 것 같아서……"

그녀의 얼굴에 곤혹의 빛이 떠돌았다. 살래살래 고개를 젓 는 그녀의 손에 억지로 쥐여주고는 나는 얼른 도망쳤다.

그녀가 반응을 보인 것은 닷새쯤 후였다. 주방 창문 사이로 마주쳐도 내색이 없어서 괜한 짓을 했나 쪽팔려 하던 참인데 퇴근길에 식당 앞에서 그녀가 나를 기다리고 있었다. 그러고 는 검은 비닐봉지 하나를 건네주고는 버스 정류장으로 뛰다 시피 달아나던 것이었다. 집에 와서 열어보니 북한식 수수부 꾸미였다. 만든 지 여러 시간이 지나 겉이 딱딱하게 굳어 있 었지만 레인지에 데워 먹으니 고소한 게 먹을 만했다.

한 달에 세 번 있는 쉬는 날을 앞두고 나는 그녀에게 데이트 신청을 했다. 그녀는 못 들은 체 딴청을 했다. 다음 날 아침 열한시 무렵 바람맞을 셈 잡고 친구의 차를 빌려 일방적으로 통고한 약속 장소로 갔더니 그녀가 먼저 나와 있었다. 내가 손을 쳐들자 연화는 수줍어하는 기색을 띠고는 반쯤 몸을 틀며 배시시 웃었다. 햇빛에 반사되는 희고 고른 잇바디가 눈부셨다. 하고 보니 밝은 날 바깥에서 그녀를 본 게 처음이었다.

딱히 갈 만한 데도 없어서 나는 그녀를 옆자리에 태우고 양산의 놀이동산으로 갔다. 평일이어서 한산했다. 나는 그녀와 함께 바이킹과 플리퍼를 타고 대관람차도 탔다. 아이스크림을 하나씩 입에 물고 이곳저곳 기웃거리기도 했다. 놀이동산을 나와서는 언양의 불고깃집으로 데려갔다. 석쇠에 구운 고기가 나오자 그녀는 내게 웃어 보였다.

"최 씨는 소고기를 좋아하나 보지요? 저번에도 소고기 간장구이를 만들어주더니……"

오빠도 아니고, 하다못해 아저씨도 아니고 최 씨라니. 나는 그 호칭이 우스워서 하하 웃었다.

"뭐 다 좋아하지요. 아무거나 잘 먹어요."

"최 씨가 제일 좋아하는 음식이 뭡네까?"

"글쎄, 내가 제일 좋아하는 음식 이름이 뭐냐면 '남이 해주는 음식'이란 거죠, 직장에서도 자취방에서도 노상 내가 직접 만들어야 하니까."

시답잖은 내 농담에도 그녀는 손등으로 입을 가리며 웃어주었다. 기름기가 살짝 묻어 반들거리는 그녀의 입술을 보면서 나는 가슴이 또 철렁했다. 그녀는 남한 음식이 너무 양념기가 많아 달다면서도 구운 고기를 부지런히 집어 먹었다. 돌아오는 길에 나는 그녀를 당감동 자취방 근처까지 데려다주었다. 큰길가에 내린 그녀는 "오늘 즐거웠습네다" 하고 고개를 까딱해 보이고는 나비처럼 팔랑거리며 비탈진 골목으로 사라져갔다.

수첩을 펴들고 이따금 메모를 해가며 이야기를 듣던 형사가 내 얼굴을 빤히 바라보고 있는 것을 알아채고 나는 그쯤에서 말을 멈췄다.

"그게 다요? 더 이야기해줄 건 없고?"

"……예."

문득 형사에게 금괴 소동을 꺼내야 하나 하는 망설임이 일었지만 그냥 묻어버렸다.

"오늘은 이쯤 합시다. 근데 말야, 나중에 경찰서로 부를 일이 혹 있을지 모르겠소. 협조 좀 해주시오."

"무슨 일로 그럽니까? 정말?"

"실종 사건이라지 않았소. 자세한 내막은 뭐 나중에 알게 될 거고……"

경찰에서 참고인 소환장이 온 건 일주일 후였다. 전화로 오라 해도 될 걸 굳이 소환장까지 보낸 것을 보고는 일이 좀 심상찮다 싶었다. 글쎄, 연화가 탈북자라 해도 단순 실종이라면 찾아와서 꼬치꼬치 캐묻는 것도 모자라 소환장까지 보낼 건 없지 않나. 뒤를 보고 닦지 않은 것처럼 께름칙했지만 안 가볼 수도 없는 노릇이었다. 나는 소환장에 적힌 날짜와 시간에 맞춰 경찰서로 찾아갔다. 정말 환장하게 더운 날씨였다.

수사과에 찾아가 사무보조를 하는 젊은 여직원에게 형사 5팀이 어디냐고 어물어물 물었다. 여자가 가리키는 쪽으로 시선을 던졌더니 그 살집 좋은 형사가 나를 향해 손을 쳐들어 보였다.

"어, 오셨소? 커피 한잔하시겠소?"

나는 고개를 가로저었다. 경찰서 출입이 처음이라 거북하고 불안해서 커피고 뭐고 얼른 돌아가고 싶은 생각밖에 나지 않았다. 형사도 빈말이었던지 더는 권하지 않았다. 그리고 좀 떨어진 자리에 앉은 누구에겐가 다가가 뭐라고 수군거리더니 어딘가로 나를 데려갔다. '영상녹화진술실'이란 팻말이 붙은 곳이었다.

"이제 참고인 진술을 듣겠습니다. 지금부터는 녹화가 됩니다. 거짓말을 하시면 처벌받을 수 있습니다."

그러고는 깍듯한 높임말로 며칠 전에 내게 했던 질문을 요약해 다시 묻는 것이었다. 나는 하릴없이 했던 이야기를 되풀이할 수밖에 없었다. 내가 연화의 행방을 들은 것은 그 자리에서였다.

"김연화는 최근 중국을 거쳐 북한으로 되돌아갔습니다. 그 여자가 재입북 시도를 하려는 걸 사전에 알고 있지 않았습니까?"

나는 깜짝 놀랐다. 연화가 북한으로 되돌아갔다고? 그게 도대체 무슨 소리일까. 나는 어눌하게 되물었다.

"북한으로…… 되돌아가다니요? 뭣 땜에요……"

"그러니 우리가 수사하고 있는 게 아닙니까. 정말 몰랐어요? 중국으로 간다는 것도 이야기하지 않았습니까?"

그때야 나는 연화가 재입북을 했는데, 그 사건을 국가정보기관에서 수사 중임을 눈치챘다. 형사가 나를 찾아오고, 경찰서로 부른 것은 부산에서의 연화의 행적을 조사해달라는 국정원의 의뢰 때문인 것 같았다. 지난 사월 그녀가 내게 전화한 것은 마지막 이별 전화였던 모양이다. 그렇다면 내 편에서 답전했을 때는 이미 중국으로 건너간 후였던지도 모른다. 어쩔 수 없이 내 목소리가 떨려 나왔다.

"……저, 저번에도 말씀드렸듯이 올해 사월 초 연화에게 전화를 걸었지만 연락이 닿지 않았다지 않습니까."

"그럼, 김연화가 중국에 무슨 연고가 있다는 소리도 못 들었습니까?"

연화로부터 북한을 탈출해 몽골로 건너가기 전에 중국에서 언니와 이 년쯤 머물렀다는 소리를 듣긴 했지만 내가 그녀의 중국 생활에 대해 알고 있는 건 거의 없었다. 그녀가 먼저 그 이야길 꺼내지도 않았거니와 나도 굳이 물을 필요를 느끼지 않았던 터였다. 나는 역시 고개를 가로저었다.

형사는 이번엔 질문을 바꾸었다.

"에, 보자. 그러니까 귀하는 김연화와 2014년 1월부터

2015년 2월 말까지 일 년 넘게 초량동에서 동거한 걸로 나오는 그때 이야기를 자세히 진술해주십시오."

형사가 그렇게 묻자 나는 말문이 턱 막혔다. 그것까지 알고 있는 것을 보니 형사는 나와 연화의 일을 꽤 많이 조사한 것 같았다. 연화와 나의 동거라. 글쎄, 그 무렵의 이야기를 어떻게 이 낯선 사내에게 할 수 있을까. 나는 그에게 건넬 말을 기억의 늪에서 건져 올리느라 잠시 머뭇거렸다.

연화와 내가 살림을 합친 것은 만난 지 이듬해였다. 그 전해 여름 놀이동산을 다녀온 후 그녀와 나는 휴일이면 이따금 식당 종업원들의 눈을 피해 따로 만나곤 했다. 광안리에서 생선회를 먹기도 했고, 경주와 통영을 다녀온 적도 있었다. 그때마다 친구의 차를 빌릴 수도 없는 노릇이어서 보조요리사 월급으론 버겁달 수밖에 없었지만 소형 중고차도 한 대 장만했다. 한 달에 겨우 세 번, 그것도 월요일이 쉬는 날이었지만 그날마저도 연화가 온전히 내 차지가 되지는 못했다. 알고 보니 연화는 오전 열한시부터 밤까지 하는 식당 일 말고도 아침에 하는 일이 더 있었다. 동네 병원의 세탁 일이었다.

내가 데이트할 할 짬을 안 내준다고 불평할 때마다 연화는 "남자가 머 그런 일 갖고 삐치십니까?" 하며 제 편에서 나를 놀렸다. 처음 골목길에 주저앉아 훌쩍였을 때 보였던 연약한 모습은 착각이었음을 나는 곧 깨달았다. 야생화 같다 할까,

아니면 청초하다 할까, 그녀의 얼굴이 드러내는 느낌과 다르게 연화는 바지런하면서도 활달한 성격이었다. 아니, 어떤 때는 억세다는 느낌조차 줄 때도 있었다. 그 무렵에 연화는 남한 말투를 어지간히 흉내 내고 있었는데도 '다'나 '까'로 끝나는 건 여전했다.

"뭐, 낯선 땅에 와서 살자면 안 그럴 수가 있겠습니까? 뭐 나도 여학교 다닐 때는 새침떼기였단 말입니다. 하하."

탈북 무렵의 사정을 들은 것은 세번째 데이트 때였다. 그녀의 고향은 청진이었다. 아버지는 동의사(한의사를 그쪽에선 그렇게 부른다고 했다)로 청진종합진료소 동의과장을 했다. 어머니는 식료공장 작업반장이었고, 두 살 터울의 언니가 있었다. 소학교 다닐 때까진 배급도 괜찮고 해서 잘산 축에 속했는데 초급중학교 들어가서부터는 의사인 자기네도 먹고살기가 어려워졌다고도 했다. 1990년대 말에 북한을 휩쓴 '고난의 행군' 시절 배급이 일절 끊겨버렸기 때문이었다.

"그래도 어떻게 버팅겨냈는데, 아버지가 덜컥 보위부에 잡혀갔지 뭡니까."

고난의 행군이 끝났다고는 해도 2000년대 중반까지 배급체계가 되살아나지 않아 북한의 각급 기관은 여전히 자력갱생해야 하는 처지였다. 연화 아버지 밑에 있던 동의사가 다섯 명이었는데 직원들이 먹고살 길을 마련하느라 고민이 많았던 아버지가 두만강을 넘어 중국에 다녀왔다고. 연길에 있던 삼촌을 찾아간 아버지는 오천 위안을 융통해서 청진으로 다시 들어왔다. 그리고 그 돈으로 작은 어선 세 척을 지어 인근 어민에게 세를 주었다. 한번 출어할 때마다 어민 한 사람당 강냉이 2킬로그램 값인 북한 돈 오십 원씩을 받아 직원들 먹여 살리고 장마당에서 약을 바꿔 환자 치료도 했다.

그런데 누군가가 찔러 바쳤다. 보위부에 끌려간 연화의 아버지는 배를 지은 돈의 출처에 대해 심문을 받았다. 만주에 나와 있는 남조선 국정원의 간첩 자금을 받은 게 아니냐고 족 쳤는데, 아무리 사정을 설명해도 들은 체도 않더라는 거다. 매질과 고문도 받았는데, 제일 못 견디겠는 건 귓전에 철판을 가져다 대고는 망치로 쾅쾅 두드리는 청각 고문이었다는 게 아버지의 이야기였다고. 제 귀엔 솜뭉치를 틀어막은 보위부원이 번갈아가며 밤낮없이 두드려대니 나중엔 온몸이 까라지고 눈앞에 헛것이 보일 지경이었다는 것.

악에 받친 어머니가 중앙당에 진정서를 냈다. '인민들 자력 갱생하라고 한 게 당이 아니냐. 당의 지도에 순응해서 직원들 먹고살게 하려고 중국에 가서 돈을 끌어온 거다. 남조선 간첩 자금을 받았다면 혼자서 잘 먹고 잘살지 뭣 때문에 배를 만들어 직원들과 나누어 먹었겠느냐. 죄가 있다면 도강죄(渡江罪)인데, 제 발로 갔다가 제 발로 돌아오지 않았느냐.'

연화의 아버지는 석 달 만에 풀려났지만 그때는 이미 사람 꼴이 아니었다는 거다. 자리보전하고 누운 아버지는 반년 만에 세상을 떴다.

"뭐, 치료는 고사하고 굶어 돌아가신 거나 다름없었습니다. 아, 그때 닭이나 서너 마리 고아 먹였대도 아버지가 그렇게 허무하게 죽지는 않았을 거예요. 의사가 약이 없어 죽었으니 그게 말이 되는 소립니까."

그 말끝에 연화는 손수건을 꺼내 눈자위를 닦아냈다.

아버지가 죽자 남은 식구들이 함께 중국으로 넘어가기로 의논을 모았다. 연길에 산다는 아버지의 삼촌, 그러니까 연화의 작은할아버지를 찾아가기로 했던 거다.

연화는 중국에서 이런저런 고생을 겪은 눈치였지만 그때의 일은 자세히 말하려 들지 않았다. 칭다오에서 주로 남조선 손님 상대로 무슨 마사지숍에서 일했다고 지나가는 말끝에 하긴 했다. 그리고는 "이야, 여기 말로는 깍쟁이라고 하던가, 한국 사람들 뺀질거리는 건 그때 내가 이미 알아봤댔습니다" 하고 웃었다.

외할머니가 위독하다는 말을 지인에게 전해 듣고 조선으로 들어간 어머니가 다시 나오지 못했다는 이야기도 했지만 굳이 캐물을 일도 아니어서 나는 더는 묻지 않았다. 광안리 횟집에선가 소주를 두어 잔 마신 연화는 눈자위가 발개져선 이런 말도 했다.

"언니와 함께 한국으로 들어오기로 결심하고 몽골로 가는데 브로커가 여기 돈으로 오백만 원씩 내라더만요. 중국에서 모은 돈을 딸딸 긁어서 바쳤댔어요. 한국에 오면 금방 그 돈 벌충할 수 있다는 말을 철석같이 믿었지요, 뭐. 일행이 우리 말고도 세 명이 더 있었는데, 청도역에서 만나기로 한 언니가 오지 않는 거예요. 언니가 중국인 동료에게 빌려준 돈이 좀 있다면서 그거 받아내겠다고 아침에 먼저 셋방을 나갔거든요. 브로커가 언니에게서 전화가 왔다면서 손전화를 건네주는데 중국 공안에게 잡혀 있다는 거예요. 필시 언니와 다투던 그 동료란 사람이 공안에 찔렀을 겁니다. 나는 나중에 반드시 갈 것이니 너 먼저 남조선에 가 있으라, 하더군요. 다른 일행 때문에 미룰 수도 없고, 브로커에게 바친 돈 생각도 나서 미적미적 따라갔댔어요. 지금 중국에 그대로 있는지, 조선으로 되잡혀갔는지는 나도 몰라요. 울란바토르의 한국 영사관까지 찾아가는 길은 또 얼마나 우여곡절이었던지 말도 못해요."

연화가 짐을 챙겨 들고 내 원룸으로 들어온 것은 이듬해 겨울이었다. 주인이 월세를 엄청 올렸기 때문이다. 그럼 내 원룸에서 같이 살면 어떻겠느냐고 슬쩍 떠봤다. 단박 거절할 줄 알았는데 연화는 곰곰 생각하는 눈치이더니 고개를 끄덕였다.

눈발이 부슬부슬 내리던 날이었다. 쉬는 날 나는 차를 몰고 처음으로 연화의 자취방에 갔다. 달동네 산꼭대기의 낡은 이층집 구석방이었다. 오르막길 계단 때문에 집 앞까지 차가 들어가지 못해 낑낑거리며 짐을 한참이나 들고 내려와야 했다. 그나마 짐이 달랑 트렁크 두 개에다 이런저런 소소한 그릇과 냄비를 담은 박스 서너 개이기 망정이었다. 내 좁은 원룸에 연화의 짐까지 부려놓으니 사람이 앉을 자리도 없을 지경이었다.

내가 연화와 잔 것은 일주일쯤 후였다. 들어온 첫날, 연화가 "날 덮치려고 꿈도 꾸지 말아요" 하고 야무지게 엄포를 놓기에 얼마간은 신사 체면을 지켰던 거다. 요를 따로 깔고 자다가 잠결인 체 그녀의 곁으로 파고들어 가슴 위에 손을 슬쩍 얹었더니 그녀는 모로 돌아눕는 것이었다. 내친김이어서 나는 뒤에서 그녀를 꼭 껴안았다. 그리고 몇 번 엎치락뒤치락하다가 연화는 포옥 하는 한숨과 함께 몸에서 힘을 뺐다. 이런 일이 있을 것이라고 예상이라도 했다는 듯. 그녀의 몸에선 마른 풀냄새가 났다.

월요일이면 우리는 가끔 털털거리는 중고차를 끌고 다대포나 간절곶으로 가서 바다에 떨어지는 해를 물끄러미 바라보았다. 그때 내 어깨에 머리를 기댄 연화는 청진 바닷가가 떠오른다고 했다. 화물선이 들어오는 외항 옆 어항엔 작은 고깃배가 벌집처럼 다닥다닥 정박해 있는데, 어릴 적 연료 사정이 그다지 나쁘지 않았을 때 저녁에 아버지 손을 잡고 포구를 걸어가면 아버지에게 치료를 받은 적이 있는 어부들이 양동이 가득 고기를 담아줬다고 했다.

간절곶이나 기장 바다에서 돌아오는 길엔 석대 꽃시장에 들러 주먹만 한 화분에 심겨 있는 제라늄이나 청화국을 샀고,

동네의 마트에서 장을 봐와서 저녁을 지어 먹었다. 연화가 원룸의 창틀에 화분을 올려놓다 말고 어둑신한 그늘 속에서 나를 돌아보며 해죽 웃을 때, 그녀가 끓여낸 함경도식 가릿국밥을 작은 밥상을 사이에 두고 함께 먹다가 눈길이 마주칠 때, 내 가슴이 저녁놀처럼 아련한 빛깔로 물들었다. 신접살림 흉내를 내고는 있었지만 서로 약속한 건 아무것도 없었다. 글쎄, 소꿉놀이 같은 생활이 얼마나 오래갈지도 알 수 없는 일이었지만, 그래도 나는 그것이 행복이라고 여겼다. 연화 편에서 보면 거친 물살에 이리 부딪치고 저리 부딪치며 흘러가던 나뭇잎 하나가 어느 돌 틈에 끼여 잠시 고단한 몸을 쉬어가던 때였는지도 모른다.

연화가 이상한 말을 꺼낸 것은 함께 산 지 두어 달 지났을 무렵이었다. 한국 땅에 평생 먹고살 만큼 큰 유산이 있다는 거였다. 그 유산만 도로 찾아낸다면 일식집에서 접시 따위나 나르며 사내들의 시달림을 받지 않아도 된다는 거였다. 중국으로 건너가서 언니를 찾아 데려올 수도 있을 거고, 북한으로 되잡혀간 어머니도 모셔올 수 있다는 거였다. 단신으로 남한 땅에 흘러온 그녀에게 무슨 연고가 있어 유산을 상속받는다는 건지, 혼잣말처럼 흘리는 그녀의 말이 도무지 종잡기 어려웠다.

"그게 무슨 뚱딴지같은 소리야?"

내가 그렇게 되물으면 연화는 아무것도 아니라는 듯 머리를 살래살래 가로저으며 말꼬리를 감췄다. 그러면서 또 한 이삼일 지나면 "그걸 빨리 찾아내야 하는데…… 그 돈만 있으면……" 하고 알쏭달쏭한 소리를 뇌까리는 거다. 물으면 시원하게 대답도 않으면서 틈만 나면 혼잣말처럼 그런 이야기를 꺼내는 건 또 뭘까.

언젠가 또 그러기에 나는 마음먹고 재우쳐 물었다.

"뭔 소리야? 잊을 만하면 한 번씩 똑같은 소리를 비 맞은 중처럼 중얼거리니…… 뭐, 남한 땅에 어디 자식 없는 삼촌이라도 있단 거야? 그러지 말고 털어놔봐."

한참 만에 연화는 주저주저 이야기를 꺼냈다.

"돌아가신 할아버지가 6·25때 인민군 장교를 했답니다. 그래서 남조선에 내려왔는데 9·28 이후 퇴각하면서 금괴를 어디다 묻어뒀다는 겁니다. 아버지에게 통일이 되면 숨겨놓은 금을 캐내라고 하셨답니다. 아버지가 돌아가시기 전에 엄마에게 그 이야기를 했대요."

나는 큰 소리로 웃고 말았다.

"그러니까 니네 할아버지가 미래에 생길 후손을 위해 금덩어리를 숨겨뒀다고? 그것도 남한 땅에다? 그럼 니가 무슨 몽테크리스토 백작쯤이나 된다는 거야?"

연화는 눈을 똥그랗게 뜨고 나를 바라보았다.

"이야, 우리 할아버진 허튼 말씀 할 분이 아니란 말입니다. 숨겨놓은 장소까지 자세히 일러줬는데?"

"그 금괴가 숨겨진 곳이 어딘데?"

그러나 연화는 조개처럼 입을 다물고 아무 말도 하지 않았다. 본시 야무진 애가 어째 이런 황당한 소리를 꺼낼까 의아했지만 무시해버렸다. 연화가 무슨 종이쪽을 내게 내민 것은 다시 보름쯤 후였다.

"이게 뭔데?"

"잠자코 읽어보기나 하십시오."

받아 들고 보니 신문 기사를 오려낸 것이었다.

1950년 6월 25일은 화창한 일요일이었다. 이튿날이 되자 의정부와 강원도 쪽에서 피란민들이 내려오면서 북한군이 곧 서울을 점령하리라는 소문이 장안에 쫙 퍼졌다. 소련제 야크 전투기가 김포와 여의도 비행장을 폭격하는 굉음도 들렸다. (……) 27일 오전 3시가 되자 라디오에서 정부가 서울을 버리고 수원으로 천도(遷都)했다는 방송이 나왔다. 불길한 생각이 든 구용서는 지하 금고에 있던 미발행권과 지금은(地金銀) 즉, 금괴와 은괴의 반출 계획을 세웠다. (……)

한국은행 금고의 물건들을 다 옮기려면 열차 2량이 필요했다. 그러나 한국은행이 보유하고 있던 운송 수단은 트럭 2대뿐이었고, 그나마 군에 징발당해서 승용차 4대가 가진 전부였다. 마음이 급해진 구용서는 아침 일찍 서울역으로 달려가 열차를 수배했으나 교통부장관의 허가장이 없어서 거절당했다. (……) 구용서는 그 순간 군에 매달리기로 했다. (……) 구용서를 만난 신성모 국방부 장관은 한국은행에 트럭 1대를 내줬다. 구용서는 거기에 금 1.1t 과 은 2.5t을 간신히 싣고 승용차 2대와 함께 27일 오후 2시 서울 을 출발했다. (……) 수송편이 없어 금 260kg과 은 16t은 포기했 다. 이 지은금(地銀金)은 서울을 점령한 인민군에게 약탈됐다.

'수송편이 없어 금 260kg과 은 16t은 포기했다. 이 지은금 (地銀金)은 서울을 점령한 인민군에게 약탈됐다'는 대목에 노 란 형광펜이 입혀져 있었다. 읽다 말고 나는 어리벙벙해져서 연화를 바라보았다. 연화는 이번엔 제 트렁크에서 서류 봉투 를 꺼내왔다. 연화의 손가락 끝에서 두어 장의 낡은 사진이 집혀 나왔다. 테두리에 보풀이 일고 군데군데 갈라진 아주 낡 은 흑백사진이었다. 하나는 인민군 장교 복장을 한 젊은 사내 였고, 또 하나는 가족사진이었는데 칠십대 초반으로 변한 그 사내 뒤에 사십대 중반의 부부가 서 있고 노인 옆에 계집아이 둘이 차렷 자세로 서 있었다. 예닐곱 살이나 됐을까, 단발머 리에 눈이 동그란 소녀가 연화였다.

이어지는 연화의 이야기는 이랬다. 탈취된 그 지은금은 인 민군 사단장의 손에 들어갔는데, 그 사단이 낙동강까지 내려 갔다고 한다. 사단장은 금은괴를 사령부에 바쳤지만 상당량 을 빼돌렸다는 거다. 그러다가 인천상륙작전 이후 인민군이 퇴각할 때 부관인 연화의 할아버지에게 은밀히 수송 책임을 맡겼다. 연화의 할아버지는 병사 둘에게 금을 넣은 멜빵을 지웠는데 워낙 무겁고 거추장스러운데다 유엔군의 공습을 받는 바람에 급히 대구 인근 어떤 절의 대웅전 뒤편을 파서 금괴 70킬로그램을 숨겨놓고 북상했다는 거다.

황당한 이야기였다. 영화 속 한 장면 같기도 했다. 그러나 연화의 진지한 표정과 기사 스크랩, 복사본 자료, 사진 따위를 보고 나니 웃을 수만은 없는 이야기란 생각이 들었다. 요즘 금 한 돈이 얼마더라? 머릿속에서 분주히 계산을 해보니 얼추 육십억 원 가까운 것 같았다. 나는 입을 딱 벌렸다. 육십억이라면 정말 몽테크리스토 백작이 부럽잖은 돈이 아닌가.

하지만 연화의 말이 사실이라 쳐도 칠십 년 가까이 흐른 지금 그 금을 어떻게 되찾는단 말인가. 두더쥐도 아닌 터에 둘이서 야밤에 곡괭이를 들고 절로 숨어 들어가 대웅전 아래 흙바닥을 파 헤집을 수도 없는 노릇 아닌가.

"이거 좀 보십시오."

연화가 다시 무슨 책을 내게 펼쳐 보였다. 『알기 쉬운 민법 해설』이라는 책이었다. 그 책에는 매장물을 발견했을 때 일 년 이내에 소유자가 권리를 주장하지 않으면 발견자가 소유권을 취득하게 된다고 쓰여 있었다. 다만 국유지를 포함한 타인의 토지에서 매장물을 발견한 경우에는 반반을 나눠 가지게 된다는 것이었다.

"이게 도대체 무슨 소리야?"

"그러니까 우리가 그 절 주지를 만나서 같이 파보자, 그래서 금이 나오면 반씩 나누자 뭐 그런 거지요. 어차피 내가 소유권을 주장할 처지는 아니니까 최초 발견자로 해서 법에 따라 반반씩 나누자고 하면 그쪽도 좋아라 하지 않겠습니까?"

"그게 원래는 국가 소유였던 것 같은데 공연히 떠벌렸다가 나중에 몽땅 압수당하면 어쩌게?"

"아, 그걸 한국은행의 금이라고 떠벌릴 일이 있습니까? 우리 할아버지가 육이오 때 피란 왔다가 숨긴 금이라고 하면 되는 거지."

만약 그렇게 된다면 연화에게 돌아갈 몫은 삼십억이 된다. 하기야 그 돈이라면 혈혈단신의 탈북자 처녀가 낯설고 물선 한국 땅에서 발을 붙이고 살 충분한 언턱거리는 될 것이었다. 연화와 결혼해서 그 돈으로 작은 건물 하나를 사서 일층은 일식집으로 꾸미고 이층에서 신접살림을 차린다면? 나는 주방에서 요리를 하고 연화는 카운터를 맡으면? 잠시 그런 달콤한 생각에 젖었다가 너무 염치없는 상상인 것 같아서 나는 얼굴을 붉혔다. 그러면서도 연화가 왜 내게 그런 비밀스런 이야기를 꺼내는 건지 알쏭달쏭했다.

어쨌거나 연화를 도와주고 싶은 마음이 들었다. 글쎄, 그녀와 결혼하지 않아도, 그녀가 내게 사례금 한 푼 주지 않아도 상관없었다. 할 수만 있다면 그녀의 꿈이 이루어지도록, 그녀의 비빌 언덕이 생기도록 힘을 보태주기로 나는 마음먹었다.

그러고도 한 보름이 더 지나서 드디어 우리는 절을 찾아갔다. 내비게이션의 도움을 받으며 자동차를 두어 시간 끌고 간 곳이 대구 근처 경산이었다. 나지막한 야산 자락에 자리 잡은 크지도 작지도 않은 절이었다. 쌍탑이 놓인 마당을 경계로 대웅전과 나한전, 미륵전이 옹기종기 서 있었고 전각 뒤 나지막한 울타리 너머 요사채가 있었다.

오종종한 생김새의 오십대 주지는 용건을 듣더니 기가 막힌다는 표정을 지었다. 젊은 녀석과 여자가 느닷없이 찾아와 대웅전 밑에 금괴가 묻혀 있다니, 어쩌니 헛소리를 주절거린다면 나부터도 그런 반응을 보일 것이었다. 주지는 정신병자를 대하듯 연화와 나의 얼굴을 번갈아 살폈다.

"허, 나는 먼 곳에서 우바이와 우바새가 일부러 찾아왔대서 시주나 하겠다는 줄 알았더니 이런 실없는 소리나 듣고……"

주지가 얼굴을 찡그리며 자리를 털고 일어섰다. 연화가 지대방을 나서는 주지의 동방 자락을 잡아끌었다. 급하니까 북한 사투리가 튀어나왔다.

"스님, 그러지 말고 속는 셈 잡고 한마디만 더 들어주시라요."

주지는 얼굴을 찡그리고 걸음을 멈추었다. 연화는 핸드백에서 예의 사진을 꺼내 주지의 눈앞에 들이밀었다.

222

"이게 우리 할아버지 사진입네다. 한번 보시라요."

주지가 연화의 얼굴을 물끄러미 내려다보더니 되돌아와 방석 위에 앉았다. 연화는 할아버지 이야기, 탈북하던 이야기를 줄줄 풀어냈다.

"어디 한번 봅시다."

주지는 방바닥에 놓인 사진을 집어 들고 꼼꼼히 살폈다. 사진 속 인물과 연화의 얼굴을 번갈아 살피기도 했다.

"사진 속의 이 군인이 처녀의 할아버지라고 칩시다. 그렇더라도 이 사람이 우리 절에다 금을 묻어뒀다는 증거가 어디 있소?"

"정말입네다. 우리 할아버지나 아바지가 그런 거짓말을 할 분이 아니야요. 세상에 어느 부모가 임종하는 자식에게 그런 거짓말을 한답네까?"

"글쎄……"

주지가 개운찮은 표정으로 다시 뭔가 생각하는 것 같았다. 금이 나오면 절반씩 나누자는 연화의 제의엔 구미가 당기는 눈치였지만 선뜻 응낙하기엔 난처한 모양이었다.

"설사 그렇다 해도 신도들 눈이 있는데 부처님 집을 함부로 들쑤실 수는 없는 노릇 아닌가."

말뚝처럼 앉아 있기가 무렴해서 나도 말을 보탰다.

"스님, 그럼 땅을 파기 전에 먼저 알아보면 어떻겠습니까. 뭐 금속탐지기 같은 것으로 조사를 해본다든지……"

"금속탐지기?"

주지는 팔짱을 끼고 다시 머리를 굴리는 눈치였다.

"일단 알았소. 내가 생각을 좀 해볼 테니 전화번호를 적어 놓고 가오."

주지가 전화를 걸어온 것은 다시 보름쯤 후였다.

"일간 한번 오시오. 한번 정식으로 의논해보자고."

다시 올라갔더니 주지의 태도가 좀 바뀌어 있었다. 그새 어디 보안업체에 부탁해 금속탐지기로 뒤져본 눈치였다.

"글쎄 땅 밑에 뭐가 있긴 있다는 것 같더군. 그게 금인지, 고철 쪼가리인지는 모를 일이지만서두…… 뭐 한번 파봅시다. 신도들에겐 대웅전 지반이 내려앉아 보강공사를 한다고 눙쳐두면 되겠지 뭐. 만약에 금이 묻혀 있어 부처님 일에 쓴다면 그 또한 인연이 아니겠소. 그나저나, 이거 내가 허황한 소리 듣고 일을 벌였다가 미친놈 소리 듣는 게 아닌지 몰라."

연화가 눈을 빛내며 주지 앞으로 다가앉았다.

"스님, 틀림없이 있을 겁니다."

주지는 계산속이 빠른 사람이었다.

"그럼, 발굴과 복구 비용은 먼저 말을 꺼낸 그쪽이 부담하시오. 우리야 그냥 땅을 내주는 건데 금이 없으면 절 돈으로 물어낼 수도 없고…… 아, 그런데 대웅전이 보물로 지정돼 있소. 문화재청에 현상변경허가를 받아야 하는데 그게 까다롭단 말야."

"스님, 그냥 우리끼리 땅을 파보면 안 될까요?"

"안 되지. 공연히 파헤쳤다가 기둥이 기울어지기라도 하면 꼼짝없이 문화재 파괴범이 되는 건데…… 문화재청 관리 중에 아는 사람이 있으니 그 문제는 내게 맡겨놓으시오."

연화는 불안한 기색이었지만 주지가 그렇게 나오는 바에야 달리 다른 수가 없었다. 나는 연화를 위해 한마디 쐐기를 박았다.

"스님, 저희들에게 알리지 않고 땅을 파헤치거나 그런 일은 없겠지요?"

주지는 나를 노려보았다.

"허, 이 젊은이가……"

어쨌거나 일단 합의가 되자 일은 본격적으로 진척이 됐다. 다시 한 달쯤 후에 주지가 문화재 현상변경허가를 얻었다고 연락해왔다. 주지의 소개로 시굴할 업체도 골랐다. 금속탐지기에 반응이 있었다는 쪽부터 파들어가기로 했는데 전각에 피해를 주지 않으려면 지지대를 켜켜이 받쳐가면서 고분 발굴하듯 바깥쪽에서부터 조금씩 땅을 걷어내야 한다는 거였다. 업체는 시굴 및 복구 비용으로 오천만 원을 불렀다. 그렇게 호되게 부른 걸 보면 시굴업체 사장이라는 인간도 뭔가 눈치를 챈 것 같았다. 목마른 놈이 샘 파더라고 우리가 그 돈을 부담할 수밖에 없었다.

"돈이 수월찮은데 어떡해야 하나?"

연화는 뭔가 생각하는 투로 말끝을 흐렸다.

"내가 조금 모아둔 건 있는데, 그걸로는 모자라서……"

"얼마나 모자라?"

"한 천만 원쯤……"

그때 나는 속으로 좀 놀랐다. 이 년 새에 연화가 그렇게 큰 돈을 모았으리라고는 미처 생각지 못했던 거다. 나는 든 지 몇 달 안 되는 적금을 깨서 칠백만 원을 찾았다. 그리고 친구에게 사정해서 삼백만 원을 꾸었다.

"오빠, 정말 고마워요. 금을 찾으면 그때 이자 쳐서 다 갚을게."

이자 쳐서 돈을 갚겠다는 말이 섭섭했지만 나는 내색하지 않고 웃어주었다. 어쨌거나 문화재청의 허가도 얻었겠다, 굴착업체도 정해졌겠다, 일이 일사천리로 굴러갈 듯싶었다. 연화는 얼굴에 생기를 띠었고, 눈망울은 꿈꾸는 것처럼 반짝거렸다.

그런데 엉뚱한 곳에서 마가 끼었다. 대구의 한 신문이 우리 일을 기사로 까발렸던 거다. 어떻게 해서 새 나갔는지는 모르지만 사회면 주말판에 대문짝만하게 기사가 실렸다. '수불사 대웅전 밑에 수십억대 금괴 비장'이란 주 제목 밑에 '탈북여성, 6·25 당시 할아버지가 묻어놓았다 주장…… 사찰 측 곧 발굴 착수'라는 부제가 붙어 있었다. 주지가 발설하진 않았을 텐데, 기자가 시굴업체나 문화재청에서 정보를 얻었는지는 모를 일이지만 세상에 알려져서 좋을 일이 아니었다.

역시 탈이 났다. 요즘 같은 팍팍한 세상에 절집에 금괴가 한 무더기 묻혀 있다는 백일몽 같은 기사가 나가자 사람들의 반응이 폭발적이었다. 다른 신문과 방송이 받아썼고 SNS에 글이 계속 나돌아다녔다. 처음엔 수십억 원이라던 게 수백억, 종국엔 수천억 원이라고 부풀려지기까지 했다. 그러자 경찰이 경위를 파악하겠다고 나섰다. 국정원도 나섰다. 6·25 당시 인민군 장교가 파묻어놓고 갔다는 신문 기사의 한 대목 때문일 터였다. 시끄러워지자 자기네에게 불똥이 튈 것을 걱정한 문화재청이 발굴 허가를 취소할 것을 검토한다는 소리도 나왔다.

먼저 손을 든 것은 주지였다. 연락을 받고 찾아간 우리 앞에서 주지는 입맛을 쩝쩝 다셨다.

"거, 발굴은 포기해야겠소. 이렇게 시끄러워서야…… 형사니 국정원 직원이 찾아와서 캐물어대니 원 성가셔서…… 신도들 눈길도 곱지 않고…… 이거 원 허황한 소리에 혹해 나만 실없게 되지 않았나."

연화의 얼굴이 노래졌다. 그녀는 무릎걸음으로 주지에게 다가갔다.

"스님, 이제 와서 그게 무슨 말입니까. 우리는 어떡하라고요……"

당신네들 뭘 보고 우리가 사람 써가며 중장비를 동원하느냐, 전액을 선불하지 않으면 착수하지 않겠다는 발굴업체의 생떼에 전 재산을 건 마당이니 연화로선 다급했을 것이다. 나는 주지의 셈속을 알만했다. 진짜로 금이 묻혀 있다면 그게 제 발로 달아날 리는 만무하다는 거겠지. 그래서 적당한 때 파내 독차지할 수도 있다는 거겠지. 연화가 눈물 범벅된 얼굴로 붙잡고 늘어지자 주지는 찡그린 얼굴로 자리를 털고 일어섰다.

"하여튼 지금은 어쩔 수 없으니 일단 조용해질 때까지 기다려봅시다. 그렇게 알고 돌아가시오. 그 참, 공연한 일에 휘말려서……"

우리는 하릴없이 물러 나올 수밖에 없었다. 돌아오는 차 안에서 연화는 내내 말이 없었다. 울어서 눈두덩이 부은 연화의 옆얼굴을 훔쳐보면서 내가 아무런 힘이 되지 못한 것 같아서 민망했다.

나와 연화는 그 후로도 두어 번 더 주지를 찾아갔지만 주지의 태도는 완강했다. 종국에는 사적인 이유로 문화재를 파헤치는 건 문제가 있다며 문화재청이 현상변경허가를 취소해버렸다. 그것으로 금괴 발굴 계획은 일장춘몽으로 끝났다. 돈을 되돌려달라고 시굴업체에 요구했지만 귀책 사유가 당신네에게 있느니 어쩌니, 어물어물 잡아떼던 사장이 연락을 끊은 것은 그다음이었다. 알고 보니 무면허 뜨내기 업체였는데 주지의 소개를 믿고 제대로 알아보지 않은 게 잘못이었다.

그 일은 연화에게 큰 상심을 준 모양이었다. 눈에 띄게 말수가 줄어들었고 우울한 낯빛이었다. 언젠가 자다 깨보니 연화가 야밤에 안주도 없이 술을 마시고 있었다. 데이트할 때는 소주 한두 잔이 고작이었는데 빈 소주병이 두 개나 굴러다니고 있었다. 그때 연화는 눈물을 줄줄 흘리며 뭐라고 주정을 했던가.

"내레 남조선 땅에 와보니 이곳은 사람 살 데가 아닙데다. 돈을 얼릉 모아 어머니와 언니를 데려와 오순도순 살려고 지난 이 년 반 동안 발버둥을 쳤댔는데…… 여기 사내놈들에게 손목 잡히고 뺨 맞아가며, 들을 소리 안 들을 소리 들어가며, 피고름 묻은 빨래까지 해가며 애달캐달 돈을 모았는데 이젠 알거지가 돼버렸시오. 더러운 놈들…… 우리 엄마, 언니는 이제 어떡하면 좋갔시오?"

연화가 서울로 가겠다고 한 것은 그렇게 두어 달이 지난 다음이었다. 무슨 일을 해서건 잃은 돈을 벌충해야 할 판인데 같이 탈북했던 아줌마 한 사람이 구로동에서 작은 식당을 열어 함께 운영해보자고 한다는 거였다. 그녀와 헤어져야 한다 싶으니 속이 쓰라렸지만 막을 도리가 없었다. 글쎄, 내가 해줄 수 있는 일이 무어 있었겠는가. 어느 늦겨울 저녁 우리는 소주를 반주로 저녁을 먹고 집에 돌아와선 이별 의식을 치르듯 같이 잤다. 연화는 다음 날 새벽 트렁크 두 개를 들고 올 때처럼 썰렁한 몰골로 떠났다. 돈 벌면 내게 빌린 돈을 꼭 갚겠다는 말을 남기고……

　내 진술을 꼼꼼히 들으며 자판을 두드리던 그는 진술서에 지장을 찍으라고 요구했다. 그리고는 사무적인 어조로 말을 했다.
　"수고했어요. 새로운 사실이 드러나면 다시 소환된다는 건 양지하시고……"
　나는 그때야 형사에게 연화가 북한으로 넘어간 경위를 물었다. 형사는 나를 흘끗 보더니 인심이나 쓴다는 표정으로 한마디 던졌다.
　"김연화는 4월 말에 인천항에서 옌타이로 가는 여객선 편으로 중국으로 갔소. 칭다오서 두어 달을 지낸 다음 6월 초 혼자 두만강을 건넌 정황이 우리 정보기관에 포착됐어요. 그리고 남한을 비난하는 발언을 하는 장면이 북한 텔레비전에 방영됐다더군. 체포된 건지, 자수한 건지는 조사해봐야 알 일이고. 더 이상은 나도 아는 게 없고, 안대도 알려줄 수도 없고……"
　연화는 왜 중국으로 되돌아갔을까. 그리고 북한엔 왜…… 어쩌면 중국으로 건너가서 언니가 북한으로 끌려갔다는 소식을 들었기 때문인지도 모른다는 생각이 들었다. 나는 바보처럼 되물었다.
　"……그럼 어떻게 됩니까?"
　"허허. 그걸 내가 어떻게 알 수 있겠소. 글쎄, 당장은 수용

소에 끌려가지는 않은 모양이지만……"

"연화가 다시 한국으로 돌아올 수 있을까요?"

형사는 한심하다는 표정으로 피식 웃었다.

"이봐요. 북한 땅이 어디 시내버스 타고 가는 이웃 동네야? 이 양반이 아직 정신을 못 차렸네? 우리가 알아보니, 그 여자 서울에 가서도 금괴 발굴하자고 어떤 녀석을 꼬드겨 돈을 우려냈다더군. 그 빚돈에 졸리다 못해 중국으로 튄 건지, 아니면 그 돈을 쥐고 튄 건지는 모르지만 그놈과 동거도 했다더군. 보아하니 당신도 그 여자에게 당한 거요. 그 여자는 처음부터 금을 캘 목적으로 한국에 들어온 거요. 당신에게 의도적으로 접근한 걸 아직도 모르겠소? 뭐 한 천만 원이나 떼였다며?"

경찰서 문을 나서는데 머리가 띵했다. 형사의 마지막 말이 계속 머리를 맴돌았다. 글쎄, 처음부터 금을 캐려고 남한에 왔는지 어쨌는지는 모르지만 연화에게 팍팍한 남조선 생활을 버티게 해준 유일한 비빌 언덕이 수불사에 묻혀 있는 그 금괴였을 터였다. 몇 달씩이나 뜸을 들이며 금괴 이야기를 슬쩍슬쩍 내비치며 내 반응을 떠본 것도 제 딴엔 생각이 있어서였을 것이다. 그러니까, 혈혈단신 남한 사정도 잘 모르는 처녀로선 힘이 돼줄 사내가 필요했다는 것, 그런데 그 사내가 너무 영악하거나 해서 제 뒤통수를 치지 않도록 좀 어수룩해야 한다는 것. 그래서 내가 그녀에게 선택됐을지도 모른다는 것.

아니야.

나는 고개를 가로저었다. 뭐라고 해도 연화가 처음부터 나를 이용할 생각은 아니었을 것이다. 글쎄, 그녀에게 먼저 다가간 것도 나고, 내 집에 와서 살라고 했던 것도 내가 아니었나. 제라늄 화분을 창틀에 올려놓으며 내게 보여주던 그녀의 해죽한 미소, 추운 겨울밤 외풍 심한 원룸에서 내 품에 안겨 할딱거리던 그녀의 숨소리가 거짓이라곤 차마 믿을 수 없었다.

만약에, 만약에 그녀가 나를 이용만 하곤 중국으로 튈 생각이란 걸 알았대도 나는 쓸쓸해하긴 했겠지만 어쩔 수 없는 일이라고 생각했을 것이다. 그녀에겐 엄마와 언니가 있지 않았던가. 연화의 마음속에 나란 존재가 쌀 한 톨 크기로라도 있어주기를 바라지만 그게 내 욕심일 뿐이래도 하는 수 없는 노릇이 아닌가. 글쎄, 금을 캘 수만 있었다면 그녀에겐 좋은 일이었을 것이다. 거금을 쥐고 중국으로 건너갔어도 좋았을 것이다. 그녀는 어쩌면 엄마와 언니를 한국으로 불러들였을지도 모른다. 그래서 언젠가 혼잣말했던 대로 경치 좋고 공기 좋은 한적한 시골 마을에 예쁜 집을 짓고 가족들이 모여 과수원이라도 꾸리고 살게 됐을지도 모른다.

북한의 텔레비전에 출연해 남한살이에서 겪은 수모와 고통을 고발하고 있다는 그녀는 지금 무슨 생각을 하고 있을까. 만약, 탈출할 수 있는 기회가 주어진다면 그녀는 다시 한국으로 되돌아올까. 버스에서 내리는데 뜨거운 햇살이 정수리를 찔러 다리가 휘청했다.

그날 밤, 나는 꿈을 꾸었다. 여러 가지 영상이 토막토막 엇갈려 돌아가는 어지러운 꿈이었다. 꿈속에서 나는 연화의 모습을 보았다. 한겨울 얼어붙은 강을 비틀거리며 건너는 그녀의 뒷모습이 눈발에 가렸다. 꿈속에서도 나는 '이상하다? 연화는 한여름에 북한에 갔다던데?' 하고 중얼거렸던 것 같다. 문득 장면이 바뀌어 연화가 까르르 웃는 여자애를 안고 있는 어떤 사내의 팔을 다정히 끼고 있는 장면이 보였다. 사내의 얼굴은 알아볼 수 없었다. 기묘하게도 그녀는 치파오를 입고 있었다. 치파오의 갈라진 치맛자락 속으로 얼핏 드러난 그녀의 매끈한 다리가 스치듯 드러났다.

어느 어두컴컴한 전각의 주춧돌 밑 땅속에서 구렁이가 몸뚱이 사리듯 포개져 있는 금속 무더기도 꿈에 나타났다. 새알처럼 반짝이는 그 둥글고 노란 덩이들은 어느 날이고 부화를 기다리는 듯 꿈꾸는 모습이었다.

도
롱
뇽
의

꿈

새벽에 약수터에 다녀와서 일과처럼 컴퓨터를 켰다가 이상한 뉴스를 읽었다. 어떤 서양 남자가 초고층 건물 외벽을 타고 오르다가 추락해 사망했다는 내용이었다. 컴퓨터는 행정복지센터가 학교에서 기증받은 중고제품을 수리해 저소득층 주민에게 나눠준 것이었는데 신문 구독을 끊은 다음부터는 인터넷으로 뉴스를 챙겨 읽는 터였다.

　레미 루시디란 이름의 이 프랑스 젊은이는 불가리아, 포르투갈, 프랑스, 두바이 등의 초고층 빌딩을 오른 후 기어오르는 과정과 건물 꼭대기에 오른 모습을 동영상으로 찍어 소셜미디어에 올리면서 유명해진 사람이라는데, 높이 219미터의 홍콩의 한 타워빌딩 68층에서 떨어져 숨졌다고 기사는 전하

고 있었다. 그는 경비원에게 '이곳에 사는 친구를 만나러 왔
다'고 속이고선 그 건물에 진입했다고 한다. 뒤늦게 거짓말임
을 알아챈 경비원이 쫓아 올라갔으나, 그를 붙잡지는 못했다.
기사 말미에 현지 경찰은 루시디가 이 건물 최상층에 나갔다
가 밖에 갇히자 도움을 요청하기 위해 창문을 두드린 이후 발
을 헛디뎌 추락한 것으로 보고 있다고 덧붙여져 있었다.

그 기사를 읽는데 기억의 심층에 가라앉아 있던 어떤 얼굴
이 반짝, 하고 의식의 표면으로 떠올랐다. 육 년 전의 기억이
다. 검게 그은 마른 얼굴과 갈비뼈가 드러날 듯 앙상한 상체
와 거미발 같던 팔다리를 가진 그 아이. 비쩍 마른 몸에 어깨
와 장딴지 근육만 비정상적으로 발달해서 울퉁불퉁 튀어나와
있던 그 아이.

나는 슬리퍼를 꿰고 나가 아파트 화단 앞에서 담배를 피워
물었다. 시간이 막 일곱시를 지나고 있었는데 출근을 하거나
동네 앞 시장통에서 장사하는 주민들이 걸음을 재게 옮겨 내
곁을 스쳐 지나갔다. 문득 가슴 한편에 무지근한 통증 같은
것이 스쳐 지나가서 나는 담배 연기를 깊숙이 빨아들였다.

그 아이를 처음 만난 것은 해운대의 타워빌딩 드림시티의
60층이었다.

바닷가 근처 나지막한 언덕 위에 세워진 그 단지는 거대한
유리의 성이었다. 세 개의 주상복합식 초고층 빌딩으로 이루
어져 있었는데 가장 높은 것이 101층에 높이가 410미터였다.

무궁화 여섯 개짜리 초특급 호텔과 레지던시 호텔, 갖가지 편의시설이 들어서 있었고 꼭대기 층엔 전망대도 있었다. 아파트로 분양된 두 개의 건물도 각기 85층, 83층이었다. 마천루(摩天樓), 이름 그대로 하늘을 찌를 듯 솟은 공중누각이었다.

그 건물들은 전체가 연푸른 통유리로 뒤덮여 있었는데, 두 겹의 두꺼운 강화유리 사이에 아르곤을 채워 넣어 단열하는 최첨단 공법이 쓰였다는 걸 나는 그곳에 취직하고 나서 들었다. 공장에서 통유리를 끼운 패널을 미리 만들어 와서 크레인으로 들어 올려 하나씩 조립하듯 끼워 넣었다는데 100층 넘는 건물의 외벽이 마치 커튼처럼 매끈하게 늘어져 있대서 '커튼 월'이라고 부른다던가.

하여튼, 언덕배기에서 느닷없이 돌출해 하늘을 찌를 듯 우뚝 솟아 해운대 앞바다를 굽어보고 있는 그 건물들은 지나는 사람들에게 위압감을 주기에 충분했다. 바벨탑이라 해야 할까, 아니면 고대 바빌로니아의 공중정원이라고나 해야 할까. 아침 해를 받아 번쩍이는 그 건물은 멀리서 보면 거대하고 눈부신 빛의 덩어리였다. 그 건물을 지은 사업가는 건축허가와 은행 융자를 받기 위해 그 도시는 물론 중앙의 요로에 로비를 맹렬히 벌였다는데, 힘깨나 쓰는 사람치고 그에게서 뒷돈을 받지 않은 사람이 없다는 풍문이 그 도시를 은밀히 흘러다녔다. 그는 근처 특급 호텔 지하에 있는 호화 룸살롱의 방을 날마다 네댓 개씩 빌려 정관계 유력자나 하다못해 기자 나부랭

이까지 불러 모아 양주와 호화 안주, 밴드 소리가 질펀한 환락의 방에 채워 넣고는 번차례로 그 룸을 순회한다는 이야기를 들은 적도 있었다. 결국 동티가 나서 국회의원과 권부의 실세 몇 사람이 감옥에까지 끌려갔으며 그 자신도 몇 년이나 옥살이를 해야 했지만 그 거대한 건물은 탈 없이 완공됐고, 도시의 졸부와 권력자들이 다투어 그 유리의 성에 입주했다.

어떤 사람들은 그 도시에 새로운 랜드마크가 생겼다고도 했고, 또 어떤 사람들은 시가지의 공제선을 난폭하게 자르고 들어선 꼴이 마치 폭력배처럼 보인다고도 했는데, 그런 거야 나와는 애초에 상관이 없었다. 중요한 건 내가 그 거대한 유리의 성에 취직했다는 거다.

나는 그 단지의 경비요원이었다. 쥐꼬리만 한 월급에다 일 년마다 갱신하는 계약에 목줄이 잡혀 있기는 해도 다니던 회사에서 정년을 이 년 앞두고 명예퇴직으로 떨려난 내가 그곳에 취직한 것은 행운이라면 행운일 터였다. 그 단지의 경비와 청소업무를 따낸 용역회사의 대표가 고향 후배였는데, 그는 아내가 치매를 앓아 요양병원에 입원해 있는 내 처지를 딱하게 생각해 계약직으로 박아준 거다. 직원이라면 죄다 젊은 이들뿐인 곳에 늙수그레한 영감을 넣었다고 입주민 대표에게 지청구를 먹었다고 그는 생색을 냈다.

하기야 나름대로 잘나가던 시절도 있었다. 나는 재벌 자동차회사의 협력업체에서 삼십오 년을 근무했다. 협력업체이긴 했어도 가족을 건사하고 아이를 대학까지 보내는 데는 너끈했는데, 나중엔 도장부의 파트장까지 올랐더랬다. 퇴직금을 손에 쥐고선 늙마에 시골살이나 하자고 교외에 단독주택을 사들였는데 그만 마누라가 치매를 앓기 시작한 거다. 수입도 없는 터에 수발하느라 결국 알량한 예금과 집까지 다 갉아먹었다. 서울에서 무슨 벤처인가 한다는 아들 녀석이 이따금 찾아와서 우는 소리 끝에 뜯어간 것도 한몫했지만. 결국엔 요양병원에 입원한 아내의 뒷바라지를 할 겸 도시로 도로 들어와 달동네 산자락에 처박힌 사십 년 넘은 열다섯 평짜리 시영 아파트로 내려앉았다. 아내는 내가 경비원으로 취직한 지 일 년 만에 죽었다.

이야기가 옆길로 샜는데, 그 녀석을 만난 것은 내가 그 단지에 취직한 지 일 년 반이 지난 여름날이었다. 두 사람이 조를 이뤄 정문 경비를 맡았는데 단지 전체를 돌아다니며 번갈아 순찰하는 일도 우리 몫이었다. 정문 경비실에 앉아 드나드는 사람들과 차량을 체크하고 있는데 내선전화가 울렸다. 무심코 받아들었더니 로비의 안내 여직원이었다. 다급한 목소리였다.

"지금 외부인이 난입해서 호텔동 외벽을 기어올라가고 있대요. 빨리 가보세요."

처음엔 무슨 말인지 알아듣지 못했다. 미끄러운 유리로 뒤덮인 이 높은 건물을 타 오르다니? 밖으로 나가봤더니 건물 아래에 사람들이 몰려서 있었고 푸르게 번쩍이는 건물 외벽에 무언가 꼬물거리는 검은 점이 보였다. 얼핏 벽에 붙은 파리 같기도 했고 딱정벌레처럼도 보였다. 근무복 어깨 쯤에 매달린 워키토키가 삐삐 하고 울린 건 다음 순간이었다. 보안과의 김 과장이었다.

"이거 봐요, 이 씨. 외부인이 무단침입해서 외벽을 기어오르고 있다는데 뭐 하는 거요? 그런 사람을 통과시켜줬단 말이요?"

"글쎄…… 내가 정문 근무하는 동안엔 수상한 사람이 통과한 것 같진 않소만……"

"그럼, 그놈이 빈대처럼 어디서 튀어 날아왔단 거요? 한가한 소리 할 틈이 없으니 당장 쫓아가서 끌고 내려와요."

글쎄, 호텔을 드나드는 쌔고 쌘 사람 중에 수상한 놈을 어떻게 미리 집어낸다는 건지, 그리고 저 외벽에 개미처럼 기어오른 인간을 어떻게 끄집어내야 하는 건지 알 수는 없었지만 나는 호텔 입구로 뛰어갔다. 다가가서 보니 그 난입자는 벌써 60층쯤까지 기어올라가 있었다. 다른 생각할 겨를도 없이 나는 무턱대고 엘리베이터를 타고는 60층을 눌렀다. 그자가 객실 쪽 난간에 기어올라 있다는 데 생각이 미치자 나는 객실의 차임벨을 눌렀다. 낮 시간에 투숙객이 있을까, 없다면 1층에 연락해서 열어달래야 하나 하는 생각이 든 것은 다음 찰나였는데, 객실 출입문이 열렸다. 오십대 사내는 하품을 깨물며 무슨 일이냐는 듯 눈으로 물었다. 밤새 술을 퍼마시고 늦잠이라도 자던 꼬락서니였다. 나는 허리를 굽실 숙여 보였다.

"이거, 대단히 죄송하지만 어떤 사람이 호텔을 무단 침입해서 지금 외벽을 타오르고 있습니다. 근데 그 사람이 지금 선생님 객실 쪽 난간에 올라 있어서……"

사내는 무슨 얼토당토않은 소리냐는 듯 나를 노려보더니 마지못해 비켜주었다. 객실로 들어서면서 나는 다시 허리를 굽실하고는 창가로 다가갔다. 바다는 오후의 햇살을 받아 금빛으로 번쩍이고 있었는데 먼 바다에는 하얀 돛을 매단 요트 두어 척이 떠 있었고 가까운 바다엔 서프보드와 조정 보트가 점점이 떠 있었다. 일제히 긴 노를 저어가는 보트들이 물 위를 헤엄치는 소금쟁이 같았다.

한 젊은 남자가 외벽에 도롱뇽처럼 찰싹 붙어 있었다. 자일이나 하켄은 물론 헬멧조차 쓰지 않은 맨몸이었다. 스무 살이나 됐을까, 그 젊은 애는 한 뼘도 채 되지 않는 외벽의 좁은 난간에 한쪽 발을 위태롭게 딛고 선 채 세로로 길게 뻗어내린 창틀의 홈에 손가락을 끼워 넣어 움켜쥐고는 제 허리쯤에 있는 옆 창문틀을 올라가려고 다른 발을 계속 들었다 놓았다 하면서 겨냥을 하고 있는 중이었다. 몸에 딱 달라붙는 등산용 셔츠와 사이클 선수들이 입는 반바지를 입고 있었다. 창틀의 홈을 잡고 용을 쓰는 팔과 어깨, 난간을 딛고 선 종아리 근육이 울퉁불퉁 잔뜩 부풀어 있었다. 오후의 역광에 검게 그은 목덜미와 어깨 근육이 번쩍거렸다.

60층 창문 아래로 내려다보이는 지상은 아찔했다. 주차장에 가지런히 늘어선 자동차들은 딱정벌레 같아 보였고 정원의 아름드리 향나무들은 초록빛 단추처럼 가지런히 늘어서 있었다. 그 애는 이윽고 한 칸 위의 난간에 발을 걸치고 사뿐히 올라섰다. 그 순간 그 애의 시선과 내 시선이 창문 사이로 마주쳤다. 나는 손을 내저었다.

"야! 내려가! 내려가라구!"

그 애는 연방 악을 쓰는 나를 기웃이 바라보더니 씩 웃었는데 그때야 나는 두꺼운 창유리 때문에 내 목소리가 들리지 않는다는 것을 깨달았다. 눈앞에 보이던 등산화가 쑥하고 위쪽으로 사라져버렸다. 나는 하릴없이 창틀에서 물러났다. 투숙객이 빙글빙글 웃음을 깨물고 뒤에 서 있었다.

"죄, 죄송합니다."

"뭐, 내게 죄송할 거는 엄꼬, 저 친구 괜찮을랑가 모리겠네. 맨손으로 어떻게 이 높은 곳까지 기어올랐지? 우와, 재주 한번 신기하네."

서커스 관람객 같은 표정을 지은 그는 박수라도 칠 기세였다.

"마, 떨어지기 전에 얼른 끄집어들이소. 거참, 재주도 좋지. 우째 여게를 기어오를 생각을 했을꼬."

나는 널찍한 바닥에 베이지 빛 양탄자와 최고급 수입 대리

244

석으로 벽을 두른 화려한 객실을 벗어났다. 출입문을 빠져나오는데 사내의 목소리가 다시 우렁우렁 울렸다.

"와, 절마 저거, 암만 봐도 대단하네. 거 뭐라 카더라. 태양의 싸카쓴가 거게 단원으로 보내도 되것구만······"

복도로 나와서 하릴없이 엘리베이터로 다가가는데 워키토키가 다시 울렸다. 김 과장의 성난 목소리가 빠지직거리는 잡음 사이로 터져 나왔다.

"이 씨! 지금 어디 있어요!"

"······저기, 60층 객실에 와 있소만."

"도대체 거기서 뭘 하고 있어요?"

"여기로 기어올랐길래······"

"아니, 외벽이 밀폐된 객실에 가서 뭘 하겠다고! 얼른 옥상으로 가봐요. 곤돌라라도 내려야 할 거 아뇨!"

나는 엘리베이터를 타고 맨 꼭대기 층까지 올라갔다. 더듬더듬 계단을 찾아 올라가 옥상으로 통하는 출입문을 밀고 나가자 한여름 뜨거운 골바람이 덮쳐왔다. 건물관리팀의 최 주임과 동료 경비원 오 씨가 먼저 와 있었다.

"가만있자, 곤돌라를 어떻게 작동하더라?"

최 주임이 중얼거리면서 열쇠를 끼워 넣어 콘솔을 열었다. 레버를 움직이자 철망이 둘러쳐진 쥐덫 모양의 커다란 사각상자가 건물 가장자리를 따라 깔린 레일 위로 끼익 소리를 내며 움직였다. 그는 레버를 움직였다 멈췄다를 반복하더니 이

읐고 건물 아래로 죽 뻗어내린 굵은 강철 와이어에 곤돌라 고리를 끼워 넣었다. 그러더니 오 씨와 나를 번갈아 쳐다보았다.

"두 사람이 내려가서 저놈을 끌고 와요."

빌딩풍이 몰아치는 400미터 상공에서 아래를 내려다보니 어찔어찔 현기증이 났다. 나는 엉덩방아를 찧는 시늉으로 뒷걸음을 쳤다. 그 와중에 요란한 사이렌 소리를 울리며 딱정벌레 같은 소방차가 줄지어 호텔 정문으로 들어오더니 노란 옷을 입은 소방대원들이 차에서 뛰어내렸다. 그러고는 아이가 올라간 쪽의 건물 벽 아래 화단 근처에 뭔가를 설치하는 모습이 꼬물꼬물 보였다. 에어매트를 펼치는 것 같았다.

"……최 주임, 나는 내려다보기만 해도 도무지 오금이 저려서……"

내가 엉금엉금 기는 시늉을 하자 최 주임이 노려보았다.

"보슈, 이 씨 아저씨. 그럼 나랑 오 씨가 내려가란 소린데, 아저씨가 곤돌라 작동이나 할 줄 알아요? 이 곤돌라는 독일제 최신 제품이어서 엄청 안전하다구. 겁먹을 거 없어요. 접때 외벽 유리 교체하러 왔던 업체 사람들도 타보고는 일하기 너무 편하더라는데 뭘 그래."

나는 하는 수 없이 오 씨를 따라 곤돌라 안으로 엉금엉금 기어들어갔다. 큰 짐을 옮기거나 외벽 유리창 청소 따위에 쓰이는 것이라 곤돌라는 생각보단 넓었지만 밑을 내려다보니 역시 까마득한 게 다리가 후들후들 떨렸다.

곤돌라가 와이어를 물고 건물 외벽을 따라 천천히 하강하자 끝없는 수렁으로 쏙 빠져드는 느낌이 들었다. 나는 다시 어찔거려서 눈을 질끈 감았다. 글쎄, 한 번도 타본 적은 없지만 놀이동산에서 젊은 애들이 환성과 비명을 지르는 자이로드롭이란 걸 타면 이런 느낌이 들까. 그런 소동의 와중에도 그 녀석은 도롱뇽처럼 건물을 타고 끈질기게 기어올라왔는데 이윽고 곤돌라가 70층, 그 아이 옆에서 멈췄다. 질끈 감았던 눈을 뜨자 외벽에 찰싹 붙어서 난간에 발을 딛고는 창틀을 두 손으로 붙잡고 서 있는 그 아이의 모습이 눈에 들어왔다. 손가락 마디마다 테이프를 친친 감고 있었고 손바닥엔 횟가루를 잔뜩 묻히고 있었다. 시선이 맞부닥치자 아이는 천진한 표정으로 씨익 웃어 보였다. 오 씨가 한 대 칠 듯이 아이를 노려보면서 악을 썼다.

"이 자식아! 지금 너 뭐 하는 짓이야! 당장 이리로 건너오지 못해?"

그 아이는 난감한 표정을 지었다.

"아저씨, 이제 거의 다 올라왔는데 그냥 끝까지 올라가면 안 돼요?"

"지금 뭐라는 거야? 떨어져 뒈지고 싶어? 이 자식이 누굴 경치게 하려고…… 당장 여기로 오지 못해?"

얼굴을 사납게 때리고 지나가는 빌딩풍에 두 사람의 말소리가 이어졌다. 끊어졌다 했다. 아이가 좀체 곤돌라로 건너오려고 하지 않자 오가 난감한 표정으로 나를 돌아보았다. 나는 곤돌라의 난간을 움켜쥐고 아이를 달랬다.

"애, 그러지 말고 얼른 여기에 올라타렴. 너 때문에 어른들이 다들 걱정하지 않니? 저 봐, 벌써 소방차까지 왔잖아."

아이는 땅 밑으로 시선을 내려 바닥에 꼬물거리는 사람들을 보았다. 그러고도 한참을 붙어서 있다가 몇 차례 채근을 받고서야 마지 못해 아쉬운 표정으로 곤돌라 턱에 발을 걸쳤다. 그리고 가볍게 곤돌라 안으로 뛰어 들어왔다. 날도마뱀이 나무와 나무 사이를 나르듯 날렵한 움직임이었다. 아이가 오르자 오 씨는 손나팔을 만들어 옥상의 김 주임에게 고함을 쳤다.

"올라왔어요. 끌어올려요."

다음 순간 곤돌라는 스르르 와이어를 타고 올라갔다. 나는 그때까지도 오금이 저려서 곤돌라 턱을 꼭 붙들고만 있었는데, 오 씨가 한 대 칠 기세로 아이에게 눈을 부라렸다.

"이 새끼야. 여기가 어딘 줄 알고 기어올라? 여기가 지상 400미터 상공이야 이 자식아. 아, 이 새끼 때문에 간 떨어지는 줄 알았네."

그러거나 말거나 아이는 주눅 들지 않고 주위를 둘러보며 탄성을 질렀다.

"와. 여기서 보니까 경치 끝내주네요. 한 시간만 더 기어오르면 옥상까지 올라갈 수 있었는데……"

가까이서 보니까 아이의 얼굴은 더 어려 보였다. 오종종한 얼굴에 까맣게 그은 피부가 얼핏 동남아시아 소년 같아도 보였다. 장난기 가득 실린 눈으로 곤돌라 아래 몰려선 사람들을 내려다보는 아이의 얼굴에는 끝마치지 못한 모험에 대한 짙은 아쉬움이 묻어 있었다.

곤돌라가 옥상에 멈춰서자 오 씨가 아이의 덜미를 낚아채 끌고 올라갔다. 그리고 뒤통수를 손바닥으로 갈겼다.

"이 새끼야, 할 장난이 따로 있지. 이 높은 빌딩을 맨몸으로 기어올라서 어쩌자는 거야. 너 때문에 우리가 경을 치게 생겼어. 경찰이고 소방까지 잔뜩 몰려와 난리법석이잖아. 봐!"

"장난친 거 아닌데요?"

"이 자식이 뭐라는 거야? 넌 이제 콩밥이야. 이 미친놈 때문에 골탕 먹은 거 생각하면 아직도 가슴이 벌렁거리는구만."

최 주임과 오 씨가 아이의 양팔을 하나씩 끼고 엘리베이터로 끌고 갔다. 나는 하릴없이 뒤따라갔는데, 오 씨에게 머리를 쥐어박히면서도 정작 그 녀석은 별일 아니란 듯 히죽이 웃었다.

로비로 내려오니 신고를 받은 경찰이 기다리고 있었다. 최 주임이 아이를 인계하자 경찰이 순찰차에 태우고 사라졌다. 소방관들이 건물 화단 잔디밭에 깔아놓았던 에어매트를 수거하자 소방차가 떠났고 몰려섰던 구경꾼들도 하나둘 흩어졌다. 무슨 불호령이 떨어지려나 경비실에 돌아와서도 잔뜩 목을 움츠리고 있는데 김 과장으로부터 호출을 받은 것은 삼십 분쯤 후였다.

"경찰에서 연락이 왔는데, 참고인 진술을 받아야 한다는군. 이 씨가 좀 다녀오슈."

"참고인…… 진술이라고요?"

"아, 그놈을 건조물 침입과 업무방해죄로 고발했단 말요. 그러니 그 녀석이 침입한 경위 따위를 경찰에 가서 설명하라는 거지."

"내가, 내가 말이오? 나는 들어오는 걸 보지도 못했는데……"

"허. 이 양반이 참…… 보안 근무자가 외부인이 무단 침입한 걸 적발해내지도 못한 게 무슨 자랑이라고? 그러니 첨부터 젊은 친구를 뽑았어야 하는 건데. 이 씨가 업무 담당자니까 잔말 말고 얼른 다녀와요. 어딘지 알지요? 해운대경찰서 형사과…… 후딱 다녀와서 보고해요."

그러고는 그는 워키토키를 팍 끊어버렸다.

나는 하는 수 없이 내실로 들어가 근무복을 벗고 옷걸이에 걸어두었던 후줄근한 남방셔츠로 갈아입었다. 그리고 버스 정류장까지 터덜터덜 걸어갔다. 한여름의 햇살이 따갑게 잔등에 내리꽂혔다.

형사과는 경찰서 별관 건물에 있었다. 복도에서 이리저리 헤맨 끝에 사무실을 찾아갔더니 의무경찰이 어떤 방으로 데려갔다. 신문실인 모양이었는데 바깥에서 들여다볼 수 있도록 커다란 통유리가 달려 있었고 천장에는 시시티비가 매달려 있었다. 책상을 사이에 두고 반팔셔츠를 입은 사내가 컴퓨터 자판을 두드리고 있었는데, 맞은편 철제 의자에 아이가 쭈그려 앉아 있었다. 들어서는 기척에 형사가 눈을 치켜떴다.

"저는 드림시티 경비원인데요, 회사에서 가보라고 해서 왔소만……"

사십대 초반의 형사는 나를 아래위로 흘끗 훑어보더니 턱짓으로 빈 좌석을 가리켰다. 엉거주춤 엉덩이를 내리는데 사내가 들으라는 듯 혼잣말을 흘렸다.

"거참…… 책임자더러 와서 진술하랬더니 무슨 경비원을 보내?"

그러더니 다시 아이에게 고함을 질러댔다.

"이 녀석아, 그러니까 그게 말이 되냐구. 아무 이유도 없이 그 높은 빌딩을 맨몸으로 기어올라갔단 말야?"

"……그것도 스포츠인데요. 외국에선 많이 한단 말이에요. 동영상을 찍어서 유튜브에 올리기도 하구요."

"허, 이놈. 정말 보자 보자 하니……"

형사는 이맛살을 잔뜩 찌푸리고 한 대 칠 듯 아이를 노려보더니 이윽고 내게 시선을 돌렸다.

"거, 애가 호텔에 침입해서 벽을 타고 오른 경위를 좀 이야기해보세요."

나는 주섬주섬 60층 객실에 들어가서 벽을 사이에 두고 마주 봤던 일, 김 과장의 지시에 따라 옥상으로 가 곤돌라를 타고 내려가서 아이를 태우고 올라온 일 따위를 설명했다. 형사는 성의 없는 표정으로 자판을 두드렸다. 그러구러 한 삼십 분쯤 앉아 있을 때였다. 나를 안내해준 의경이 신문실의 문을 열고 고개를 내밀었다.

"김 형사님, 과장님이 잠깐 와보라시는데요?"

"뭔 일이야? 지금 피의자 신문 중이잖아."

문을 나서면서 그는 의자에 쭈그린 우리를 휙 돌아보더니 의경에게 말했다.

"내가 갔다 올 때까지 여기서 지키고 있어. 한눈팔지 말고……"

그는 십 분쯤 있다가 되돌아왔다. 무엇이 못마땅했던지 그는 인상을 찌푸린 채 아이에게 눈을 부릅떠 보였다.

"짜샤, 너 재수 좋은 줄 알아. 최소한 몇 달은 콩밥을 먹이려고 했더니…… 어린놈이 말야, 왜 남의 빌딩에 기어올라서 속을 썩이고 그래? 인마, 여러 사람 놀라게 하고 고생시키고…… 출동한 경찰도 경찰이지만 너 땜에 소방차가 몇 대나 출동했는지나 알아? 그것도 다 나라 세금이야, 이놈아."

그러더니 그는 한마디 던졌다.

"마, 여기 사인하고 썩 꺼져."

무슨 말인가 싶어 쳐다보았더니 그는 의자를 빙그르 돌려버렸다.

"훈방하래요. 댁네 호텔에서 고소를 취하했다나. 아저씨도 여기 사인하고 돌아가슈."

눈치로 보아하니 건물주가 업무방해죄 따위로 고소하는 것 말고는 무단으로 건물 외벽을 기어올랐다고 해서 딱히 처벌할 법규는 없는 모양이었다. 나는 진술서에 서명하고 경찰서 건물을 빠져나왔다. 어느새 저녁 일곱시가 지나 있었는데, 거리엔 으스름이 엷게 깔려 있었다.

계단 앞에서 나는 김 과장에게 전화를 걸었다.

"……그 애가 훈방 조치된 모양이오만. 회사에서 고소를 취하했다던가……"

"아, 그거. 기자에게서 홍보실로 전화가 왔던 모양이데? 누군가가 제보를 한 모양이야. 윗선에서 피의자가 아직 미성년이고 딱히 피해 입은 것도 없는데 굳이 형사처벌을 받게 했다가 공연히 신문에라도 한 줄 나오면 좋을 게 없다고 생각한 거 같아요."

"저…… 호텔로 갈까요? 지금쯤 야간근무자가 출근해 있긴 할 텐데……"

"아, 뭐. 그럼 바로 퇴근하슈. 오늘 같은 일이 다시는 일어나지 않도록 하고……"

전화를 끊고 담배를 피워 물고선 길게 연기를 뿜어내는데 녀석이 유리문을 밀치고 계단 쪽으로 나왔다. 나와 눈이 마주치자 조금 면구해하는 표정으로 고개를 꾸벅 숙여 보였다. 나는 지나치는 녀석을 불러세웠다.

"얘!"

녀석은 멀뚱히 나를 바라보았다. 나는 다가갔다.

"인석아. 어쩌자고 그런 짓을 했어?"

"……"

"거기가 어디라고…… 아차 하는 순간에 손이라도 미끄러지면 그야말로…… 어휴, 지금 생각해도 간이 오그라드네."

녀석은 내 지청구가 성가신 듯 불안정하게 주위를 두리번거렸다. 건물을 기어오를 때의 장난스런 모습은 가뭇없이 사라지고 지치고 맹한 눈빛이었다.

"도대체 무슨 생각으로 그 높은 델 기어올라갔어? 죽기라도 할 작정이었어?"

"아니라니까요! 그런 건……"

"그럼 뭐?"

"그건 빌더링이라고 해서 스포츠의 하나란 말이에요."

"……빌더링?"

나는 도무지 이해할 수 없었다. 빌더링이고 발라당이고 도심의 아찔하게 높은 빌딩의 외벽을 보조장비 하나 없이 맨몸으로 타고 오르는 게 스포츠라니. 나는 다시 물었다.

"이 녀석아. 높은 곳을 기어오르고 싶거들랑 경치 좋은 산으로나 가지 하필 사람이 복작거리는 빌딩이냐?"

"……"

아이는 아무 말도 하지 않았다. 나는 그쯤에서 자리를 뜰 생각을 했는데, 갑자기 시장기가 몰려왔다. 아무도 없는 빈집에서 혼자 밥을 깨작거리기도 귀찮은 생각이 들어서 나는 눈에 띄는 대로 한 끼 때울 작정을 했다. 아이의 얼굴에 시선이 닿았는데 새카맣게 마른버짐이 핀 아이의 얼굴에 시장기가 떠올라 있었다.

"너, 점심이나 먹었니?"

"……"

"이 녀석아. 끼니도 거르고 이게 무슨 짓이냐? 나랑 같이 가자."

"그럼…… 할아버지가 사주시는 거예요?"

아이를 데리고 경찰서 정문을 나서니 돼지국밥집이 눈에 띄었다. 휘장을 걷고 들어서자 아이도 주춤주춤 따라 들어왔다. 나는 국밥 두 그릇과 소주 한 병을 시켰다. 김이 설설 나는 국밥이 탁자 위에 놓이자 나는 그 애에게 수저를 건넸다. 그 애는 말간 눈으로 나를 살피다가 이윽고 숟가락을 쥐었는데 처음엔 눈치 보듯 조심스레 숟갈질하다가 마침내 정신없이 퍼먹기 시작했다. 국물까지 들이마신 그 애는 이마에서 흘러내린 땀을 맨손으로 훔쳤다.

"이름이 뭐야?"

"손…… 병수인데요."

"몇 살이야?"

"……열아홉 살인데요."

나는 반나마 남은 그릇을 그 애에게로 밀어주었다. 그 애는 다시 나를 살피고는 그릇을 당겨 허겁지겁 퍼넣었다. 그 애가 그릇을 비우는 동안 나는 썬 양파를 안주 삼아 자작으로 소주를 마셨다. 식당을 나섰을 때는 거리에 어둠이 완전히 내려앉아 있었다. 건너편 건물에선 노래방과 술집의 네온사인이 번쩍이며 돌아가고 있었다. 나는 그 애를 돌아보았다.

"너, 어디 갈 데는 있니?"

"······"

병수란 이름의 그 아이는 시무룩해져서는 고개를 숙인 채 등산화로 아스팔트 바닥만 툭툭 긁을 뿐 말이 없었다. 이렇게 해줄 것까진 아닌데, 하면서도 나는 그 애에게 충동적으로 말을 건넸다.

"너, 우리 집에 같이 가련? 오늘 밤은 재워주마."

그 애는 그게 무슨 말이냐는 듯 나를 바라보았다. 말을 꺼내고 나니 멋쩍어져서 나는 헛기침을 했다.

"잘 데가 없는 것 같아서 하는 소리야. 대신 오늘 하루만이야."

나는 혼자 휘적휘적 버스 정류장으로 걸어갔다. 병수는 멀뚱히 서 있더니 이윽고 나를 쫓아왔다. 함께 재송동행 버스를 기다리는데 무턱대고 낯선 애를 집에까지 들이다니, 내가 공연한 선심을 썼나 싶은 생각이 뒤늦게 들긴 했다. 정류장 도로의 가로등 아래에선 그 애의 비쩍 마른 그림자가 버마재비처럼 도로에 길게 드리워졌다.

그게 반년간의 그 애와의 동서 생활의 시작이었다. 조명이 흐릿한 계단을 올라 5층의 열다섯 평짜리 낡은 시영 아파트에 들어서자 하루 내내 갇혀 있던 퀴퀴한 시간의 냄새가 코를 찔렀다. 나는 더듬더듬 벽에 붙은 스위치를 눌렀다. 아이가 내 뒤를 따라 거실로 들어와서는 이리저리 돌아보았다.

"여기서 할아버지 혼자 살아요?"

방은 두 개뿐이었는데 나는 안방 장롱에서 요와 이불을 가져다 화장실 옆에 붙은 골방에 부려놓았다.

"좀 좁겠지만 여기서 자거라."

"침대는 없어요?"

나는 쓴웃음을 지었다.

"남의 집에 빈대 붙는 주제에 그 녀석 말도 많네. 얼른 자거라."

늙어지면 잠이 없는 법이다. 안방에서 뒤척이다 잠이 들었는데 꿈에 죽은 마누라가 보였다. 눈을 떠보니 희뿌연 빛이 창으로 새어 들어왔는데 탁상시계를 보니 네시였다. 누운 채 한참 동안 뒤척거리다가 자리에서 일어났다. 화장실에 들르는 길에 곁방의 문을 열어보았더니 병수는 이불을 발로 찬 채 한잠이 들어 있었다. 새벽빛에 드러난 아이의 깡마른 몸이 안쓰러웠다.

김치찌개를 끓이고 달걀을 부쳐 밥상을 차렸다. 마누라가 드러누운 이래로 몇 년 동안 해오는 일이지만 밥을 지어 먹는 일은 여전히 서툴고 처량하다. 나는 병수를 흔들어 깨웠다. 아이는 여기가 어디지? 하는 시선으로 두렷두렷 주위를 둘러보더니 나와 시선이 마주치자 씩 웃었다.

"아침 먹어야지. 얼른 일어나서 세수하고 오너라."

부엌의 2인용 식탁에 마주 앉았는데 녀석은 홀아비살림이 무어 그리 신기한지 연신 둘레둘레 살폈다. 그리고 어젯밤에 했던 소리를 또 했다.

"할아버지 혼자 사시는 거예요? 할머니는 안 계세요?"

"이 녀석아, 잔말 말고 밥이나 먹어."

병수는 달걀부침 하나를 집어 한입에 넣고 우물거리더니 숟가락에 밥을 듬뿍 떴다. 김치찌개 국물을 후루룩 들여 마시던 그 아이는 환하게 웃었다.

"할아버지, 김치찌개 맛있어요. 이런 집밥 먹어본 지 정말 오래됐는데……"

늘 혼자 대충 지어 깨작거리다가 누군가와 집에서 함께 밥 먹는 것도 오랜만이란 생각이 스쳤다. 냄비에 숟가락을 번갈아 집어넣어 찌개를 떠먹다 보니 어쩐지 녀석이 가족 같은 느낌조차 들었는데, 나는 서울에 사는 중학생 손자 생각이 났다.

밥을 먹으며 나는 그 애와 두런두런 이야기를 나누었다.

"부모님은 없어?"

병수의 얼굴이 흐려졌다.

"초등학교 3학년 때 아빠가 교통사고로 죽고 엄마가 집을 나갔어요. 어릴 땐 할머니에게서 자랐고요."

"그래선?"

"할머니가 돌아가시자 삼촌이 보육원에 넣어줬어요. 특성화고등학교에 다니다가 재작년에 때려치웠어요. 열여덟 살이 되니까 독립하라고 해서 아는 형들이랑 가출팸을 만들어서 광안리에서 방을 빌려 살았거든요."

"가출팸이란 게 뭔데?"

"그런 게 있어요. 집이 없거나 집을 나온 애들끼리 방을 빌려서 함께 사는 거예요."

"저런…… 생활비나 방세는 어떻게 하니?"

"뭐, 이런저런 일을 닥치는 대로 하는 거죠. 나이를 좀 먹은 형들은 공사판에도 나가고, 편의점에서 알바도 뛰고…… 그랬는데……"

"그랬는데?"

병수는 망설이더니 내가 계속 채근하자 띄엄띄엄 이야기를 풀어놓았다. 같이 있던 형이 필로폰 같은 마약 드라퍼 노릇을 하다가 경찰에 달려갔다는 거다. 드라퍼란 게 뭐냐고 물어봤더니, 지들끼리는 '던지기'라고도 부르는데 마약 조직의 지시에 따라 마약을 담은 봉투를 지정된 장소에 던져놓는 일을 하는 사람이란 거다. 마약 공급책과 구입자들은 대개 인스타그램이란 것으로 거래하는데, 돈이 입금되면 지정된 시간에 으슥한 빌라의 우편물 통이라거나 골목 전신주의 콘센트 함에 던져놓으면 구매자가 찾아가는 방식이라고 했다. 어떤 때는 식당의 에어컨 실외기 틈에 끼워둔다고도 했다.

"근데, 그 형이 달려간 다음 같이 살던 또 다른 형이 그 마약 조직에 끼었는데 그 형이 자꾸 내게 드라퍼를 하라는 거예요. 보육원을 나와서 갈 데가 없어 가출팸에 들어가긴 했지만 저는 그런 짓은 하기 싫었거든요. 하고 싶은 일이 있는데 감방에 들어가면 안 되잖아요? 안 한다니까 협박도 하고 때리기도 하고…… 그래서 얼마 전에 팸을 나왔어요. 나오고 보니 갈 데가 없어서 밤엔 역에서 노숙하기도 하고 공원 벤치에서 자기도 하고……"

하고 싶다는 일이 무어냐니 녀석은 웃기만 하고 답하지 않았다. 출근하느라 현관을 나서면서 나는 설거지를 하는 아이의 뒤통수에 한마디 던졌다.

"네 사정이 그렇다면 당분간 이 집에서 지내도 된다. 그렇다고 무한정 있어도 좋다는 건 아냐. 니가 뭐든지 일자리를 잡아서 독립할 수 있을 때까지만. 일자리를 잡으면 네가 먹을 식비는 내도록 해라. 그냥 빈둥거리겠다면 지금 당장 나가구."

녀석은 나를 살피는 눈길로 바라보았다.

"……정말, 그래도 되는 거예요?"

나는 고개를 끄덕여주었다.

내가 그렇게 말한 것은 무어 특별히 좋은 일을 하겠다기보다는 마약이 어쩌고 하는 소리를 들었을 때 그 아이를 그대로 내보내선 안 되겠다는 생각이 들었기 때문이다. 어차피 방이야 비어 있는데 녀석을 데리고 있으면 덜 적적하겠다는 생각도 스쳐 갔을 거다.

퇴근길에 집 앞 시장에서 고등어 한 손을 사 들고 갔더니 녀석이 얌전히 집에 있었다. 마루와 안방이 깨끗하게 치워져 있었고 부엌의 그릇들도 뽀득뽀득 씻겨 얌전히 스테인리스 살강 위에 포개져 있었다. 전기밥솥에서 치익치익 김이 솟아오르고 있었다. 내가 고등어를 구우려고 하니 녀석이 내게서 프라이팬을 빼앗았다.

"저, 등산을 자주 다녀서 이런 거 잘해요."

병수가 고등어를 굽는 동안 나는 공기에 밥을 푸고 냉장고에서 김치와 절인 깻잎 따위를 꺼내 식탁에 늘어놓았다. 좁은 부엌에서 어깨를 부딪치며 저녁 준비를 하다 보니 아내가 멀쩡하고 아들이 고등학교 다니던 옛날 생각이 났고 어쩐지 살붙이가 생긴 느낌이 들어서 마음이 부드럽게 풀렸다.

녀석은 약속대로 일자리를 구했다. 배달 기사 일이었다. 오토바이가 필요하대서 나는 중고 살 돈을 빌려주었다. 주로 포장음식 배달이었는데 배달하는 거리에 따라 건당 삼천 원에서 오천 원이라고 했다. 위험하지 않겠냐고 걱정을 했더니 녀석의 말이 그랬다.

"할아버지, 저 오토바이 잘 타요. 팸에 있을 때 친구들과

밤에 많이 돌아다녀봤거등요. 머플러를 개조해서 쾅쾅쾅 소리를 내면서 도로를 달리면 얼마나 재밌다구요."

"에라이, 이눔아. 니가 바로 그 심야 폭주족이었구나. 너 또 그런 짓 하면 당장 쫓아낼 테다."

"안 해요, 이젠……"

배달 건수에 따라 수입이 들쭉날쭉해서 시간이 돈이라고 했다. 나는 병수를 은행에 데려가서 계좌를 개설해주고는 돈이 생기는 대로 꼬박꼬박 저축하라고 일렀다. 일이 힘든 모양이어서 아이는 밤늦게 돌아오면 씻는 둥 마는 둥 제 방에 고꾸라져 잠이 들었다. 아침에 방문을 열어보면 새우처럼 꼬부라진 아이의 입에서 끙끙 앓는 소리가 들려서 안쓰러웠다. 서너 달 지나 일이 익숙해지면서 수입도 조금씩 느는 눈치였다. 돈이 모이면 중장비 기술 같은 것이나 배우라고 했더니 녀석은 고개를 가로저었다.

"저는 돈 모아서 할 일이 있어요."

할 일이란 게 무어냐고 물었더니 병수는 씩 웃기만 하고 답을 하지 않았다. 배달 라이더 노릇이란 게 쉬는 날이 따로 없는 대신 아침엔 한가한 모양이었는데 내가 출근하려고 보면 녀석은 러닝셔츠 차림으로 거실에서 팔굽혀펴기와 윗몸일으키기 운동을 했다. 양쪽 손의 엄지와 검지 두 개로 온몸을 떠받치고선 수십 번씩 거뜬하게 팔을 굽히고 펴고 했는데 그럴 때마다 야윈 팔 위의 어깨 근육이 풍선처럼 부풀곤 했다. 악력과 복근을 키우려면 하루도 운동을 걸러서는 안 된다는 게 녀석의 지론이었다. 체력을 키우겠다면서 뒷산 산행로를 뛰어 오르내리기도 하고 체육공원에서 역기와 벤치프레스 따위도 하는 눈치였다. 나는 녀석이 왜 그러는지 대강 짐작할 만했지만 아는 체는 하지 않았다.

그렇게 가을이 가고 겨울이 왔다. 성탄절과 연말이 다가오자 그 애는 몹시 바빠졌다. 밤 열두시가 가까워서 들어오는 날도 적지 않았고 오후 느지막이 나가던 출근도 빨라졌다. 낮에도 배달시켜 먹는 사람들이 늘어났다는 거다. 힘든 모양인지 하루는 코피까지 흘리는 것이었다. 너무 무리하지는 말라고 일렀지만 녀석은 들은 척도 않았다.

제야의 밤이었다. 밤 열한시쯤 녀석이 들어왔다. 내가 문을 열어주자 녀석은 손에 든 하얀 비닐봉지를 들어 보이며 환하게 웃었다. 봉지에는 치킨을 담은 종이 상자와 소주 두 병이 들어 있었다.

"이거, 제 거래처 사장님이 줬어요. 배달이 취소된 거래요. 오다가 할아버지 드리려고 소주도 사왔어요."

"이 녀석아. 야밤에 무슨 술이야? 뭐 하러 쓸데없이 돈을 써?"

"헤헷…… 이번 연말에 저 돈 많이 벌었어요. 지금이 우리한텐 대목이거등요. 한탕, 한탕 뛰는 게 다 돈이라니깐요. 제가 돈을 얼마나 모았나 보실래요?"

그러더니 녀석은 핸드폰을 꺼내 인터넷뱅킹 앱을 열어 제 저금 액수를 보여주었다. 대여섯 달 일했을 뿐인데다 내게 오토바이 값을 매달 갚기도 했고, 저 먹는 쌀이나 반찬값은 보냈는데도 제법 큰 숫자가 새겨져 있었다. 나는 적이 감탄했다.

"너 돈 많이 모았구나."

녀석은 자랑스러움과 쑥스러움이 뒤섞인 표정으로 씩 웃었다. 치킨을 좋아하지 않는데다 늦은 시간에 밤참을 입에 대는 게 부담스러웠지만 나는 병수와 마주 앉았다. 그 애가 내게 소주를 따라주었다. 이가 시원치 않아서 나는 닭 다리 하나를 오래 우물거렸는데 배가 고팠던지 아이는 허겁지겁 먹어 치우고는 아쉬운 듯 양념 묻은 입술을 핥았다. 거실에 켜둔 텔레비전에서 보신각 종소리가 뎅뎅 울렸다.

"너, 그렇게 돈을 모아서 어디에 쓰려고 하냐?"

"헤헷, 아직 이걸로는 어림도 없어요."

"……얻다 쓸 건데?"

"헤헷……"

"말해봐, 이 녀석아."

"돈을 모아서는 해외여행을 다닐 거예요."

"……해외여행?"

녀석의 대답이 엉뚱해서 나는 뜨악하게 되물었다. 녀석은 해맑은 표정으로 웃었다.

"이 세상의 높은 건물들을 죄다 빌더링할 거예요. 빌더링이란 말은 빌딩과 암벽등반을 뜻하는 볼더링을 합친 말이예요. 할아버지, 두바이란 도시 알아요? 거기에 부르즈 할리파란 빌딩이 있거든요. 세계에서 제일 높은 빌딩인데 163층에 높이가 829미터예요. 그다음 높은 건물은 도쿄에 있는 도쿄 스카이트리인데 634미터이고요, 그다음으론 632미터인 상하이 타워, 그리고 그다음으론 메카에 있는 601미터짜리 아브라즈 알 바이트 클라크 타워, 다음은 중국 선전에 있는 핑안국제금융센터이고 여섯번째가 서울에 있는 555미터짜리 롯데월드이고……"

녀석은 개그 프로의 수다맨처럼 빠르게 주워섬겼다. 나는 녀석의 입에서 줄줄 흘러나오는 듣도 보도 못한 건물들의 이름을 입을 벌리고 듣다가 말을 끊었다.

"그 높은 건물들을 죄다 기어오른다구? 너 제정신이냐?"

무슨 말이냐는 듯 녀석은 말가니 나를 바라보았다.

"뭐, 당장 다 오르겠다는 건 아니구요. 우선 롯데월드부터 시작해서 차례로…… 하지만 하나씩 하나씩 하다 보면 언젠가는 다 기어오를 수 있겠죠. 세계 10대 건물을 완등하는 게 제 꿈이예요."

그러니까 유명한 등산가들이 에베레스트, 칸첸중가, 로체, 마칼루, 초유 따위 히말라야 14좌를 완등하는 식으로 인간이 세운 구조물들을 정복하겠다는 거였다. 허황하기도 하고 어처구니가 없기도 해서 나는 실소하지 않을 수 없었다.

"그 빌딩을 죄다 기어오르면 어떻게 되는데? 뭐 좋은 일이라도 생기느냐구."

"기어오르는 것 자체가 좋은 거죠. 세계 각국엔 세계의 높은 건물을 하나하나 빌더링하는 사람들이 많아요. 아직은 세계 10대 건물을 죄다 완등한 사람은 없지만, 그중에 몇 개 정도 오른 사람들은 여럿 있어요."

"그 높은 건물을 도대체 무슨 재주로 기어오른단 말이냐? 로프나 뭐 이런 것도 없이 맨몸으로?"

"아무리 높은 건물이라도 자세히 보면 발 디딜 홈은 있어요. 외벽이 유리로 조립돼서 겉으론 매끈해 보여도 위층으로 기어오를 만큼은 무언가가 튀어나와 있고요. 난간이라든가, 유리창 패널 사이 홈이라든가, 곤돌라 레일 같은 거요. 물론 몸이 가벼워야 하고 팔다리 근육 힘이 좋아야죠. 특히 작은 구멍에 손가락을 끼워 온몸을 버틴다든가, 발가락만으로 체중을 지탱할 수 있어야 해요. 그래도 가장 중요한 건 겁을 먹지 않는 거예요. 허공에 매달려서 아래를 내려다보는 순간 다리가 후들거리면 그걸로 끝이니까요."

나는 녀석의 진지한 설명을 들으면서 허참, 허참…… 연신 혼잣말을 내뱉었다. 젊은 애들의 말 중에 내가 알아듣지 못하는 게 어디 한둘이겠냐만, 아무런 보상도, 까닭도 없이 천야만야 아스라한 빌딩을 맨몸으로 기어오르는 짓은 아무리 해도 이해 불가였다. 나로선 할 수도 없는 일이지만 천만금을 준대도 마다할 짓이 아닌가.

　내 잔이 빈 것을 보고 그 애가 잔을 채워주었다. 나는 공연히 목이 말라오는 느낌이어서 그 잔을 한 번에 훌쩍 들이마셨다. 창 너머 큰길은 텅 비어 있었는데 맞은편 언덕의 교회 첨탑에 매달린 동방박사의 별이 홀로 점멸하고 있었다. 그리고 그 너머 아스라이 내가 일하는 드림시티 건물의 꼭대기가 산 너머로 삐죽 솟아 있었다. 나는 병수에게 다시 물었다.

　"근데, 그 빌딩을 기어오르려면 네 말마따나 등반 기술도 필요할 텐데 그건 어디서 배웠니? 그리고 도무지 모르겠구나. 왜 한사코 빌딩을 기어오르려고 하는 건지, 높은 곳에 기어오르고 싶다면 산에 가서 암벽등반을 하는 게 낫지 않니?"

　"첨엔 산에 올라갔었어요. 처음 산을 타기 시작한 건 고등학교 1학년 때 학교 등산반에 들어간 후였거든요. 첨엔 근교의 산을 트레킹하다가 조금씩 먼 곳으로도 갔구요. 선배들을 따라 산을 돌아다니는 게 좋았어요. 그러다가 암벽등반도 시작했어요. 그때부터 편의점 알바 같은 걸 하면서 돈을 모아 하켄이나 자일이나 카라비너 같은 장비도 하나씩 사들였어요. 주말에 우리가 주로 오른 곳은 영남알프스였는데요, 영축산 에베로릿지, 아리랑릿지 같은 곳…… 암벽에 가로로 죽 그어진 띠 모양의 받침대인 밴드를 타고 가거나 바위 사이 작은 틈인 크랙을 밟고 한 걸음씩 올라가는 거죠. 올라가다 지치면 침니라고 해서 몸 하나 겨우 끼워 넣을 수 있는 작은 바위 틈새에 등을 기대 쉬기도 하고…… 선배가 걸어놓은 자일을 타고 앞만 보며 직립한 버트레스를 기어오를 때면 숨이 머리끝까지 차오르죠. 그러다가 어느 순간 절벽이 사라지는데요, 피나클을 짚고 몸을 쑥 끌어 올리면 시야가 뻥 뚫리면서 푸른 하늘이 눈앞에 쏟아지는 거예요. 그때 기분은 말도 못 해요. 암벽 클라이밍이 올림픽 종목에도 들어 있거든요. 이왕 시작한 거 대회에도 출전해보자고 해서 영남알프스에 있는 인공암장에서 연습도 많이 했다구요. 거기엔 국내대회나 국제대회를 준비하는 클라이머들이 많이 오거든요. 콘크리트 벽에 설치된 알록달록 빨갛고 노란 플라스틱 홀더를 맨손으로 잡고 매달리거나 발을 딛고 꼭대기까지 올라가는 거예요."

콘크리트 인공절벽에 박아놓은 여러 모양의 플라스틱 받침대를 타 오르는 사람들을 텔레비전에서 본 기억이 나긴 했다. 나는 더 이야기해보라는 듯 고개를 주억거려주었다.

병수가 문득 말을 끊고 나를 바라보았다.

"할아버지, 혹시 '천사의 도시'라는 말 들어봤어요?"

"거, 뭐라더라. 엘에이, 로스앤젤레스란 도시를 말하는 거냐?"

"그렇죠. 근데, 로스앤젤레스는 도시 이름이고, 제가 말하는 건 「시티 오브 엔젤」이란 영화예요. 하긴 그 영화의 무대가 엘에이이긴 하지만요."

그러더니 그 아이는 눈매를 가느다랗게 좁히며 이야기를

시작했다.

"오래된 영화데요. 눈에 보이지는 않지만 도시 곳곳에 천사들이 인간들과 함께 살고 있거든요. 도서관이라든가, 마천루 꼭대기라든가, 병원이라든가…… 검은 옷을 입은 천사들은 아침마다 바닷가에 모여 하늘에서 내려오는 소리를 들어요. 그래선 죽은 사람의 영혼을 천국으로 데려가는 거예요."

"그럼, 저승사자 같은 거냐?"

"하여튼 그 비슷한 거예요. 세스라는 천사가 있었는데, 곧 죽을 영혼을 데리러 병원에 갔다가 환자를 살리지 못해 눈물을 흘리며 자책하는 매기라는 여의사를 보곤 한눈에 반해버려요. 그래서 매기에게만 자기 모습을 보여줘요. 서로 사랑을 하게 되는데 세스는 매기와의 사랑을 이루기 위해 인간이 되기로 결심해요. 그래서 원래 천사였다가 인간이 된 뚱뚱한 남자를 찾아가는데 둘이 높은 빌딩 옥상의 난간에 앉아서 도시를 내려다보며 이야기를 나누다가 방법을 알아내요."

"천사가 사람이 되고 싶어 한다니 이상한 이야기로구나."

"아이, 할아버지도…… 누군가를 사랑한다면 그럴 수도 있는 거지요. 하여튼, 높은 빌딩 꼭대기에서 자유의지로 지상으로 추락하면 인간이 된다는 거예요. 그래서 세스는 100층도 넘는 마천루 옥상 난간에서 뛰어내리는 거예요. 정신을 차려보니 손에 입은 상처에서 붉은 피가 흘러나와요. 뭐라더라, 예고편에 사랑을 얻기 위해 영원을 포기하고 인간이 된 남자,

그랬는데…… 근데 할아버지 자유의지란 게 뭐예요?"

"글쎄, 나도 잘 모르겠는걸."

"근데 말이에요. 검은 외투 자락을 펄럭이면서 빌딩 꼭대기
에서 아득한 지상을 내려보는 니콜라스 케이지란 배우의 뒷
모습이 너무 멋있는 거예요. 우울하다고 할까, 고독하다고 할
까…… 그 영화를 보면서 저도 초고층 빌딩의 옥상 난간에
올라서서 아득한 지상과 등불이 반짝이는 도시의 야경을 내
려다보고 싶었거든요."

"……그 사람은 떨어지기 위해서 빌딩에 찾아가지만 너는
기어오르려고 찾아가는 거잖니."

"에이, 몰라요. 제 말은 기어오르든 날아오르든 초고층 빌
딩 꼭대기에서 지상을 내려다보면 얼마나 멋있을까 하는 거
란 말예요."

"……"

"어느 날 등산반 친구가 핸폰 유튜브에서 동영상을 보여줬
어요. 어떤 외국 사람이 스파이더맨처럼 건물 외벽을 기어올
라가는 거예요. 그게 바로 빌더링이었거든요. 그걸 보자마자
이거다! 하는 생각이 들었어요. 자세히 보니 오르는 높이가
높아서 지구력이 필요하고 실전 게임이라서 훨씬 위험해 보
였지만 등반 자체는 인공암장보다 오히려 쉬워 보였어요. 그
래서 친구랑 함께 5층짜리, 10층짜리 건물부터 기어오르기
시작했지요. 도중에 들켜서 끌려 내려온 적도 많고 우리가 겁

을 먹어서 포기한 적도 있지만 그러다가 성공하기도 했지요. 완등에 성공하고서 건물 옥상에 올라서면 정말 기분이 좋아요. 눈앞에 쭉 펼쳐진 시가지라든가, 떨어지는 저녁 해가 빌딩 숲 사이로 사라지는 장면을 보면 산에서 내려다보는 것보다 더 멋있어요."

나는 병수를 마주 보았다.

"그러니까 아까 말한 거, 그 뭐냐, 자유의진가 하는 걸 그때 느낀다는 거냐?"

"자유의지란 게 무슨 말인지는 잘 모르지만 하여튼 도시의 빌딩에 올라서서 불어닥치는 맞바람을 맞는 기분은 말로 설명 못해요. 갑자기 몸의 중력이 사라져서 둥실둥실 자유롭게 하늘을 떠다니는 기분……"

"이 녀석아, 그럴 양이면 표를 끊고 롯데월드 전망대로 가서 내려다보면 되잖아. 아니면, 하다못해 로프 같은 안전 장비라도 하고 올라가든지."

그러자 녀석은 가볍게 웃었다.

"에이, 할아버지. 그게 무슨 맛이에요? 저는 천사가 아니니까 높은 건물 꼭대기로 휙휙 날아가지는 못하지만 기어서라도 올라가야죠. 그것두 오로지 맨몸으루 한 걸음, 한 걸음씩 말이에요."

병수의 어조가 하도 진지해서 나는 뭐라고 핀잔을 주려다가 입을 다물었다. 위험하기 짝이 없는 마천루의 꼭대기를 맨몸으로 기어오르는 게 삶의 목표라니. 요즘 젊은 애들의 생각이 오리무중인 줄이야 알지만 그래도 그렇지 녀석의 꿈이란 게 너무나 허황하고 가당찮아 보이긴 했다. 어쩌면 가난과 불우의 수렁에서 자란 그 애는 건물 외벽을 기어올라 그 꼭대기에서 이 세상을 내려다보며 뭔가를 외치고 싶은지도 모르겠다는 생각이 스치기는 했다.

그 애는 내 집에서 반년쯤 머물다가 홀연히 사라졌다.

어떤 날인가 낮 근무를 마치고 돌아오니 병수가 제 방에 널브러져 있었다. 한창 일이 바쁠 시간일 텐데 이상하다 싶어 들어가봤더니 녀석의 꼴이 말이 아니었다. 머리에 붕대를 싸매고 있었는데 벌겋게 피가 번져 있었다. 얼굴을 된통 갈았던지 이마와 관자놀이에는 스키드마크 같은 상처가 길게 그어져 있었다. 아이는 모로 누워 잠이 들어 있었는데 연신 끙끙 앓는 소리가 새어 나왔다.

"너 왜 이래?"

놀라서 아이를 흔들었더니 그 애는 힘겹게 눈을 떴다. 피멍든 눈두덩이 퉁퉁 부어올라 눈꺼풀을 채 들지도 못했다. 아이는 나를 보더니 울상 같은 웃음을 비시시 지어 보였다.

"별일 아니에요."

"별일 아니긴? 이 녀석아, 온몸이 만신창이가 됐는데……"

오후에 피자 배달을 하면서 달리는 자동차를 요리조리 피하며 오토바이를 모는데 갑자기 샛길에서 자동차가 쑥 빠져

나오더란 거다. 갑자기 눈앞을 가로막는 차를 피해 핸들을 급히 꺾다가 오토바이가 인도의 연석에 걸려서 자빠지는 바람에 튕겨 나가서 아스팔트에 내팽개쳐졌다는 거다. 오토바이는 제힘을 못 이겨 인도 너머 빵집을 덮쳐서 유리창이랑 진열장이 박살 났다던가. 튀어나왔던 승용차는 아무 일 없다는 듯 유유히 사라져버렸고 변상하라고 길길이 뛰는 빵집 주인에게 전화번호를 적어주고 오토바이를 담보로 잡혔다고 했다.

"그래서 병원에는 가봤어?"

"눈에 띄는 대로 동네 병원에 가서 응급치료는 받았어요. 항생제도 받았구요. 다리가 아프다니까 큰 병원 가서 정밀검사를 받아보라긴 했는데……"

"이 녀석아. 그럼 의사 시키는 대로 큰 병원으로 갔어야지……"

"……괜찮아질 거예요."

녀석은 상처 입은 개처럼 밤새도록 끙끙 앓았다. 다음 날이 저녁 근무여서 나는 오전에 한사코 마다하는 녀석을 데리고 병원으로 갔다. 머리에 시티 사진을 찍고 절뚝거리는 발목도 엑스레이로 찍었더니 발목뼈가 골절돼 있었고 뇌진탕 증세도 보인다며 며칠 입원하라는 것이었다. 병수는 입원해야 한다는 말에 겁을 집어먹은 것 같았는데 발목뼈에 금이 갔다는 소리에 더 신경을 쓰는 것 같았다.

"이 녀석아, 치료비 걱정일랑 나중에 하고 우선 낫고 봐야지."

6인 병실에 입원시켰는데 아이는 닷새 후에 발목에 깁스를 한 채 퇴원했다. 빵집 주인이 카톡으로 견적서를 보내와서 병원에서 뱅킹으로 송금했다는데 제 친구 배달 기사 애가 대신 받아 온 오토바이가 아파트 주차장 구석에 놓여 있었다.

퇴원한 지 열흘 후에 깁스를 풀자마자 아이는 집을 떠났다. 퇴근해서 돌아오니 탁자 위에 쪽지가 하나 놓여 있었다. 삐뚤빼뚤한 글씨가 눈에 들어왔다.

'할아버지, 저 떠나요. 친구랑 주문진이란 곳에 가서 고깃배를 타려고 해요. 일은 힘들어도 일당을 많이 쳐준대요. 배달일은 이제 좀 무섭기도 하고, 무엇보다 다리를 또 부러뜨리면 안 되잖아요. 열심히 일해 돈을 모아서 빌더링하러 외국에 나갈 거예요. 할아버지께 의논을 드리려고 했는데 못 가게 하실 게 뻔하잖아요. 할아버지께 계속 빈대 붙으면 안 될 것 같아서 죄송한 줄 알면서도 그냥 갑니다. 할아버지께는 한 달쯤만 신세지려 했는데 반년이나 죽치고 있을 줄은 저도 몰랐어요. 친할아버지처럼 잘해주셔서 너무 고마웠어요. 언제가 될지 모르지만 꼭 은혜 갚겠습니다.'

탁자 옆에는 종이 쇼핑백이 놓여 있었는데, 그 안에는 감색 털목도리와 가죽장갑이 들어 있었다. 언젠가 추운 날 퇴근해서 무심결에 순찰할 때 손이 시리더라고 한 말을 기억한 모양이었다. 글쎄, 녀석이 있을 때는 몰랐는데 갑자기 집이 텅 비고 썰렁한 느낌이 들어서 나는 좁은 아파트 내부를 한 바퀴 휘둘러 보았다.

그 애가 떠나고 난 일 년 후에 나는 경비요원 일에서 떨려났다. 애초 젊은 애들 일자리에 억지로 밀고 들어간 것이어서 미련은 없었다. 나이도 나이이고 몸도 예전 같지 않아서 더는 취직할 엄두를 내지 못한 채 얼마 되지 않는 국민연금과 동사무소에서 받는 구호품에 의지하는 신세가 되었다. 그래도 인근 교회에서 이따금 아주머니들이 찾아와 쌀 포대와 김치를 전해줘서 간신히 입에 풀칠은 하는 폭이다.

어쩌다 일이 있어 해운대 쪽으로 갈 때가 있는데 나는 언덕 위에 푸른 광채를 반짝이며 버티고 선 그 거대한 유리의 공중누각을 눈매를 가느스름하게 좁혀 물끄러미 올려보곤 한다. 여전히 위압적으로 도시를 내려다보고 있는 그 유리의 성을 볼 때마다 나는 병수를 떠올리곤 했다. 한여름 뙤약볕을 받으며 꼬물꼬물 기어오르던 무당벌레 같던 그 애의 잔등이를 생각하면 그 애와 보냈던 두어 철이 잇달아 떠오르곤 했다. 그럴 때마다 전 세계의 높고 높은 건물들을 죄다 기어오르고 싶다던 병수의 꿈도 생각났다. 녀석은 고깃배를 타고서 돈을 모았을까. 그래서 정말로 세계 이곳저곳의 높은 빌딩을 기어오르고 있을까. 그 애도 지금은 스물다섯이 되었을 텐데, 가끔 인터넷으로 뉴스를 검색하거나 유튜브에서 동영상을 찾아봐도 녀석의 이야기는 나와 있지 않았다. 지금도 녀석의 그 엉뚱한 꿈을 이해할 수는 없지만 나는 이왕이면 그 애가 제 꿈을 잃어버리지 않기를 바랐다.

레미 루시디가 추락사했다는 기사를 읽은 날 밤, 소파에 앉아 텔레비전을 보다가 까무룩 잠이 들었는데 꿈속에서 병수를 보았다. 녀석은 영화 속의 천사처럼 검은 망토를 걸치고서 두 팔을 벌린 채 긴 삼각형 꼴로 아스라이 솟은 빌딩의 통신탑 꼭대기에서 나를 내려다보고 있었다. 녀석의 뒤에는 금빛 석양빛이 후광처럼 둘러쳐 있었는데 그래서 그런지 리우데자네이루의 높은 벼랑 위에 선 거대한 예수상처럼도 보였다. 녀석의 모습은 작은 점처럼도 보였다가 금세 클로즈업되어서 얼굴이 가득 시야에 쏟아져 들어오기도 했는데, 석양빛에 반사된 그 애의 얼굴이 금빛으로 빛났다. 그 애는 제가 선 곳이 부르즈 할리파의 꼭대기라고 했다.

"할아버지! 올라와보세요. 여기선 정말 세상이 잘 내려다보여요. 사막도 보여요. 가슴이 탁 트여요! 내가 새가 된 것 같아요."

꿈속에서 나는 그 애에게 위험하다고, 얼른 내려오라고 외쳤던 것 같다. 그 애는 내 말을 들은 체도 않고 통신탑 꼭대기에서 공처럼 두 발을 통통 구르더니 마침내 새처럼 날아올랐다. 그리고 역광의 석양빛을 가로지르며 머나먼 사막 어디론가 날아갔다.

잠에서 깨었을 때 꿈속의 잔영이 남아서 가슴 한쪽이 선뜩하게 아파왔다. 해수 기침을 쿨럭이면서도 나는 베란다로 나가 담배를 피워 물었다. 어둠 속 산 너머 드림시티의 꼭대기가 두억시니처럼 나를 노려보고 서 있었다.

　어디서 날아온 것일까. 어두운 하늘 한쪽 끝에서 나타난 헬리콥터 한 대가 붉은 항행등을 깜빡이며 드림시티 위 검은 허공을 날아가고 있었다.

비관주의라는 희망

구모룡(문학평론가)

    소설가는 인물을 통하여 삶을 말하고자 한다. 작품을 읽으면서 그가 그려낸 인물상과 세계상을 먼저 만나지만 진지한 독자는 대개 여기에서 그치지 않고 작가가 지닌 세계관을 알고자 하는 습관이 있다. 더군다나 평소에 알고 지낸 작가라면 쓰는 솜씨는 물론 서술 대상과 방식에서 그의 목소리나 공유한 경험을 발견하고자 한다. 가령 「올레에서 만난 사람」에서 삽화로 등장하는 한 소설가 이야기는 나의 경험이기도 하여 읽는 동안 가슴이 먹먹하였다. 제주를 카메라의 앵글에 담은 김영갑처럼 그도 루게릭병을 앓다가 세상을 떴다. 삶보다 좌절로 인하여 죽음에 이끌리는 충동을 말하고 있는 단편이므로 가까운 친구의 죽음을 회상하는 일이 주인공에게 더욱 절실하게 다가온다. 「집」이 가장 온전하게 자전적 경험을 서술하고 있다면 「심연과 괴물」은 80년대 반체제 운동의 후일담을 전하면서 경험적 흔적을 적지 않게 드러낸다. 그만큼 작가는 자기 경험을 먹고 산다. 하지만 어떤 경우에도 경험 그 자체에 머물진 않으며 세계 인식을 직조하는데 그 의미를 따라 읽는 일이 유쾌하다. 한편 사회적인 화제를 끌어오거나(「도룡뇽의 꿈」, 「노다지」) 대중적인 영웅이나(「공 마에의 한국 비망록」) 일상생활의 사회 현상을(「편의점은 살아 있다」) 추적하기도 한다. 내적 경험에서 외부의 사건과 사물에 이르는 서사적 스펙트럼이 폭 넓고 그에 상응한 서술의 양상도 다양하다.

「집」은 집 없는 가족이 집을 얻는 과정을 가능한 객관을 유지하면서 일인칭 관찰자적 시점으로 서술한다. 그 모두에서 국내외의 역사적 사정을 장식적 요소로 배치하면서 작가는 그러한 거시적 현실이 아니라 미시적인 가족사를 서술하려는 의도를 분명히 하여 성장과 입사(initiation)의 내적 드라마를 전경화하기보다 구체적인 생활 세계의 면모를 드러낸다. 셋방에서 셋집으로 마침내 집을 얻기까지 일가족의 애환을 담담하게 서술한다. 세를 들 때와 주인이 되어 달라진 위치에서 변화하는 어머니의 표정을 그릴 때에 웃음을 유발할 만큼 실감을 자아내며 일가족 연탄가스 중독이라는 중대한 사건마저 차분하게 전달한다. 이로써 주관적 에세이가 아니라 단아한 소설로 격상하는데 특히 세든 '성자 누나'의 이야기를 부차적인 플롯으로 부가하면서 집 없는 삶의 의미를 다시 증폭하며 그녀가 주고 간 선물인 '마스코트 인형'을 후일 다시 발견하는 과정을 기억하는 데에 이르러 서정소설의 효과마저 불러온다. 「집」은 인물과 텍스트 외부의 작가 서술 사이에 간격이 거의 없는 동일성이 특징이다. 달리 성장소설 혹은 입사소설을 의도할 수도 있으나 작가는 절제된 시점으로 집이라는 주제로 구성의 벡터를 모아 단편의 미학을 완성한다.

강동수의 소설은 대개 전지와 객관의 교차를 통하여 작가와 인물 사이의 아이러니를 효과적으로 불러일으키는 서술을 구사한다. 「편의점은 살아 있다」는 그동안 편의점을 매개로 사회학적 접근을 시도한 소위 '편의점 소설'과 다른 실험적인 시점을 선택하고 있다. 감시를 목적으로 설치한 CCTV를 관찰의 시점으로 전도하는데 이는 단지 의인화에 그치지 않는다. 영화에서 카메라의 눈이 감독의 것이듯이 이 소설에서 '오버워처 2호'는 관찰이자 작가 전지가 섞이는 시점이다. 다시 말해서 실제 전지적 서술이나 장치에 의한 관찰이라는 객관의 효과를 불러오고 있다. 가능한 현실을 보이는 대로 제시하려는 의도의 반영이다. 이는 실질적인 관리와 감시의 주체인 '사십대 후반의 점장'을 관찰의 대상으로 포함하는 시선의 전도에서 극명하게 나타난다. 그러니까 편의점을 구성하는 사물과 인간뿐만 아니라 편의점을 드나드는 사람들과 그 주변의 행인과 군중, 심지어 고양이까지 서술의 대상이 된다. "계산대 위 천장"에 걸린 "호스팅 서버라고 해서 별것도" (11쪽) 아닌 사물을 주인공으로 격상하고 있다. 이러한 시점의 위치성은 어느 정도 인간상의 격하를 예고한다. 24시간 내내 전개되는 도시와 시민의 일상 풍경이 적나라한데 어느 하나 낙관을 불허한다. 텍스트 내의 작가가 서술자의 입을 빌려 설명하고 있는 편의점은 도시에서 일어나는 일들을 집약할 수 있는 입지에 놓여 있다. 본사의 지배를 받는 점장과 여섯 명의 비정규직 '에이전트'로 구성되는 내부자와 편의점을 드나드는 사람들과 거리를 활보하는 군상이 그 세목에서 매우 구체적으로 포착된다. 하루 동안에 편의점을 매개로 등장하는 사람들만으로도 세상의 일들을 알기에 부족함이 없다. 여기에다 지난 탄핵 국면 정국의 거리 사정을 배경으로 한다. 새벽 두시 넘어 담배를 사러 온 회사원을 시작으로, 아침으로 삼각김밥을 먹는 오피스텔에서 경리 겸 사환으로 일하는 소녀, 오후에 떼를 지어 나타나는 태극기 노인들, 저녁에 몰려드는 LED 촛불을 든 청년들, 택배 기사, 학원에서 단과 강의를 듣는 고교생들, 사무용 건물에서 쏟아져 나온 젊은 남녀들, 학원을 파한 한 떼의 고등학생들, 술 취한 진상들, 대리운전 기사 등 새벽부터 낮을 거쳐 저녁을 지나서 밤이 늦도록 편의점의 안팎에서, 젠더와 세대 그리고 계급이 다른 많은 사람의 부서지고 휘말리며 고통으로 일그러진 표정과 사연이 전개된다. 직원이든 고객이든 거의 유동적인 삶을 살아가는 사람들이다. 이들의 이야기는 행위와 대화를 통해 전달되는데 "일상을 채웠던 온갖 군상들이 사라진 쓰레기통 같은 거리"(42쪽)라는 표현처럼 희망 없는 세계처럼 비친다. "편의점의 불빛은 꺼지지 않는다. 편의점은 살아 있다"(42쪽)라는 마지막 서술은 결코 낙관적이지 않다. 오히려 작가가 지닌 비관주의를 웅변한다.

「편의점은 살아 있다」는 단순한 세태소설에 머물지 않고 어느 정도 자본주의 리얼리즘에 이르는 길목이 될 수 있다. 희망도 사랑도 없는 세계의 징후가 여기저기서 드러난다. 이 소설과 대척에 위치하면서 같은 맥락에 놓인 작품이 「공 마에의 한국 비망록」이다. 한때 우리 사회를 떠들썩하게 했던 세계적인 지휘자를 주인공으로 소환하여 자신의 발화로 이야기하게 한다. 서술의 방법은 일인칭 비망록 형식이다. 이는 자신이 최고라는 나르시시즘을 드러내기에 매우 적합하다. 내밀한 자기 고백의 서술을 통하여 주인공인 '공 마에'의 내면 풍경을 적나라하게 드러낸다. "나처럼 국제적 명성을 가진 희귀한 음악 천재와 악보도 제대로 읽지 못해 쩔쩔매는 그 숱한 예술 천민을 동급에 놓는다는 것 자체가 내게는 모욕"(54쪽)이라고 생각하는 그는 자기 이상의 나르시시즘에 빠져 있다. 그는 자신의 음악을 최상의 자리에 두는 위계 미학을 철저하게 견지하면서 경쟁을 가장 중요한 예술의 원칙으로 삼는 엘리티즘을 휘두른다. "이 바닥은 경쟁이 철칙 아닌

가. 실력이 있으면 살아남는 거고 없으면 도태되는 거다. 그게 자본주의이고 예술 하는 자들의 운명인 거다."(53쪽) 이와 같은 생각을 지닌 그는 또한 "한국인들은 개념도 없고 예의도 없지 않나"(53쪽)라고 말하는 자기화한 오리엔탈리스트이며 "귀중한 지구의 자원을 예술 한답시고 떠드는 천민을 먹여 살리는 데 낭비해선 안 된다는 게"(54쪽) 소신인 귀족주의자이다. 예외적 존재인 그는 최상의 예우를 받아야 하고 자신의 행위에 대하여 어떠한 비난이나 비판도 부당하다고 생각한다. 어떤 정치적이고 윤리적인 입장도 자신의 음악을 넘어설 수 없으므로 허용되어야 한다는 그는 확실히 현실과 다른 세계에 속해 있다. 심지어 그를 보호하기 위한 '최은경'의 변호나 아내의 공작조차도 틀린 일이 아니라고 생각한다. "야만의 함정에서 빠져나오려면 야만적인 방식을 동원할 수밖에 없지 않은가. 눈에는 눈, 이에는 이인 거다"(78쪽)라는 위험한 인간관을 견지하고 있다. 이처럼 작가는 '공 마에'의 비망록을 통하여 그의 인격을 해부하고 마침내 자기의 외부에 무지한 자기중심적 자아를 지닌 그를 풍자한다. 그는 그가 빠져나간 한국이 이상한 나라라고 생각하지만, 오히려 그가 사는 세계야말로 이상한 나라에 지나지 않는다는 말이다.

「공 마에의 비망록」처럼 「노다지」와 「도룡농의 꿈」도 사회적 화제를 바탕으로 구성하였다. 우선 「노다지」는 한국전쟁 당시 북한군이 퇴각하면서 "대구 근처 경산"의 "나지막한 야산 자락에 자리 잡은 크지도 작지도 않은 절"(224쪽)에 금괴를 묻어두었다는 풍문에 원천을 두고 있다. 탈북 여성 '김연화'에 의하여 풍문이 현실이 되면서 발굴에 착수하고 실패하는 과정을 구성의 주요 동력으로 삼는다. 소설의 처음은 '김연화'의 연인이었던 '나'가 그녀가 다시 북한으로 간 이후에 경찰 조사를 받는 데서 시작한다. 이러한 가운데 회상하는 연애담이 흥미롭다. 그런데 둘의 사랑은 금괴 발굴이 난관에 봉착하면서 완성으로 가지 못하고 중단된다. 더군다나 그 과정에서 신뢰마저 훼손되는데 금괴 발굴이 이들 관계의 최종 심급인 희망이었기 때문이다. 결과적으로 사랑도 믿음도 희망도 없는 관계로 귀결한다. 그런데 '김연화'의 탈북 과정은 매우 파란만장하다. 지리적 스케일도 북한에서 연길로 칭다오로 몽골로 펼쳐진다. 그 내용의 규모만 따지면 장편에 상응하지만, 소설은 이를 진술 조서의 형태로 해결한다. 즉 당사자가 직접 이야기하는 것이 아니라 '나'가 아는 바를 경찰 조사관의 물음에 답하는 방식이다. 구성의 벡터는 이와 같은 방식에 있으며 '김연화'의 이야기는 여기에 편승한 스토리 라인이다. 결말은 경찰 측이 아는 정보가 더해지면서 모호한 의문을 남기는 형국인데 작가의 의도가 닿은 지점이라 하겠다.

「노다지」가 탈북자를 다루었다면 「도롱뇽의 꿈」은 노년과 청소년을 대상으로 한다. 이 또한 사회적으로 화제가 되었던 부산 해운대 LCT 건물이 서술의 배경이다. 이는 작가가 특별한 소재를 좇고 있다는 말이 아니라 「노다지」가 모든 사람이 자본을 갈망하는 사태가 희망 없음의 징후임을 말하듯이 「도룡뇽의 꿈」도 진정한 꿈이 사라진 자리에 환상이 놓여 있으며 이 또한 쉽게 환멸로 변화할 수 있음을 서술하고자 한다. 이 소설은 "새벽에 약수터에 다녀와서 일과처럼 컴퓨터를 켰다가 이상한 뉴스를 읽었다"(239쪽)라는 진술로 시작한다. "레미 루시디란 이름의 이 프랑스 젊은이는 불가리아, 포르투갈, 프랑스, 두바이 등의 초고층 빌딩을 오른 후 기어오르는 과정과 건물 꼭대기에 오른 모습을 동영상으로 찍어 소셜미디어에 올리면서 유명해진 사람이라는데, 높이 219미터의 홍콩의 한 타워빌딩 68층에서 떨어져 숨졌다고 기사는 전하고"(239쪽) 있다. 이로써 '나'는 육 년 전의 기억을 회상한다. 소설은 액자 형식으로 현재의 '나'가 과거를 회상하면서 내부 이야기를 형성하고 여기에서 나와 다시 현재로 돌아오면서 마무리된다. 내부 이야기는 "해운대의 타워빌딩 드림시티의 60층"(240쪽)을 오르고 있는 청소년 '손병수'를 잡는 데서 발단하고 이 빌딩 경비요원인 '나'가 그와 육 개월 동안 함께 살다 헤어지는 데서 끝난다. '손병수'는 반항 문화를 드러내는 전형적인 청소년으로 도망-방황-약속의 패턴을 보여준다. 특성화고등학교를 그만두고 보육원을 나와서 "아는 형들이랑 가출팸을 만들어서 광안리에서 방을 빌려"(261쪽) 사는데 제도와 장치로부터 도망하고 방황하다 대항공동체라는 약속에 도착한 셈이다. 하지만 그는 여기서 나와 다시 방황하다 '빌더링'의 꿈을 실현하는 과정에서 좌절하지만 '나'와 지내면서 다시 수직성의 꿈을 이루고자 노력한다. '나'는 "어쩌면 가난과 불우의 수렁에서 자란 그 애는 건물 외벽을 기어올라 그 꼭대기에서 이 세상을 내려다보며 뭔가를 외치고 싶은지도 모르겠다는 생각"(274쪽)을 갖는데 이처럼 수직성은 높은 곳으로 나아가서 현 상태를 넘어서고자 하는 자기 이상의 한 형태이다. 그렇다고 이는 완전한 희망의 실현은 아니다. '레미 루시디'의 추락처럼 대중 위에 서려는 나르시시즘적 자기 배려에 불과하기 때문이다. 결말에서 현재의 '나'가 꾸는 꿈이나 "어두운 하늘 한쪽 끝에서 나타난 헬리콥터 한 대가 붉은 항행등을 깜빡이며 드림시티 위 검은 허공을 날아가고 있었다"(279쪽)라는 구절처럼 낙관 없는 희망이 드리워져 있다. 사회적 약자 간의 따뜻한 연대에도 불구하고 작가는 쉽게 희망을 말하지 않는다.

"야만의 함정에서 빠져나오려면 야만적인 방식을 동원할 수밖에 없지 않은가"라는 말은 「공 마에의 한국 비망록」에서 '공 마에'가 한 말이다. 이는 「심연과 괴물」에서 "괴물과 싸우는 사람은 그 싸움 속에서 스스로 괴물이 되지 않도록 조심해야 한다. 우리가 괴물의 심연을 들여다보면 그 심연 또한 우리를 들여다본다"(109쪽)라는 니체의 말을 환기하는 주제로 이어진다. 자기 과장의 나르시시즘이 가져올 파괴적 국면은 선악의 위계를 넘어선다. 아무리 정의로운 목표라고 하더라도 그 행위가 정당하지 못하면 악이 될 수 있다는 인간관의 표현이다. 그래서 「심연과 괴물」은 두 인물의 병치를 통하여 이 주제를 풀어가고자 한다. 그 하나는 '한윤주'의 행위이고 다른 하나는 '이상호'의 행위이다. 전자는 대학 3학년으로 "다섯 명의 팀원들과 함께 집권당 당사에 쳐들어가 로비에 휘발유를 붓고 불을 질렀다. 불을 내고 우왕좌왕하는 틈을 타 대표실을 점거할 작정이었으나 불이 예상외로 크게 번지는 바람에 늙은 경비원과 임시직 여자 로비 안내원이 타 죽었다".(97~98쪽) 후자는 중학생으로 폭력을 자행하는 아버지를 죽이려고 집에 불을 질러 아버지는 물론, 할머니, 어머니, 여동생을 죽게 하였다. 모두 괴물과 싸우다 괴물이 되는 처참한 과오를 지닌다. 이 소설의 서술은 삼인칭 작가 전지인데 '한윤주'의 대학 선배로서 마포경찰서 형사과 형사 3계 경사 '김주호'의 눈으로 서술한다. '김주호'가 두 인물을 매개하기 때문이다. '이상호'의 방화 사건에 이어 '한윤주'의 부고가 전달되면서 사건의 수사가 프로파일러 '이은희'와 더불어 진행되는 한편 '한윤주'에 관한 '김주호'의 회상이 나란히 병치된다. 여기에서도 카메라의 눈을 매개로 객관의 효과를 얻는 방식이 등장하는데 '이은희'가 '이상호'를 설득하는 과정에서 '김주호'가 "녹화 진술실에 딸린 좁은 모니터실에서 신문 장면을""관 속에 갇힌 기분"(93쪽)으로 지켜본다. 이는 결말에서 떠오르는 "시체안치실 서랍 속에 누워 있을 한윤주"(117쪽)를 생각하는 일과 이어진다. 주인공인 '김주호'에게도 "괴물이 비치는 심연"(117쪽)이 없지 않기 때문이다.

　하고 보니 김주호는 한윤주에게 물어보지 못한 게 있었다는 생각이 들었다. 집권당 당사의 늙은 경비원과 처녀 안내원이 죽었다는 소리를 들었을 때 그녀를 사로잡은 생각은 어떤 것이었을까. 그녀도 심연을 들여다보았을까. 경찰 프락치라는 오해를 받았을 때 김주호 자신이 들여다본 것과 비슷한 것이었을까. 하고 보면 누구나 가슴속에 네스호의 네시와 같은, 심연 속의 괴물 한 마리 감추고 있지 않을까.(117쪽)

이처럼 작가는 '김주호'의 시선을 통하여 "심연 속의 괴물"을 품고 산 사람('한윤주')과 이를 품고 살아갈 사람('이상호')의 이야기를 서술한다. 때론 전지로 때론 객관으로 서술하는 가운데 '김주호'의 발화 속으로 작가의 목소리가 '자유 간접 화법'으로 드나든다.

트라우마의 심연은 "상처 입은 짐승"(95쪽)을 이해하는 '한윤주'의 눈빛에서 잘 드러나는데 「심연과 괴물」에서 '한윤주'와 프로파일러 '이은희'는 서로 다른 방식으로 "마음속의 지옥"(109쪽)을 읽는다. 「올레에서 만난 사람」에서도 서로 상처를 이해하는 남녀가 등장한다. 소설 속에서 일인칭 주인공인

'나'는 대학에서 강의하는 소설가이다. 극화한 화자 주인공이 서두에서 로맹 가리의 「새들은 페루에서 죽다」를 떠올리는데 그 이유는 두 가지이다. 첫째 무대가 해변이라는 점, 둘째 새의 죽음, 그리고 셋째 상처 입은 여성을 만나는 남자가 등장하고 마지막 결말에서 "희망이라. 그래, 로맹 가리도 그 소설에서 희망을 이야기했지. 좌절된 희망, 신기루 같은 희망을" (192쪽)이라고 진술함으로써 패러디의 의도가 있었음을 말한다. 확실히 이 소설은 로맹 가리의 그것보다 더 어둡다. 희망이라는 미끼가 잘 보이지 않는다. 희망이 없어도 신뢰와 사랑이 있다면 사람은 살아갈 수 있다. 제 몫을 다하고 페루에 가서 죽는 새와 "투명한 유리창의 존재를 인식하지"(162쪽) 못하고 부딪혀 죽는 새는 다르다. 뜻밖의 우연이 죽음의 충동에 사로잡히게 하는 경우가 있다. 올레길에서 만난 두 사람은 모두 타자로부터 가해진 부당한 폭력으로 부스러지는 영혼의 소유자들이다. '나'는 자신이 쓴 소설이 표절로 내몰리면서 삶의 지반을 잃고서 악몽에 시달린다. '예상 표절'처럼 분명히 표절하지 않았으나 이전에 흡사한 작품이 있어 표절의 혐의에서 벗어날 길이 없다. 이러한 '나'가 만난 여성은 남편의 자살로 고통을 받고 있다. 단지 그의 상실로 우울에 사로잡힌 상태가 아니다. 남편이 마음속에 다른 여성을 사랑하고 있었고 그 여성이 자살하자 이어 자살하였다는 사실이다. 그러니 이 여성에게 사랑과 믿음은 한꺼번에 사라지고 만다. 남편이 빠져 죽은 바다는 그녀에게 아무런 치유의 징표를 보여주지 못한다. "바다란 살아 있는 형이상학, 바라볼 때마다 자신을 잊게 해주고 가라앉혀주는 광막함, 다가와 상처를 핥아주고 체념을 부추기는 닿을 수 있는 무한"이라는 「새들은 페루에서 죽다」에 나오는 '대양적 감정'과 무관하다. 그렇다면 그녀는 왜 '나'에게 '마라도'에 가자고 제안한 것일까? 그 끝은 죽음일까, 새로운 희망일까? '나'는 머라이어 캐리의 노래 「히어로」를 들어서 새 희망을 말하고자 한다. "섬을 한 바퀴 돌고 나면 무언가 새로운 힘이 생길지도 모르는 일 아닌가. 설사 육지에 첫발을 내딛는 순간 산산이 부서질 유리잔처럼 섬약한 희망일지라도"(192쪽)라고도 생각한다. 그렇게 '나'는 '마라도'로 가자는 그녀를 두고 제주도를 떠난다. 어떤 비극을 유예한 결말에서 강동수 소설의 미덕이 빛난다. "사연은 제각각이고 세상은 오묘한 곳"(190쪽)이라는 '나'는 단색의 비관주의로 세상을 바라보진 않는다.

일곱 단편을 통하여 강동수가 제시한 인간상과 세계상은 다양하다. 각기 그에 상응하는 서술 상황을 만들어 구성의 동력을 이끄는 능력이 빼어나다. '글쎄'와 같은 말을 통하여 멈추고 다시 생각하며 회의하면서 작가의 개입을 허용하는 문체도 독특하다. 때론 인물의 무게를 넘는 작가의 지식이 개입하는 불만을 보여주기도 하지만 적절한 자유 간접 화법의 사용으로 '작가적 아이러니'를 유발하는 묘미가 종요롭다. 우울과 명랑함이 교차하는 비관주의는 장차 자본주의 리얼리즘을 심화하는 요인이다. 미래를 낙관하는 희망은 없다. 오직 현재를 비관하는 이에게 희망이 찾아오는 법이다. 그렇다고 작가가 비관주의자라는 말은 아니다. 그의 소설이 온통 비관주의의 물결에 휩쓸려 떠내려가고 있지 않기 때문이다. 신뢰도 희망도 사랑도 없는 세계가 펼쳐질지도 모른다는 작가적 혜안이 뚜렷하게 빛난다. 그가 품은 붕괴의 감각이 더 많은 세부를 갖기를 희망한다.

가을이 들어서야 할 자리를 비켜주지 않고 오랫동안 버티
며 숨이 막힐 듯한 열기를 뿜어내던 여름이 폭우 한 번에 거
짓말처럼 물러갔다. 그 빈자리에 지각한 손님처럼 가을이 찾
아들었다.

세상살이의 이치 역시 이렇게 단순한 것임을 팔뚝을 휘감
는 삽상한 바람의 감각으로 다시 깨닫는다. 우리 역시 때가
되면 누구에겐가 제가 앉았던 의자를 물려주고 낮은 곳을 찾
아가야 하는 것을.

오 년 만에 새 책을 펴낸다.

지난 오 년은 번다했다가 홀가분했다가 또 고적했다가, 착
종한 시간이 앙금처럼 쌓여 있다 강물처럼 떠밀려간 세월이

었다. 어쩌면 우여곡절로 점철된 시간이었다고나 할까. 그동안 나는 하루하루를 살아내느라 글쓰기에 전념하지 못했다. 그리고, 드디어 '이제는 돌아와 거울 앞에 선 내 누이' 같은 시간이다. 내 삶의 강물이 도달할 하구가 저 멀리 보인다.

내 삶이 어느덧 가을에 도달했으니 이제는 저 청렬한 새벽 공기처럼 살아내야 하지 않을까. 좀 더 넉넉하고 고즈넉하게 세상을 지켜봐야 하지 않을까. 새 책을 준비하면서 문득 든 생각이다. 남은 시간일랑 각성된 단순함을 가지고 아껴 써야 하리라 다짐해본다.

이 글을 넘기고 나면 나는 긴 가을 여행을 떠날 것이다. 돌아오면 잉크 냄새를 풍기는 새 책이 나와 있을 테고 내 누옥 마당가의 은목서도 하얗게 꽃을 피우고 있을 것이다.

2024년 가을

강동수

공 마에의 한국 비망록

© 강동수

1판 1쇄 발행 | 2024년 11월 8일

지은이 | 강동수
펴낸이 | 정홍수
편집 | 김현숙 이명주
펴낸곳 | (주)도서출판 강
출판등록 | 2000년 8월 9일(제2000-185호)

주소 | 서울시 마포구 동교로17안길 21(우 04002)
전화 | 02-325-9566
팩시밀리 | 02-325-8486
전자우편 | gangpub@hanmail.net

값 15,000원
ISBN 978-89-8218-352-2   03810

• 본 사업은 2024년 부산광역시, 부산문화재단 〈부산문화예술지원사업〉으로 지원을 받
  았습니다.